スティーヴン・ハンター／著
染田屋茂／訳

銃弾の庭（上）

The Bullet Garden

扶桑社ミステリー
1651

THE BULLET GARDEN (Vol.1)
by Stephen Hunter

輝かしいものにしてくれた
どれもが私の若い頃を
そうでない作家もいたが、
偉大な作家もいれば、
「戦争」の作家たちに。

アントン・マイラー *The Big War*（大戦争）
ニコラス・モンサラット『非情の海』
エドワード・L・ビーチ『深く静かに潜航せよ』
アーウィン・ショウ『若き獅子たち』
ジェイムズ・E・バセット *Harm's Way*（危険な場所）
ジョン・クラゲット *The Slot*（すき間）
ノーマン・メイラー『裸者と死者』
ジョン・ハーシー『戦う翼』
ジョーゼフ・ヘラー『キャッチ＝22』
レオン・ユリス *Battle Cry*（ときの声）
ハーマン・ウォーク『ケイン号の叛乱』
ジェイムズ・ジョーンズ『シン・レッド・ライン』
ジョージ・マンデル *The Wax Boom*（ワックス・ブーム）
ジョン・アッシュミード *The Mountain and the Feather*（山と羽根）
リチャード・マシスン *The Beardless Warriors*（髭のない戦士たち）
ロバート・ギャフニー *A World of Good*（善の世界）
ハリー・ブラウン *A Walk in the Sun*（日差しのなかの歩行）
ジェイムズ・E・ロス *The Dead Are Mine*（死者は私のもの）
トーマス・ヘゲン『ミスタア・ロバーツ』
デニス・レイナー *The Enemy Below*（眼下の敵）

あらまあ！　ずいぶん人が行ったり来たりしているわ！

――ドロシー・ゲイル（ジュディ・ガーランド）

『オズの魔法使』１９３９

銃弾の庭（上）

登場人物

アール・スワガー——————海兵隊一等軍曹、陸軍少佐

ジム・リーツ———————戦略事務局所属の中尉

デイヴィッド・ブルース———戦略事務局所属の大佐

ミリー・フェンウィック———中尉、ブルース大佐の秘書

フランク・タイン——————少佐

エドウィン・セバスチャン——伍長

ジャック・アーチャー ———二等兵

ゲイリー・ゴールドバーグ ——二等兵

ベイジル・セントフローリアン— 英国近衛騎兵連隊大尉

プレリュード——ケイシー

一九四四年六月六日–八日

ロジェ

「だめだ、だめだ」と、ベイジル・セントフローリアンが言った。「ブレン軽機関銃（ブレンガン）だ。ブレンガンが欲しい。ブレンガンがなければうまくいかない、って言ってるんだ。わかってるのか？」

もちろん、ロジェにはよくわかっていた。それでも納得できなかった。

「おれたちの財産はブレンガンだ。ブレンガンなしでは、おれたちは無だ。そうとも塵（ちり）だ、猫のくそだ。わかるな？　無だよ。無なんだ！」

むろんロジェは無（ナッシング）ではなく、「リヤン」とフランス語を使った。いまいるのは、パリから南東へ四百キロ離れたリムーザン地方コレーズ県の県都チュールに近い田舎町の外れにある農家の地下室だったからだ。ベイジルは前夜、米軍の戦友とともにパラシュート降下したばかりだった。

「きみらがわかっていないのは」と、ベイジルは説明した。「ブレンガンをきみたちに与えるのはドイツと戦争をするためであって、ドイツ野郎を追い出して戦いが終わったあとに、きみたちの政治的立場を強化するためではない。おれたちは共産党のFTP（フラン＝ティルール・エ・パルティザン・フランセ）だろうが、ドゴールの自由フランス軍だろうがどうでもいい。少なくともいまは。いま大事なのは、ドイツ野郎を追い出さなければならないことだ。ブレンガンの意味もそこにある。きみたちに与える理由ははっきりしている。目的はそれ以外にない。きみたちはあれを一年半も持っていたのに、一度も使ってないじゃないか」

「ブレンガンは渡さない」と、ロジェは言った。「つべこべ言わさぬ。コミンテルン、万歳！『インターナショナル』万歳！　偉大なるスターリン、熊（くま）、鋼鉄の男、万歳！　あんたもスペインにいたら、それが原則であるのがわかったはずだ。もしあんたが――」

「いいか、ロジェ、このアメリカから来た中尉の言うことを聞けよ。アメリカ人がきみらに嘘（うそ）をつくだけのために、こいつを派遣してくると思うかい？　こいつは根っからの大地の息子だよ。おやじさんは農民だった。こいつも映画みたいに、大麦と乳牛を育ててインディアンと戦った。長身で、寡黙（かもく）で、上品だ。歩く神話さ。話をじっくり聞いてみろ」

ベイジルはアメリカ人のほうを振り向いたが、そのとたん、またしても相手の名前を忘れているのに気づいた。相手がどうこういうのではなく、単に格調高く、英国人らしくするのに忙しすぎて、細かいことに気がまわらないだけだ。アメリカ人の名前などには。

「なあ、中尉、あんたの偽名をもう一度教えてくれないか?」この男の名前をいつも失念するのには、何か深いわけがありそうだ。二人はロンドン郊外のミルトン・ホール(英国で最大の個人邸宅。十六世紀に建てられ、第二次世界大戦中はSOEなどがパラシュート降下等の訓練を行った)で、このささやかなピクニックに来るために六週間ほど一緒に訓練を受けていたのに、名前がどうしても出てこない。そういうときは必ず、ベイジルは自分のいる場所をすっかり忘れて、行方不明になった名前の謎に全神経を集中する。

「ぼくはリーツだ」と、相手は英語で言った。広大な母国の中部平原――ミネソタ州あたりの訛りだ。

「まったくおかしなものだな」と、ベイジルは言った。「どこかへ行ってしまうんだ。頭からパッと消えるんだから、妙としかいいようがない。とにかく、この男に説明してやってくれ」

リーツもまた、パリジャン訛りのフランス語をしゃべった。そのせいで、グループ・ロジェのロジェはリーツを重んじなかった。ベイジルを重んじないように。パリジャンはみんな裏切り者かブルジョワで、どんな場合も非難に値する存在なのだ。まして英国人、またはアメリカ人のパリジャンなど、倍も性悪にちがいない。リーツがパリジャン訛りで話すのは、父親が３Ｍのヨーロッパ支社で経理を担当していた七歳から十四歳までパリに住んでいたからであるのを、ロジェは知らなかった。そう、リーツの父親は農民ではなかった。それに一度もインディアンと戦ったことがないのは間違いない。父親はかなり裕福なビジネスマンで、いまは引退してフロリダ州のサラソタで暮らしている。その息子がこの中尉で、いずれ太平洋に向かうことになる空母の艦載機の飛行士であるのに、占領下のフランスにやって来て、とても正気とは思えないカウボーイを演じている。これまで三度兵役不適格と判定されたことがあり、シカゴで医科大学院に通っていた。

グループ・ロジェの名称のもとであり中心人物であるロジェは、まるで悪臭を放つような険しい小さな目をリーツに向けた。

「橋を吹き飛ばすことはできる」と、リーツは言った。「それは心配無用だ。橋は落ちる。正しい場所に８０８プラスチック爆薬を仕掛けて、ペンシル型の時限信管を差しておけばいい」

だが、まるで神の顕現のように、ベイジルが強引に割って入った。

「きみの国の人々がみんな、ひどく似ているからだ」と、まるで正統的なオックスフォード風思考法がいかに大切かとでもいいたげに、彼は口をはさんだ。「遺伝子プールが関係してるんだろうな。わが国でも、ヨーロッパ全体でも、遺伝子プールはもっとずっと多様化している。ヨーロッパ人の風変わりな顔を見ればわかるはずだよ。実際、どこのヨーロッパの街に行っても、両目の間隔や顎の線、額の秀で方、頬骨の幅などの多様さは驚くほどだ。私など、何日もそればかり見ていられるよ。だが、きみたちヤンキーは三種類の顔しか持ち合わせがなく、それを代わる代わる子孫に受け継いでいる。きみは農家の少年の顔だな。幅広で、骨格は隠れていて柔らかい感じがするが、鋭い線が足りないせいで、とりわけ魅力的とは言い難い。若くして髪が後退するんじゃないかと心配だな。きみたちは健康ですばらしい歯を持っている。だけど、そのぽっちゃりした顔。きっとケーキしか食べてないにちがいない。ケーキの甘さが顔に行って、風船みたいにふくらませる。見分けるのがとても難しくなる。きみを見てると私の知っている六人のアメリカ人を思い出すよ。名前は覚えていないがね。待てよ、一人はカラザーズという名前だった。きみはやつを知っているかい？」

　リーツはそれを、答えを要求していない質問と判断した。いずれにしろ、ベイジルは少し疲れているように見えた。リーツは太ったフランス人共産主義者のほうに顔を向けた。

「歩哨は殺せる。８０８をセットして装置を埋めこめばいいだけで、意匠を凝らす必要はない。単純な工学だ。誰が見ても、どこに力がかかっているかはひと目でわかる。時限信管のつまみをポンと押せば、狂ったように動き出す。問題はチュールの守備隊まで一・五キロぐらいしかなくて、かなり無理な攻撃をしなくてはならないので、へたをすると橋に仕掛けをする時間が三分程度しかないことだ。歩哨を撃てば音がする。消音器を持ってないからな。音がすれば、守備隊は警戒態勢を敷く。そのあいだに降りて行って、橋桁に慎重に仕掛けをしなければならない。終えるまでに、敵が到着するだろう。やつらが来る前に仕掛けを終えなければ、ぼくのチームはフライドエッグにされてしまう。だから、ブレンガンが必要なんだ。いま手元にはライフルとステン短機関銃と私のトンプソン・サブマシンガンしかない。われわれには、チュールから道をやって来るトラックを迎え撃つためのブレンガン二基とたっぷりの銃弾がいる。ステン短機関銃ではトラックを無力化できない。単純な物理学だ」

リーツはさらに話を続け、詳細な弾道学の奥義を説明し、薬包ごとに違う銃弾の重量、構造、固有の精度、銃口エネルギー、速度を列挙していった。実に感銘深い話だった――もし十二歳のときに聞いたのなら。だが前にあるのはどれもこれも例外なく、無関心にそっぽを向いている目ばかりだった。

「そのとおり」と、ベイジルが言った。「ご高説、拝聴した、ベイツ中尉。うっとりさせられたよ。それではここで、ムッシュ・ロジェに……」

「だめだ！」ロジェはニンニク臭と一緒にそう吐き出した。がたいのいい力持ちの肉屋だが、それでいて饒舌で強情なところがある。スペインで戦って二度負傷した。

ちょっと異常なほど勇敢で怖いもの知らずだったが、政治力学の基本は心得ていた。ブレンガンはパワーであり、パワーがなければグループ・ロジェは他のグループの言うなりになるしかない。それにもっと重要なのは、第二SS装甲師団ダス・ライヒが橋を利用してノルマンディーの海岸堡にティーガー重戦車の攻撃をかけることだ。集めた情報によれば、そうなる可能性がきわめて高い。

「わが戦友ロジェ」と、ベイジルが言った。「橋は落ちるよ、それは私が保証する。何とも言えないのはただ一つ、ベイツ中尉が……」

「リーツだ」

「そう、リーツだった、むろん……わからないのは、リーツ中尉とグループ・フィリップのマキ構成員（ドイツ占領下のフランスで活動したレジスタンス組織の一つ）が生き延びられるかどうかだ。ブレンガンがなければ、彼らにチャンスはない。わかるだろう？」

「フィリップなんて、グループ全員がブタ野郎だ。橋で死んでくれれば、戦争のあとに捜し出して吊してやる必要がなくなる。おれが気にしてるのはそのことだけさ」

「きみはこの勇敢な若いアメリカ人に、〝ベイツ中尉、あんたは死ぬにちがいない。それだけのことだ〟と言えるのかね？」

「ああ、何でもないさ」と言って、ロジェは乗らなければならない列車があるからぐずぐずしていられないとでも言いたげにリーツのほうを振り向いた。「〝ベイツ中尉、あんたは死ぬにちがいない。それだけのことだ〟。さあ、言ったぞ。これでよし、さよならだ。気の毒ではあるが、方針は方針だ」

ロジェは二人のボディガードに合図した。二人は映画で覚えたのか、これ見よがしにシュマイザー短機関銃でカチャカチャと音を立てると、立ち上がってロジェに付き添い、地下室の階段へ向かった。

「まあ、そんなわけだから」と、ベイジルがリーツに言った。「残念ながら、きみも年貢(ねんぐ)の納めどきらしい、中尉。行き止まりだよ。残念だし不公平だが、いたしかたない。運命、というところかな。いまはなぜかと問うているときではない、とかなんとか言うだろう。わが詩人テニスンをご存じかな？」

「その詩なら知っている」と、リーツがむっつりと言った。

「行かないっていう選択もあると思うね。私がきみの立場ならそうするだろう。だけど、そうは言っても私と違ってきみは爆破手だからね。私は役立たずだから、丘のうえの森のなかから高みの見物を決めこむが、そちらはそうもいかない。きみが行かないことにしたら、当然、困った事態になるだろう。もっとも長い目で見れば、橋があろうがなかろうがたいした違いはないかもしれない。伝説的ミネソタ州民がこぞって待ち望む有望な医者が、ドゴール派のごますり貧乏労働者と、あの図体(ずうたい)ばかりでかくてニンニク臭(くさ)いアカの肉屋のあいだの地元のつまらない争いのせいで殺されるっていうのは馬鹿げてるんじゃないかな」

「もし殺られるのなら」と、リーツは言った。「それでもかまわない。それがぼくの参加したゲームなんだから。ただ、グループ・ロジェとグループ・フィリップの些細な行き違いのせいで殺られるのは嫌だな。ダス・ライヒを止められるのならその価値はあるが。ロジェがフィリップより大きな顔をしたいというのを助けるためならごめんだ。ぼくはゲリラがアカであろうとシロであろうとどっちでもいい」

「だけど、すっきり区分けなどできないだろう？　いつだって込み入ってるんだ、知らなかったか？　政治、政治、政治で、何もかもがぐちゃぐちゃだよ。とにかくきみが望むなら、お国の人たちにきみがどれほど立派な英雄かを伝える素敵な手紙を書いてやってもいい。そうしてほしいかね？」

いつもそうなのだが、ベイジルの話は言葉一つ一つの意味が実に緻密に考え抜かれたものだったので、リーツには真面目に言っているのかどうか判断がつかなかった。どうにもつかみどころのない男だった。しょっちゅう、ほんとうに言いたいこととは正反対のしゃべり方をする。ほとんどあらゆる唾棄すべきことが、なぜか〝愉しみ〟になる喜劇のような空間に住んでいるように見える。〝ショッキング〟な物言いをするのが楽しくてたまらないらしい。ミルトン・ホールで過ごした数週間が始まってすぐベイジルがリーツに言ったのは、「何もかもが不正行為にすぎない。こっち側の金持ちどもが盗んだ金を独り占めするために、あっち側の金持ちを根絶やしにしようとしているんだ。それが事の真相だよ。われわれの仕事は、英米の金持ちが安全に暮らせる世界をつくることなのさ」

いまのベイジルはこう言っていた。「ところが、この英国人のちっぽけな脳でもう一つ別の手段を思いついたよ」

「どんな手段だね？」

「要は、無線機がかかわってくることなんだが」

「ここにはないぞ」

無線機はアンドレ・ブルトンの身体に縛りつけてあった。ところがあいにく、昨夜降下を行ったときにアンドレのパラシュートがB‐24リベレーターの尾翼で真っ二つに切り裂かれてしまい、無線機は時速千二百キロで地面に叩（たた）きつけられた。無線機もアンドレも救出不能となり、それによってチーム・ケイシーの戦力は三三パーセント低下した。もっともアンドレの事故のあと数分で、残りの三分の二の兵員は無事着陸したが。

「ドイツ人は無線機を持っている」

「われわれはドイツ人ではない。連合軍だ、忘れたのか？　大尉、ときおりきみがいまやってることを全部、真面目に考えていないのではないかと思うことがある」

「私はドイツ語をしゃべれる。他に何が必要だね？」

「馬鹿げてる。そんなことをするのは……」

「いずれにしろ、これは私の思いついたことだ。明日、ドイツの軍服を手に入れて、朝の十一時にチュールの守備隊本部まで出向く。指揮官のふりをすれば、ドイツ兵を遠ざけておける。無線機を貸すように命じて、連絡をする。私に借りのあるやつが一人いてね。やつがちゃんと下準備をしていれば、きっとうまくいく」

「午前十一時にか午後三時にか知らんが、ドイツ兵はきみを壁の前に立たせて撃つだろうな」

「うーん、確かに。ひょっとして、ドイツ兵の注意をそらすものがあれば……」

「その先をぜひ聞かせてほしいね」

「きみが何かを吹き飛ばせばいい。私には思いつかないが――何でもいい。即興だよ、きみたちの得意なやつだ。ドイツ兵は何だろうと駆け出していくにちがいない。やつらが半ズボン（ニッカーズ）を尻（しり）まで引き上げているあいだに、私は守備隊本部に入っていく。ドイツ野郎好みのサヴォイ家風のいでたちでな。無線機を取り上げて連絡するなど朝飯前だ。五分もあれば出てこられる」

「無線で誰に連絡をするつもりなんだ？」

「ある人物だ」

「どこの人物だ？」

「英国だよ」

「英国に無線連絡するつもりなのか？　フランスを占領しているドイツ軍の指揮所から？」

「そのとおり。ジョン・ケアンクロスに連絡をとる。あのグロテスクで馬鹿でかい暗号学校にいる。やつはあそこのお偉いさんになっているし、無線機も山とあるはずだ」

「その人物に何ができる？」

「きみにはいままで言わなかったが、友よ、やつはアカの一人だと言われている。いまは別々に行動してるが、みんな同じチームだ。ヨシフを王様に、ってわけだ。いずれにしろ、やつは大きな街で誰かを知っている誰かを知っている誰かを知っているのは間違いない」

「ロンドン、ということか？」と、ベイツ――いや、リーツは尋ねたが、ベイジルがにやりとするのを見て、それがモスクワであるのに気づいた。

ベイジル

というわけで、ベイジルはほとんど苦労することなくドイツ軍士官として通用する姿に変身した。軍服は一九四三年に起きた待ち伏せ攻撃で命を落とした実際の士官のもので、こんな策略行動を実行する場合に備えてマキが保管していた。汗とおならと血のにおいがした。装具や記章は昔のもので安ぴかだが、十分なカリスマ性があれば何でも乗りきれるのをベイジルは知っていた。いや、少なくともそう信じていた。

そして午前十一時、リーツとグループ・フィリップのマキ構成員が町から一キロほどの、橋をはさんで反対側にある空き家の農家を吹き飛ばす用意をしているあいだに、ベイジルは第一一三野戦高射砲大隊の守備隊本部の門を尊大な物腰で入っていった。運の良いドイツ航空兵たちがここでチュール防衛を取り仕切っていた。爆発は航空兵に予想どおりの効果をおよぼした。あわてふためき、武器やその他(彼らにとっては)危険で恐ろしい装備を抱えると、煙の柱が立ちのぼるほうに走り出したのだ。ここでしくじると、現実の戦闘が起きかねない場所に異動させられるかもしれないので、戦々恐々としている。

ベイジルは兵が出て行くのを見守り、最後に雑多なグループがいくつか姿を消すと、大邸宅（シャトー）の脇（わき）に停めてある大型の通信用車両に向かって大またに近づいた。いかにもドイツ人らしい意匠を凝らした、十メートルほど高さのある電波塔が突き出ていた。このは先端が三角形になっている。まったく、こいつらときたら！

ベイジルが着ている軍服のもとの持ち主が英雄であったことは胸にくっついている金ぴかもので明らかだったから、それがおおいに役立った。特に一つは戦車の図案で、その下に何かよくわからない三枚の小さなプレートがぶら下がっている。それ以外はよくある寄せ集めだったが、どれも武勇を表すもので、それがどういうものかは知らなくても、目の前に突きつけられれば本物であることぐらいは見分けられる非軍事専門家のドイツ国防軍空軍（ルフトヴァッフェ）の兵士たちに強い感銘を与えた。

ベイジルは通信車両にやすやすと乗り込んだ。あとを付いてきた当直下士官にはシュトラッサー少佐と名乗り――ベイジルはむろん『カサブランカ』を観ており、ドイツ人は誰ひとり観ていないのを知っていた――パリのドイツ情報部（アプヴェーア）で防諜（ぼうちょう）を担当する第三部・B部門の伝説的存在ディーター・マハト（ベイジルは実際に会ったことがある）と一緒に働いていると言って追い払った。

目の前には、装置が何段も積み重ねられてあった。どの装置にも大量のダイヤルやスイッチ、つまみ、光沢のあるベークライトの計器が並んでいた。

送受信機は、小型だが機能は完備している出力十五ワットの15W・S・E・bで、抜群の性能を持ち、この状況にどんぴしゃりだった。周波数帯は英国が使っているものも含んでいるし、送信機と受信機がシンクロする構造が最新式だ。二つのダイヤルが上部にあって、中央部のダイヤルが周波数を示し、チューナーが下部に置かれ、その下にボタンやスイッチなど無線の世界でお馴染(なじ)みのあれこれが付けられている。これの扱い方をいつかどこかで教わったことがあるだろうか？　教わったような気はするがそんな程度の記憶しかないから、ここは昔ながらの潜在意識というやつがしゃしゃり出てきて作業を勝手に取り仕切るのにまかせるのが得策だ。

その機械(ディー・マシーネ)はいかにもドイツ風だった。表にも裏にもラベルがべたべたと貼(は)られ、一つの機器にスイッチ、ダイヤル、ワイヤーが狂気を感じさせるほど秩序立ち、それでいながら手を加えすぎてどこか野暮(やぼ)ったく見える配置でドイツ的形態(ゲシュタルト)を作り上げていた。スイッチの〝オン／オフ〟と書けばすむところに、〝送信開始／送信終了の簡易化〟という意味のドイツ語が記されている。英国の無線機はこれほど堂々とはしておらず、使用目的をこれほど明確に宣言してはいないし、信頼度は低い。この機械なら、爆破してもきっと動き続けるにちがいない。

機械はバチバチ、パラパラと音を立て、熱を吐き出し始めた。見るからに強力そうだ。

無線のイヤホンを装着すると、空電の雑音がやかましくて耐えられなかった。チャンネルか周波数のつまみか呼び方はわからないが、目当てのものを見つけて英国の周波数帯に合わせた。

ベイジルは、敵も味方も通信妨害をしているのは知っていたが、周波数の高いものは妨害があまり有効ではないので、普段はちょっとしたゲームを仕掛けることが多い。相手の通信に侵入して被害を与えるのだ。いまやるべきなのはスイッチを入れて、モールス信号で打電することであるのはわかっていたものの、ベイジルは優秀な通信士とはとうてい言えなかった。それにいまはあらゆる種類の電波がすき間もないほど飛び交っており、誰が受信するにせよ、符号を一つ一つ英語に直し、分析官の解釈を取り寄せ、司令部に報告するという手順に数日かかってしまう。ベイジルは自分で話すことにした。ソーホーのクラブから電話するみたいに。

「ハロー、ハロー」空電音が止まるたびに、ベイジルはそう呼びかけた。

何度かドイツ語で叫ぶ声が聞こえた。「無線手続きに従え！　ただちに中止せよ！　これは規則違反だ！」その声はすぐに消えていったが、意外に早く応答した者がいた。「ハロー、そちらは？」

「ベイジル・セントフローリアンだ」と、ベイジルは言った。

「頼むよ、あんた、無線手順に従ってくれ。呼出符号（コールサイン）で識別。そのまま確認を待つ」

「悪いが、手順を知らないんだ。これは借りた無線機なんだよ、わかるか？」

「あんた、それじゃおれには……ベイジル・セントフローリアンだって？　二八年から三二年までイートン校にいた？　大男でクリケットの打者（バッツマン）、赤毛。おれはハロウ校の十一寮だ。三三年の六月二十三日の試合で、あんたは百点（センチュリー）超えをたたき出した。百二十六点だったかな？」

「正しくは百二十七点。第三スリップスにバットのエッジで打った」

「ああ、そうだった。おかしなバウンドをして、三柱門（ウイケット）が少し倒れかけたんだ。でも、たいした見物だったよ。見事なクラシック・カバードライブだった。実に美しかった」

「あの日はバッツマンの神が私に微笑（ほほえ）んでくれた」

「自分で言うのもなんだが、おれは外野を守っていた。あんたをなんとかアウトにしたのはおれなんだ。おれを見て、あんたはにやりとした。まったく、あれほどの打者は見たことがなかった」

「覚えているよ。こんなふうに再会するなんて思ってもみなかった。ところで、どうだろう、私はあの不気味なトッド・ホールにいるコードネーム〝お偉いさん〟に連絡をとろうとしているんだが。そいつの名前はジョン・ケアンクロス。力を貸してもらえないか?」

「情報を漏らすわけにはいかない」

「なあ、おたがい、赤の他人というわけじゃないんだ。きみを思い出したよ。茶髪で、そばかす顔、私を棍棒でなぐりたそうだった。ものすごい形相だったのを覚えてるか? だから、ウィンクしたんだよ。どうだ、間違ってないだろう?」

「確かに、間違っていない。あれから何年もたつのに、こんなふうにめぐりあうとはな。その人物はどこの小屋にいるんだね?」

「それがわからない。助けてくれるか?」

「ブレッチリー・パークの暗号学校につなぐことはできる。ちょっと待て、そう、今日のあそこのコードはキング(King)‐シックス(Six)‐オレンジ(Orange)だな。きみは、フレディー(Freddie)‐セブン(Seven)‐ピップ(Pip)にしておこう。おれはエヴァーズ(Evers)で中継することにしよう」

「そいつは実にありがたい」

ベイジルは指の爪を見つめながら待った。何か飲み物が欲しかった。そう、三四年の赤か何かが。三四年は当たり年だから何でもよい。あくびが出た。チクタク、チクタク、チクタク。いつになったらエヴァーズとかいうやつは――

「識別コードをどうぞ」

「そちらはキング‐シックス‐オレンジだな?」

「識別コードをどうぞ」

「フレディー‐セブン‐ピップ。そちらのジョン・ケアンクロスと話したいのだが。彼を出してもらえないか?」

「電話で話しているつもりなのか?」

「いや、そんなことはない。でも、彼と話さなければならない。昔の学友だ。頼みたいことがあってね」

「識別コードをどうぞ」

「忘れたんだ。フレディー‐ピップだったかな。よく聞いてくれ。私はいまトラブルを抱えていて、ジョンと話す必要がある。仕事のことだ、ゴシップじゃないよ」

「そちらはどこにいるんだ?」

「チュールだ。フランスのチュールだよ」

「味方がそんな奥まで入りこんでいるとは知らなかった」

「みんなじゃない。だからこそ緊急事態なんだよ、おっさん」

「大幅な規則違反だ」

「なあ、私は特殊作戦局(SOE)なんだよ。鉄砲玉部隊ってわけだ。実はいま使ってるのはドイツ野郎の無線機で、野郎どもがいつ帰ってきてもおかしくない。それでもジョンと話す必要がある。頼む、このゲームに参加してくれ」

「ＳＯＥにパブリックスクール、田舎で過ごす週末――何もかもそろっていやがる。おまえらなんか、大嫌いだ。火あぶりにしてやりたいくらいさ」

「そうとも、わかってるよ。われわれは全員、さしでがましい嫌な人間だ。この戦争が終わったら、きみが火をつけるのを手伝ってから、笑いながら薪（たきぎ）の山のうえに上っていくよ。だが、まずは戦争に勝とうじゃないか。伏して頼むよ」

「ケッ」と、相手は言った。「報告書にはおれのことを書かないほうが身のためだぞ」

「書かないよ」

「実は、そいつはもうここにはいない。あのスコットランド人はＭＩ６の大物たちに召し上げられちまった」

「じゃあ、取り次いでもらえるかな？　ちょっと急ぎなんでね」庭のほうでがやがやと音がする。防空兵が戻ってきたのか？

「どうしてもことわれないんだろうな、セブン‐ピップ」と、大げさなため息をついて質問者は言った。

またカチカチ、ブンブン音がし、国王陛下の秘密装置のワイヤーとアンテナのなかで働く何かの魔法がもう一度真価を問われたあと、ベイジルの声がブロードウェイの朽ちかけつつある古いビルへと転送された。

「ステーションKです。識別コードを」

「ああ、確か何とかセブン‐ピップだと思うんだが。それで何かの助けになるか？」

「通信保安規約を遵守（じゅんしゅ）してもらえますか？」

「おいおい、こっちはきみらの校友、ベイジル・セントフローリアンなんだぜ。ブロードウェイにいる者ならみんな、ベイジル・セントフローリアンを知っているよ」

「コードを教えていただかないと……」

「フレディーだ！　そうとも。フレディー‐セブン‐ピップだ！」

認証されると、ベイジルはふたたびだいぶ待たされてからオフィスかどこかに回された。願わくは、目的の人物に手の届く場所であればいいのだが。

「フィルビーだ」

「そうか。なあ、私はどうしても――キム？　キム・フィルビー、まさかきみなのか？」

「そのとおりだよ、ベイジル。どこにいたって、声を聞いただけですぐにわかる。まったく、ソーホーでジンのボトルをあるだけ空けた夜がなつかしいな」

「なんともにぎやかな日々を送ったものだな！」

「きみは、ドイツ野郎のキッチンを吹き飛ばそうとでもしてるのかね？」

「まさにね、キム。それで、そちらのケアンクロスと話す必要があるんだ」

「あいつと？　あのスコットランド人と？　酢に漬けた胃袋詰め（ハギス）みたいに陰気なやつだぜ」

「そいつと話せるように呼び出してくれないか？」

「もちろんだ。だが、ベイジル、いつでも連絡してくれ。きみの冒険の話を聞きたいからな。話のタネには事欠かないにちがいない」

一分ほどで、イヤホンから別の男の声が聞こえた。

「もしもし。ハロー」

「ジョン、ベイジルだ。ベイジル・セントフローリアンだよ」

「誰だって？」

「私たちは、上級暗号解読員が雁首（がんくび）そろえたシタデルのブリーフィングで会っている。私は秘密部隊の一つに所属している。みんな、捕まってしまったがね。会ったのは去年、作戦司令室だった」

「ああ、あのときか。はっきり覚えてないが、きみがそう言うのなら」

「そうとも、ジョン。こっちでちょっとしたことが起きてね。きみの力を借りたいんだが、どうだろう？」

「まあ、内容によるが、むろん」

「私は今夜、ちょっと荒っぽい連中と橋の下に花火を仕掛けに行く予定だ。汚れ仕事だが、どうしてもやらなくちゃならないと言うんでな」

「とても面白そうだな」

「そうでもない。才知など働かせようがないからね。そうさ、ただぶっ壊すだけだ。長い目で見れば、子供じみたことさ。それはともかく、もしこのあたりでグループ・ロジェと呼ばれている——名前を覚えたかい？——ギャングどもがブレンガンを抱えて作戦に参加してくれれば、われわれの目標達成の助けになるんだ。だが連中、白だ赤だと言って手を貸そうとしない。きみのほうから、ヨシフおじさんの耳に吹きこめば——」

「きみは自分を誰だと思ってるんだ？　勘弁しろよ。耳をすましているやつがいるかもしれない」

「推論だとか、結論だとか言ってるんじゃない。私はいっさい口をはさまない。私がやっているように、それぞれの人間にそれぞれの政治とか忠誠心とかを心ゆくまで追求させればいい。それが戦争っていうものじゃないかね？　こう表現したらいいかもしれない。もし誰かがヨシフおじさんの耳に吹きこみ、もし誰かがチュール近郊にいるグループ・ロジェにブレンガンを持ってグループ・フィリップを助けにいけと頼んだら？　それだけのことだよ。わかったかな？」

「ロジェ、ブレンガン、フィリップ、チュール」

「かたじけない、おっさん」

「ご承知のとおり、ただ電話をかければすむ問題ではないがね。だが、やってはみよう」

「ここに男あり、だな」

ベイジルがマイクを下ろし、頭からイヤホンを外して目を上げると、ドイツ軍の中尉(オーバーロイトナント)と二人の軍曹がマシンピストルを構えて立っていた。

リーツはブローバの腕時計に目をやった。一時間、いや、一時間半たっている。

「捕まったんだろうな」と、マキ構成員のなかではナンバーワンのレオンと呼ばれる若い男が言った。

「まずいな」と、リーツが英語で言う。彼はいま、第一二三野戦高射砲大隊の本部と駐屯地(ちゆうとんち)になっている門のある邸宅から五十メートルほどのところに建つ住宅の二階の窓際にいた。MIトンプソン・サブマシンガンを外から見えないようにさげて、フランス製のゴムのレインコートに農民風のすり切れた帽子というでたちだった。

「これじゃあ、うまくいかない」と、レオンが言った。「おれたち四人だけでは。もし意外や意外、うまく助け出せたとしても行くところがない。逃走用の車両がないからな」

確かにレオンの言うとおりだが、リーツは英国近衛騎兵連隊のベイジル・セントフローリアン大尉がSOEとOSS（戦略事務局）の愚かで、穴だらけで、失敗必定のいいかげんな共同計画から生まれたチーム・ケイシーのために、橋というまったく取るにたりないものの犠牲になって朽ち果てることには我慢ならなかった。まさにそれは、暇をもてあましている本部の超頭でっかちが考え出した何の役にも立たない見世物でしかない。そうであることがリーツには――いや、みんなにもわかっており、アメリカにいたときもフランスに来てからも、あるいはミルトン・ホールのおぞましい料理を食わされる前に長い時間を過ごした偽装ゴルフ場でも、それは百も承知だったのだ。あの英国人の言うとおり、成功しようがしまいがたいした違いはないのだろう。リーツはそう思った自分に悪態をついた。いまやるべきなのはブレンガンなしで爆薬を埋めこみ、一か八かで森に逃げこむことなのだ。もしかしたら、こちらが不意を衝く前に駐屯地から飛び出してきて、銃弾を浴びせかけてくるほどドイツ兵は機敏ではないかもしれない。もしかしたら、たやすいことなのかもしれない。だが、ベイジル・セントフローリアンにひと言物申すことなど誰にもできない。一度あの男の頭に何か考えが浮かんだら、心配事など全部忘れ去られてしまうのだから。

「見ろよ！」と、レオンが言った。

ベイジルだった。一人ではなかった。崇めたてまつるような顔つきの第一一三野戦高射砲大隊の若い兵士数人と指揮官が、ベイジルを門まで送ってきていた。ベイジルは小さく、芝居がかった会釈をして指揮官と握手すると、向きを変えてきびきびと歩き出した。

彼が町の外れに達するまでにしばらくかかったが、集合地点に着く頃には、リーツとマキの構成員たちは裏通りと塀を飛び越えてそこに到着していた。

「何があったんだ？」

「ジョンとは連絡がとれたよ。なんとかね。手配をしてくれるそうだ」

「なんでこんなに時間がかかったんだ？」

「ああ、どうやらこの軍服の前のオーナーが赫々たる戦歴の持ち主らしいんだ。このちっぽけな飾り物は」と言って、ベイジルは下部に三枚の小プレートのついた戦車の金属製記章に触れてみせた。「東部戦線で、敵戦車撃破のチャンピオンを表彰したものだ。ドイツの空軍兵がいくさ話を聞きたがってね。仕方なく、T‐34を破壊する最善の戦法をちょっぴり演じてみせてやった。やれやれ、連中があんな戦法でクロムウエル巡航戦車に立ち向かわないことを祈るよ。なかなかよさそうな若者たちだったからな。全部でっち上げだ。左のキャタピラの三番目の車輪が駆動輪だから、そこを対戦車無反動砲で狙えば、たちどころに敵戦車を止めることができる、なんてな。だいたい三番目の車輪なんてあるのか？　それに、どっちが左かなんて私にはさっぱりわからない。全般的に見て、どうにも迫力のない演技ではあったが、まあ、ロンドン・タイムズ紙の批評家が見に来るわけではなく、相手はドイツ空軍に徴兵されたハノーヴァーあたりの鈍感な農家の息子たちだからな」

「電話できたのか？　つながったのか？」

「もちろんだ。われわれのほうの基幹回線よりずっと優れている。交換手もいないし、邪魔者もいない。まるでジョンと同じ部屋にいるみたいだった。まったく今日びの技術の発展は驚くべきものだな。さてと、夕食は何だろうな？」

リーツ

リーツはメーキャップ用の焼きコルクを顔に塗り終えた。塗るのは楽ではなかったが、これで表情のない真っ白なアメリカ人の幅広の丸顔が闇(やみ)から浮かび上がるのを防ぐ適切な仕事をやりとげたことになる。彼の顔は、トラックから振り落とされたジャガイモのように見えた。

こうして準備が整った。リーツは兵士というより、昔やっていたフットボールのプレイヤーになった気がした。身につけた装備は、ビッグ・テン（おもに中西部の大学で構成される大学フットボールのリーグの一つ）の試合で身を守ってくれたショルダーパッドや太腿(タイ)パッドによく似ていた。トンプソン・サブマシンガンを携え、四五口径弾二十八発入りの弾倉七つを入れたポーチをウエブベルトに結びつけてある。ポーチには他に、緑色のノーベル８０８プラスチック爆薬に棒状の常働信管を差しこんだガモン手榴弾(しゅりゅうだん)六個が入れてあった。手榴弾のキャップは前もってゆるめてあり、リネン製のテープは固定してあるが、それを放れば衝撃で爆発する。爆薬はアーモンドの香りがして、リーツはミネソタ州と呼ばれるはるか遠くの天国で好んで食べていたキャンディ・バーを思い出した。彼は右脚の編み上げ式コーコラン空挺用ブーツの外側に、表面をリン酸塩処理した鋭い刃を持つM3戦闘用ナイフをくりつけている。ブーツは補強したジャンプ・パンツのなかにすっきりと収まり、カーキ色のウールのシャツのうえに羽織った、切り込みポケット付きのカーキ色のコットン製のジャケット一九四二年モデルはヘミングウェイのサファリ・コートのようで、フランス語が達者だという理由でOSSにリクルートされるまで所属していた、第一〇一空挺師団の第五〇一歩兵連隊の名残である、中尉の銀の線章と歩兵の交差したライフルの記章が付いている。ベルトにはさらに、弾倉に七発実包の入ったコルト45オートマチックがぶら下がり、ポーチに予備の弾倉が二つ入れてあった。黒いニット帽の裾を耳の下まで下げると、『アワ・ギャング』（一九二〇年代から製作された子供たちが主役の短編コメディ映画シリーズ。邦題は「ちびっこギャング」）の端役の子供みたいに見えた。また、ノーベル808を詰められるだけ詰めた肩掛け鞄も持参しており、808にすぐに取り付けられるようにペンシル型時限信管――すなわち、遅動スイッチNo.10が五本入ったブリキ缶を鞄に入れていた。全体重が五百キロにもなったような気がした。

今度の任務は、そっと忍び寄る――（爆薬を）置く――逃げる――だけではすまない。むしろ一九三四年の銀行強盗に似ていて、撃ち合いから始め、獲物を奪い（今回は〝置き〟）、そして逃げる。うまくいくはずだが、森に逃げこむ前にチュールから増援部隊が到着すれば一巻の終わりだ。ドイツ空軍兵がどんなに無能でも、トラックに積んだグロスフスMG42機関銃を撃ちまくることぐらいはできるだろう。

　そこで登場するのがブレンガンだ。ブレンガンならトラックを足止めできるし、うまくいけば破壊して、すぐに臆病風(おくびょうかぜ)に吹かれるドイツ兵を追い散らすこともできる。すべてがブレンガンに懸かっているのだ。

「すごいニュースだぞ、相棒」と、ベイジルが言った。「ブレンガンが手に入るんだ！」

「何だって?」

「だから……どうやらロジェの気が変わったか、あるいはもっとうえの司令部から命じられたか。いずれにしろ、いまこうして話しているあいだにも、ロジェとブレンガン・チームの二人がチュールからの道を見下ろす斜面で準備を始めている。橋の先、三百メートルの地点だ」

「それは確かなのか?」

「なあ、友よ、そこにいるとロジェが言うなら、そこにいるんだよ」

「ブレンガンをこの目で見たかったな」だが、リーツが手首に上下逆さにはめているブローバの腕時計を見ると、英国戦時時間で〇二三八時を差していた。出発の時間だ。

「わかった」と、リーツは言った。「じゃあ、とりかかろうじゃないか」

「よく言った、ベイツ。私は他の若者と一緒に森との境界線にいる。そっちから弾を浴びせてやるよ」

「きみには戦果があったかどうかよく見えないだろうし、どのみちそのちっぽけな豆鉄砲を怖がるやつなんかいないさ」と言って、リーツはベイジルが肩から革紐で吊っているステン短機関銃を指さした。それはまるで、怠け者の鉛管工委員会がゴミ箱から拾ってきた金属管をでたらめに組み合わせて作ったもののように見えた。九ミリのサブマシンガンはたとえ弾が出たとしても速く出すぎるし、たとえ弾が目標に届いてもほとんど効果は挙げられなかった。

「ベイツ、あっちの装備がこっちよりずっと良いのはどうしようもない。われわれはあるもので対処するしかないんだ。本分を尽くす——それしかない。あの歌を知ってるだろう。銃と太鼓、太鼓と銃、ハルー、ハルー」

「悪いが、大尉、自分が不満だらけの人間であるのはわかっている。怖くてたまらないから、気持ちをぶちまけているだけさ。まあ、礼を言っておこう。きみはすばらしい働きをしてくれた。それがどう……」

「そこまでにしておけ、ベイツ。あの忌々しい橋を吹き飛ばしてやれ。それからお茶とジャムのところに戻ろうじゃないか」

息が苦しかった。胃がささくれ立ち、指は誰か別の人間の身体から奪い取った脂ぎったソーセージのような感じがした。ただひたすら眠りたかった。以前、試合の前にときおりそんな感覚が襲ってきた。ポジションはタイトエンドで、体格が良かったから通常はブロックに比重が置かれていたが、プレイブックのなかにはリーツをレシーバーに指定するプレイがいくつかあって、彼はその役割が好きでもあり嫌いでもあった。ヒーローになれるチャンスだった。逆に、嘲笑を浴びる可能性もあった。それはいつもほんの一瞬、イリノイ州エヴァンストンのダイク・スタジアムや他のビッグ・テンの競技場に詰めかけて喚声を上げる五万の熱心なファンの面前で起きることだ。一度だけ、記憶に焼きつく瞬間があった（少なくとも彼の記憶には）。オットー・グレアムが投げた、気まぐれで幸運な美しいタッチダウン・パスを受けたときだ。指が弾いたボールは宙に跳ね上がったが、リーツは倒れながらそれを受け止めた。ヒーローになれたのは運に恵まれただけなのはわかっていたし、心の内では自分が月曜日に受けた賞賛の嵐にふさわしいプレイヤーでないとは感じていた。それはお気に入りの記憶であり、同時に最悪の記憶だった。それがいま両方のかたちで脳裏によみがえってきた。

　車は前進を続けた。これが〝コーヒー挽き器〟と呼ばれる理由がよくわかる。輪ゴムを動力にした小さなブリキのポットのように見えるからだ。チェッ、チェッ、チェッと音を立てながら進んでいく。レオンが運転していた。リーツはトンプソンを抱えて助手席に座っている。後部座席には胎児のように身体を丸めたジェロームとフランがいる。みんな気立てのいい若者で、ステン短機関銃を持っている。彼らは簡単に車を降りることができないので、リーツの役割は重要だ。自分の行動はフランスのこの地域に自由をもたらす最初の一撃になる。そう思うと不安で気分が悪くなるが、自分がどう感じようと関係ないのがだんだん明らかになっていた。何が起きるにせよ、それを止めるすべはない。もしブレンガンがあるのなら、神とベイジル・セントフローリアンに感謝しよう。もしなければ、神様もさぞや焦ることだろう。

　酒壜が出現した。リーツには一緒に小さなグラスも渡された。彼はグラスに苦い液体を注いだ。まるでロバに蹴られたような衝撃だ。これはたまらん！　彼は息を止め、もう一杯注ぐと、レオンが飲めるようにグラスを差し出した。

「フランス、万歳！」酒をこぼさずに飲みきると、レオンが言った。

「フランス、万歳！」後部から唱和する声が聞こえた。

おれの尻よ、万歳！　と、リーツが胸の内でつぶやく。そのとたん、ゲートにいた二人の車はドイツ空軍のアーク灯の光のなかに入った。「止まれ！　止まれ！　止まれ！」歩哨もまたほんの子供で、闇のなかのどこからともなく車が現れたことで少し狼狽していた。どう対処すればいいのか――撃つのか、逃げるのか、下士官を呼びにいけばいいのかわからずにいた。ヘルメットも武器も大きすぎるように見えた。

これは人殺しだ。戦争ではあるが、人殺しに変わりはない。

リーツはシトロエンから転がり出て、銃を腰だめにして十メートルほど先にいる若い兵士二人に三発ずつ銃弾を浴びせた。トンプソン・サブマシンガンは殺しに飢え、ひとりでに動いたかのように照準が合った。トリガーに当てた指のしなやかな動きで、コンマ一秒で銃身が三度痙攣し、次の十分の一秒でまた三度、白熱光と銃声を発すると、若者たちは息絶えた。リーツは向きを変えて銃を肩に当てると、穴照門と銃口のうえにあるくさび形の照星を結んだ先に守衛小屋が来るように照準を合わせた。銃床をしっかり肩に押しつけ、弾倉に残っている銃弾をすべて撃ち尽くす。弾が当たって材木が裂け、木屑と埃が舞い散る。ガラスが砕け、ドアに穴が開いて破れ、崩れ落ちるのが見えた。

弾倉が空になると、前もってキャップをゆるめてあるガモン手榴弾を一つ、ポーチから取り出す。親指を使って、布製の袋の横に付いているガモンのリネン製テープの先端にある鉛の重りを押さえた。袋に入っている８０８のかたまりが少しへこむのを感じながら、やや右に身体をひねって典型的なクォーターバックの体勢を取り、右足で地面を蹴れるようにしてから、グレアムのやり方を見習ってしっかり回転をかけ、十五メートルほど先にある守衛小屋に手榴弾を放った。手榴弾が空を切り裂いて飛ぶと、リネン製テープの巻きがゆるんで先端の重りが飛び出し、その勢いで常働信管内部の止めピンが外れ、このちっぽけな仕掛けが爆発する。そこがガモンの優れたところだった。安全装置を外しておけば間違って爆発する可能性もきわめて高いが、どんな場合でも間違いなく爆発する。

見事な投擲（とうてき）だった。守衛小屋は光と衝撃の刃（やいば）に包まれる。リーツはまばたきしてよろめき、一瞬現実感をなくした。それほどすさまじい音だった！　部下たちはリーツの横で、小屋の残骸（ざんがい）と逃げ出していく人間に向かってステン短機関銃を撃ちまくっている。

「もう一丁（アノートル）」と、レオンが言った。

リーツは手榴弾をもう一個取り出し重りを押さえると、今度はさらに力をこめて放った。手榴弾はドイツ兵がまだうずくまって、トリガーをいまにも引こうとしているはずの場所へ向かって闇を飛んだ。爆発音はさっきのより大きかった。ガモン手榴弾の効力は常働信管の周囲にどれだけ８０８を詰めるかにかかっているから、どうやら今度のものには多く詰め込みすぎたらしい。

埃が舞い上がり、明かりの半分が消えて、木材の断片が炎を上げながら宙を漂う。これが爆発の生み出す混沌であり理不尽さだ。音がすべて夜のなかに消えていった。リーツは一瞬動きを止めてトンプソンに新しい弾倉を入れると、確実にボルトを戻してから、狂ったように前方へ走り出した。

橋の径間の真ん中まで達したとたん、ライフルの一斉射撃が始まり、埃や木片をあたりに巻き上げた。リーツは一瞬たじろいだが、弾は当たっていないのに気づいて落ち着きを取り戻した。射撃は橋の反対側からのもので、そこでは少人数の警備隊が身をかがめて、どう動けばいいのかわからない様子だった。幸いドイツ空軍は果敢ではないし、射撃技術はお粗末だったから、一発も人間の身体を捉えられなかった。リーツは再装塡したトンプソンでもう一度長い掃射を行い、同志たちもステン短機関銃で銃撃戦に加わった。

「爆弾をいくつか投げてやれ」と命じて、リーツは橋の手すりから身を乗り出して様子をうかがった。

それはどうということもない橋だった。お粗末と言ったほうが当たっているかもしれない。それでも橋の支柱は、いま頃ノルマンディーへの道を急いでいるであろうSS装甲師団ダス・ライヒの重量五十六トンのティーガーII戦車を支えるだけの強度は持っていそうだ。橋の構造は日中に確かめてあった。二つの扶壁（ふへき）、太い丸太でできているが、基礎部分以外に石は使われていない。構造用骨組み（トラス）とスパンの接合面で十分な量の808を爆発させればすむ。スパンは自重で崩れ落ちるか、少なくとも重いドイツ戦車が通過できなくなるぐらいにはたわむはずだ。派手で劇的な結果はいらない。小さな爆発があって、ほんの小さな成果が得られればそれで十分だ。

リーツはトンプソンを吊り革から外し、808を詰めた布袋を地面に置いた。袋に指を差し入れて時限信管の入ったブリキ缶を引っ張り出し、先端にブリキを巻きつけて瘤（こぶ）にしてある長さ十五センチほどの真鍮（しんちゅう）管五本を見つめた。この信管の厄介な点は、実に賢い働きをする反面、残念ながらなぜか発火率が一定しない。たとえば十分後に起爆するように信管をセットしても、八分後だったり九分後だったり十一分後だったり十二分後だったりすることが少なからずある。要は割れたガラスアンプルから流れ出た酸がどれだけ早く固定ケーブルを溶かすかにかかっている。ケーブルが溶けたとたん、バネ仕掛けの針が信管に飛びこんで爆発させ、それが袋に入った808のさらに大きい爆発を引き起こす。

リーツは五本全部を取り出し、ブリキの部分を剝（は）がし、ペンシル型信管の本来の端を強く踏みつけた。すぐに、いままで感じなかったにおいが鼻をついた。五本の信管の割れた小型容器から解き放たれた塩化第二銅が金属をむしばみ始めたのだ。いまのうちにこれをすませて時間を使っておけば、自分と仲間が逃げたあと、ドイツ兵に信管を抜く時間を与えずにすむ。リーツはジャンプ・パンツの蛇腹ポケットに入れて、しっかりボタンを留めた。

身をよじって手すりを乗り越え、ゆっくり降りていくと、爪先を掛けられるトラスが見つかった。スパンの下に来るまで、慎重に身体を下ろす。

不意に、遠くで大きな音が聞こえた。いかん、と思って、リーツは手を放しかけ、危うく七メートルほど下をゆったり流れる川に落ちそうになる。おれを狙って撃ってきているのか？　だがすぐに、それが輝ける労働者の槌音のようなブレンガンの射撃音であるのに気づいた。そうとわかったのは、感嘆したくなるほど遅い連射速度のせいだ。銃手は、速射可能なＢＡＲを持つ米兵よりたっぷり時間をかけて狙いをつけられるわけだ。

まったく、ベイジルのじいさんときたら！　横柄で、傲慢で、非情な貴族のベイジル、あんたはおれにブレンガンを与えてくれた。こんちくしょう、もしかしたら死なずにこの任務を終えられるかもしれないぞ。

「ベイジル、万歳！」

意気ごみ、興奮に駆られて、リーツはフランに呼びかけた。

「808(エイト・オー・エイト)だ、同志！」

フランが肩掛け鞄を手に、橋から身を乗り出した。かなり距離がある。フランは吊り紐を延ばして鞄を垂れ下げた。トラスにしがみついているリーツは手を伸ばして鞄をつかもうとしたが、とても届きそうになかった。それでも七時間とも思えるほど長い時間あきらめずに続けると、ようやく鞄をつかんで引き寄せられた。

いまのリーツは、猿がよくやる姿勢でトラスにしがみついていた。水平の円材に両足を載せ、身をかがめてスパンの下に入る。スパンは湿っており、刺激臭を発していた。この五十年、誰もここへは来ていないのだろう。リーツは鞄そのものをくくりつける方法はないかと探したが、橋の接合面に押しつけても、そのまま落ちずに留まっているとは思えなかった。痛みが走る。なんとも様(さま)にならない姿だ。筋肉があちこちで悲鳴を上げ、重力が手足を引っ張り、下方のぬかるみへと引きずり落とそうとする。

ようやく、鞄を両膝(ひざ)のあいだに固定できた。それを片手で抑えて、ブーツの鞘(さや)からM3ナイフを引き抜き、鞄のキャンバス地の紐を切った。さて、ナイフをどうしたものだろう？　どう角度を変えても鞘に戻せそうもないので、仕方なくベルトにはさもうとした。当然のように途中で手をすべらせ、ナイフは下方の水面でしぶきを上げた。

やっちまった！　良いナイフをこんなふうになくすのは我慢ならなかった。ものをなくしてこれほど嫌な気分になることはめったにない。

かまわずリーツは膝のあいだから鞄を抜き取り、トラスに押しつけて鞄の長い吊り紐でしっかりと縛りつけた。ぎゅっと絞られてつぶれた鞄の内側に手を這わせて探っていくと、指先がねばねばした緑の爆薬に触れた。また、アーモンドの香りがする。慎重にベローズ・ポケットに手を差し入れると、ちょうどいい角度で並んでいた五本の信管をやすやすと取り出すことができた。五本を一本ずつに分けて、橋に縛りつけた鞄のなかの808のかたまりに差しこんでいく。

念のために二本使え、といつも言われていた。リーツは五本全部を使い、自重で抜けてしまわないように、正統的なアメリカ中西部方式で一本ずつ深く埋めこんだ。

よし、ついにやったぞ、とリーツは思った。

一時間もたったかと思うほど時間をかけて、橋のスパンによじのぼった。フランとレオンがリーツを引っ張り上げ、そのあいだにもう一人のマキ構成員が一定の間隔でステン短機関銃を撃ち続けた。

疲れてはいたが、スパンのうえでリーツは意気揚々としていた。

「やれやれ」と、リーツは英語で言った。「こんな仕事は二度としたくないな」そしてすぐにフランス語に切り替え、「友よ、早いところおさらばしようじゃないか」

リーツはトンプソンを握ると、走って橋を引き返し、吹き飛ばされた歩哨小屋の前を通り過ぎた。人気はなく、砂袋で囲んだ砲座で沈黙した八十八ミリ高射砲が空を見上げ、ガモン手榴弾の残した小さな火が瓦礫で燃えていた。あとは闇のなかを森まで長々と丘を駆け昇り、爆破音が聞こえるのを待つだけだ……

そのとき、リーツはブレンガンの銃声が聞こえないことに気づいた。

それと同時に、ドイツ軍のトラックが猛スピードで坂の頂点に達して停まると、大量の兵士が次々と降りてくるのが見えた。トラックに残った兵士が一人、グロスフスMG42機関銃の射撃準備をしている。

リーツは大急ぎで目の前にある事実を検討し、結論を出した。いけるぞ、チーム・ケイシーにはまだチャンスがある、と。

ドイツ空軍兵のほとんどは高射砲兵であり、ライフル射撃や格闘の技術はかなり劣っている。それに、あたりは真っ暗だ。訓練不足で実戦経験もない部隊は暗闇が苦手だ。彼らにはどこへ向かっているのか確信がないし、よくてもおよび腰で進みながら、みんなそれぞれに、今夜自分一人が死ぬのだけは避けたいと考えている。

「よし」と、リーツは〝三銃士〟に向かって言った。「これから交互躍進で進む。一人が走るあいだ、残りの三人がドイツ野郎に銃弾を浴びせる。敵の位置をつかんだら、少し上目に狙いをつけろ。でないと、弾が届かないからな。一度に三発だけ撃って、移動しろ。何があっても足を止めるな。散開して、五十メートルを全力疾走だ。頂上まで行けば味方が援護してくれる。もうあのいまいましいブレンガンは必要ない。おれたちは大丈夫だ」

「でぶのロジェのせいだ」と、レオンが言った。「あのくそったれの豚野郎、役立たずのチンポコ野郎」

「アカの馬鹿どもは戦争が終わったら一網打尽にして……」

「いずれロジェには落とし前をつけてもらう。それは約束する」と、リーツは言った。

「さあ、諸君、行動開始だ」

フランが先頭に立ち、次にレオンが彼を追い抜き、最後にジェロームが走った。リーツは砂袋の防壁の後ろに立ち、常軌を逸するほどの高揚感と興奮を感じていた。おれはここに残り、仲間を援護して、橋が爆破されるまでドイツ野郎を足止めしてやろう。

だがすぐに、馬鹿なことは考えるなと自分に言い聞かせた。

リーツも走り出した。フランを追い抜き、レオンを追い抜き、ジェロームを追い抜いた。敵の銃撃はせいぜい散発的と言えるもので、あたりでときおり空気を切り裂く音がする。すると耳のそばを何かが通り過ぎ、何も聞こえなくなった。つまり、ドイツ兵がこちらに正確に照準を合わせ始めたのだ。

そのとき不意に強い光が放たれ、リーツは身を凍りつかせた。

照明弾か？　あの道化師どもは照明弾を持っているのか？

橋を振り返ったリーツの目が恐ろしい現実を捉えた。さらに二台、第二SS装甲師団のまだら模様のカムフラージュを施したトラックが到着しており、つなぎの迷彩服を身につけた装甲擲弾兵が次々と飛び降りていた。何年間も東部戦線で鍛えられ、SS師団最高の部隊としていたるところで知られ、恐れられている。兵士たちはドイツ側が〝突撃ライフル〟と呼んでいるStG44を持っている。おい、よせ。敵はそんなものを構えて射撃準備を始めていた。

どうして、こんなに早く着いたんだ？

もう一発、照明弾が光を放った。そして、さらに一発。ちっぽけなフランスの峡谷一帯が光に包まれる。リーツと三人のマキ構成員は、光と影が交互に風景を揺らめかせるなかを全力で駆け上った。空から降りてくるパラシュート付きの照明弾の光が最近刈られたばかりの松を照らし出し、鋭い刃のような影がハサミのようにあちらへこちらへと風景を切り裂く。ドイツ兵はまだ二百メートルほど先だが、増強されつつある。迷彩服の装甲擲弾兵がまごまごしている空軍兵を駆け足で追い抜いていく。やがて不意に稜線から、標的にMG42の照準を合わせようとする曳光弾の長い弧が伸びてきた。

へまをした。おれたちはこれで終わりか。

橋が爆発した。

だがそれは、ワーナー・ブラザースの野外撮影用地で撮られたソ連礼賛映画で見慣れている、派手な音を立て、花開くような大爆発ではなく、がっかりするほど小さな振動を起こしただけで、誰も覚えていないほど短い閃光を放ったあと、煙と埃を大量に噴出させた。リーッはわずかな時間を見つけて、消えつつある照明弾の光で自分の残した業績を確認した。埃が晴れると、橋は落ちておらず、パンチを浴びて前歯が全部なくなった口のようにぽっかり穴が開いていた。それでもスパンの道路部分は、四五度の角度でグロテスクに下方に折れ曲がっている。リーッが８０８を仕掛けたトラスは吹き飛んだが、反対側は持ちこたえたらしい。補修するにしろ、迂回路を作るにしろ数日はかかるから、このあと何日かは第二ＳＳ装甲師団ダス・ライヒがノルマンディーに着くことはない。

リーッは立ち上がり、一番近いＳＳ装甲擲弾兵の一団の頭上に向けて弾倉一つ分を撃ち尽くしてから、仲間に叫んだ。「行け、行け、行け、行け！」

フランが最初に被弾した。黙って倒れこむと、起き上がろうとして地面に腰を落とし、やがて身を横たえ、身体をまるめた。

「行け、行け、行け！」リーッはもう一つ弾倉を撃ち尽くしながら叫んだ。残っている弾倉はあと三つ。

二人のマキ構成員のうち、若いほうのレオンが森へ達しかけていたが、また一つ照明弾が上がり、姿を見たドイツ兵が彼を被弾地域に追いこんだ。被弾地域では誰も生き残れない。

ジェロームの位置は森までまだかなりの距離があり、リーツも同じだった。降りそそぐ光と銃弾のなかを走り続けるリーツをドイツ兵が狙い撃ちしようとした。だが、一瞬先に撃たれたのはジェロームだった。ジェロームが前かがみの姿勢から突然身を起こして直立すると、身体はそのまま重力に引かれて地面に激突し動かなくなった。その直後にリーツの左の尻に銃弾が突き刺さった。倒れた彼のまわりは、スパンコールとカメラのフラッシュ、ホタル、ハエたちの羽が一同に集まったようにきらめいている。頭が空っぽになっていた。全宇宙ですべてのものが動きを止め、沈黙が覆っている。ぼくは死ぬんだ、とリーツは思った。だが、まばたきして気力を呼び起こすと、新たな照明弾の光のなかをSSの兵士たちが突進してくるのが見えた。発砲を控えているのは、生け捕りにして、処刑する前に情報を引き出すためだ。リーツは、渡された砒素を捨ててしまった自分を呪った。

ひどい痛みだった。それを忘れるために急いで弾倉を換えようとした。常に忠実で非の打ちどころのない大切な友トンプソン・サブマシンガンを持ち上げ、そうすれば敵を追い払うか倒すかできるかのように新しい弾倉を撃ち尽くした。

ぼくは二十四歳だ。

まだ死にたくない。

リーツはまた弾倉を換えようとして、重さに耐えられず銃を落としてしまった。ガモン手榴弾を取り出したが、どうしてもキャップを外せなかった。代わりに四五口径の拳銃を抜いてスライドを引き、どこを狙うでもなくぼんやりと構えて、また頭上に上がった照明弾のまばゆい光に目をしばたたきながら、数発発射した。

弾がなくなり、スライドがロックバックした。見ると、しゃれた新型銃を持った二人の装甲擲弾兵がすぐ近くまで迫っていた。

その瞬間、二人のドイツ兵は途方に暮れたように地面に座りこんだ。

爆風がほんの数メートル先の現実を一掃した。

「ああ、ここだったか、ベイツ、わが友よ」と、ベイジルが言った。「仲間がストレッチャーを持って迎えに来ている。折れて飛び出た骨はなさそうだな。尻から金玉にかけて紫色の大きな染みができているだけだ。どうやらきみは生きているらしい……」

「ベイジル……おれは……何が……ここから出るには……ああ、どうしたら……」

だが、ベイジルは向きを変えて、ステン短機関銃の掃射に専念していた。そのまわりでマキ構成員がとりどりの武器で銃撃を行っている。

まもなくリーツはストレッチャーに乗せられ、森までの残り数メートルを飛ぶように運ばれた。

「ベイジル、おれは……」

「みんな、いいやつだよ、ベイツ、きみの面倒をみてくれる。ベイツ中尉をどこかで治療してやれ。ここから運び出すんだ」

「ベイジル、きみも来てくれ。なあ、ベイジル、おれたちは橋をぶっ壊した。こうなれば……」

「だけど、あの連中の意気を挫くために誰かが残らなければならないんだ。やつら、実に頑固そうだ。でも、私がちょっとばかり相手をしてやろう。楽しい話でもしてくるさ。気をつけてな、ベイツ、幸運を」

ベイジルは向きを変えると、森のなかへ姿を消した。リーツにすれば、マキの構成員たちが彼の哀れな尻など少しもかまわず暗い森を運んでいくあいだ気を失わずにいたのは、業苦以外の何ものでもなかった。どこかに着いて何かの車両に乗せられたとたん、ほんとうに意識を失った。だが、ベイジルは戻ってこなかった。彼はすべてを貪欲に飲みこむ戦争の巨大な胃袋に吸いこまれた。いったい、何のために？　それに値するものなどほとんど存在しない。ねじ曲がった橋など値するはずもない。

　しばらくのちに、リーツは一つの結論にたどり着いた。ブレンガンを引き上げさせ、ぼくらを無防備状態にした者がいたのだ。それが誰で、どうやって、いつやったのかはわからないが、否定しようのない事実だ。〝おれたちは裏切られたのだ〟

第1部

王権に統べられた島

1　夏のパリス・アイランド

神の到着は遅れていた。

ここ六週間というもの、彼は射撃場のあらゆる場所にいた。遠目が驚くほど利き、いかにもプロフェッショナルらしい薄気味悪いほど冷静な立ち居振る舞いは、誰にしろ、これまで出会った人々とはまったく違う神のごとき存在に見えた。彼は講義を行い、知識を伝授し、儀式めいた複雑な分解・組み立ての過程でパーツの名称を列挙して、それを生徒に叩きこんだ。新兵は三百人もいるというのに、若い新兵が真新しいM1ガーランド・ライフルの射撃姿勢を取ると、一人一人全員の横に付き添ってやる時間を見つけることができるかのようだった。彼が教えたのは、微妙な照準合わせや構え方の調整、利き目の判定、吊り革の締め方、扱いにくいボルトハンドルの押し方、三〇・〇六スプリングフィールドのエンブロック挿弾子（クリップ）の差しこみ方、トリガーガード安全装置（セイフティ）の扱いといった、平均年齢は十九・七歳の若者の手には不慣れなものばかりだった。

汗はまったくかかないらしい。そういう人間の身体的特性など、身につけるのは畏れ多いとでも言いたげだった。他の管理官や教練教官とは違って悪態はつかず、相手をはずかしめたり脅したりすることはなかった。心を和ませる教え方はまるで、行く手で生徒たちを待ち受けている難儀については十分わかっているから、それ以上苦しめたりはしないと決めているかのようだった。この気質が彼を、軍服にいっさい勲章を付けず、これまで戦ってきた島々の話を決してしなかったにもかかわらず、聖人にまで祭り上げられそうな伝説的人物にする一因になっていた。

戦争の年、一九四四年もまだ半分しか過ぎていないのに、彼はすでに三つの島で戦ってきたと言われていた。ほとんどの者がその島の名前を挙げられた。ガダルカナル、ブーゲンヴィル、タラワだ。ガダルカナルは三重の天蓋を形成する熱帯雨林でよく知られており、それが広がってずる賢い日本人を覆い隠していた。タラワでは座礁した水陸両用戦車から三キロほどの、宙を青い曳光弾が猛烈に飛び交い、行き当たりばったりに兵士を殺しているなかを、胸まで水に浸かって歩き通した。彼はそこを無事に乗りきったが、噂によれば三日目に重傷を負い、半年間入院したという。海兵隊も彼はもう十分戦ったと判断し、ここサウス・カロライナ州ビューフォートのすぐ南、ジョージア州の北に位置する湿気の多い染みのような土地——若者に海兵隊の手荒い洗礼を施す場所パリス・アイランドに配置換えした。彼は海兵隊の核心的信条、ライフル射撃技術を教える上級下士官になった。

だが、その彼はいまどこにいるのだろう？

偉大なる一等軍曹アール・スワガーを何かが足止めしているのか、それともこれは海兵隊独自の演出法で、この人物を取り巻くオーラを増強させているだけなのか、生徒たちには知りようがなかった。ハエやスナノミを手で追い払い、この島唯一の救い——死をもたらしかねない日差しをなぜか集めてしまう円形教室を覆う壊れかけた屋根に感謝し、近くの者とおしゃべりをしながら待って待って、待ち続けた。彼らは活力と悪意に満ちていた。何週間もかけて選別された彼らには、ただ早く島へ渡って、できるだけ多くの日本兵を殺したいという欲求しか残っていなかった。十四人いるハーヴァード卒であろうと、ミシシッピ州の沼沢地にある〝カエルの鼻水〟高校の中退生であろうと、一人の例外もなく自分を不死身と考えていた。ガーランド・ライフルの四キロの重量にも耐えて撃ちまくる射撃技術を身につけたと思っていた。四十メートル先のトーチカのなかへ銃眼（じゅうがん）を通して手榴弾を投げ入れられると、エロール・フリンばりに銃剣を振るって、黄色い敵と彼らの残虐なカタナに打ち勝てると信じていた。みんながみんな、何がなんでも英雄になるつもりだった。奇行や事故、熱病などでも簡単に死んでしまうことを誰一人思い浮かべなかった。そういう事実はあまりに重すぎて、心が耐えられなかったからだ。

「来たぞ」その呼びかけが波紋を生じ、次第に波となって新兵の集団のあいだを渡っていった。確かに一台のジープが一キロ半ほど先にある分隊の管理棟から、ライフル射撃場に使っている牧草地を貫く南北線(レンジ・ロード)の未舗装道路を、埃をまきあげながら近づいてきた。一等兵が運転していた。隣にいるのが一等兵と同じか、もっと大柄で、現実にお目にかかれる相手としては間違いなく最も興味深い人間である一等軍曹にちがいない。

一等軍曹がきびきびと車両を降りると、すぐに第三新兵訓練大隊の各小隊を指揮する訓練教官たちが近づき、それぞれに全員が出席してこの場にいる――つまり新兵は着席していまかいまかと始まるのを待っている――ことを簡潔に報告した。スワガーが大隊全員の前で語るのは、これが最後の機会になる。

スワガーは身長百八十センチのがっしりした身体つきで、染み一つないカーキ色のシャツ(最もフォーマルなクラスAのもの)に、この日のために赤のストライプの入ったブルーの礼装用ズボン、それに航空機にシグナルを送れるほどぴかぴかに磨き上げた装飾革なしの黒のオックスフォード・シューズといういでたちだった。ひさし付きの帽子は白。ノーネクタイだが、シャツはパリパリに糊(のり)付けされ、胸にはポケットや開き(ブラケット)が完璧(かんぺき)な海兵隊スタイルを象徴するかたちで並んでいて、襟の谷間からこれも完璧な広さでTシャツの一部が覗(のぞ)いている。勲章のたぐいはなく、袖(そで)に、ダイヤをはさんで上に三本、下に二本黒に近い線の入った階級章が付いているだけだった。

彼をハンサムだと言う者はいないが、醜いと言う者もいなかった。ただただ、海兵隊員と表現するしかなかった。顔は太平洋の日差しに焼かれていたので、いまはギリシャ沿岸での大戦闘のあとに拾われたスパルタ人の盾のように見えた。細くて面長の顔は端正で、ふくらみがほとんどなかった。頬骨は榴弾を連想させる。刃のように鋭利な鼻は、一九三九年に太平洋艦隊ライトヘビー級チャンピオンの座を勝ち取ったときでさえ、鼻にパンチを当てさせないほど動きが速かったことを証明している。顎は鋼鉄を製錬したようで、眼光は鋭い。こうしたこともまた、伝説を生む手伝いをした。彼が健康診断を受けるたびに海軍航空隊が連絡してきて、ペンサコラ海軍航空基地への任用を受け入れて一緒に飛んでほしいと懇願してきた。彼が自分たちより早く零戦を見つけることを知っていたからだ。それでも彼はあくまで銃の人であり、大地の、森の、狩りの人だった。その技術と好みが彼をそちらの側へと向かわせ、変更は不可能だった。おまけに、スワガーの世代は大地こそ死ぬにふさわしい場所と信じていた。

スワガーは腰を下ろした若者たちに起立を強要せず、てきぱきと演台に向かった。新兵たちを不安にさせても何の益もないことがわかっていたからだ。演台で彼らと向き合った。

「おはよう、海兵諸君」と、彼はゆうに五千年前から続く隊形を組んだ兵士たちには聞き慣れた口調で語りかけた。その口調はまた、そこがガダルカナルであろうと、ナポレオン軍とロシア軍の激戦地ボロディノであろうと関係なく、丘を駆け上ったり、渡河したり、中間地帯を突破したりする戦闘を現場で指揮する〝監督〟の長い系統図のなかに彼を組み入れるものでもあった。独特の下士官声には、アーカンソー州ポーク郡生まれという出自のせいで中西部のやわらかさがあるものの、その響きはズールー族のものであっても、ギリシャ人の、フン族の、百年戦争のアジャンクールの戦いで泥にまみれていた義勇騎兵のものであっても少しもおかしくなかった。

「おはようございます、軍曹」と、新兵たちが応じた。スワガーは、聴衆の気勢を上げるために使われる海兵隊標準の芝居がかった言いまわし――「男だろう、声を張りあげろ」とか「聞こえないぞ」といったこけおどしは使わなかった。そんな大げさな表現は不要で、戦闘の領域では無用と考えていたからだ。

「私はきみたちを新兵ではなく、海兵と呼ぶ。なぜなら、たとえ卒業と次の部隊への配属は一週間先でも、きみたちは全員、ライフル射撃技術に合格したからだ。だからきみたちはもうライフル銃兵であり、人から敬意を払われる資格を持つ。いまやきみたち全員が男になった。そこにいる甲高い声のちびの赤毛も含めてな」と言って、スワガーはリッチー・マーフィを指さした。マーフィは大隊のマスコット的存在で、公式には十七歳とされているが、みんなにもっと若いと思われていた。「まもなく、きみたちは聞いたこともない、発音もできない、小さすぎて地図にも載っていない場所で日本軍の歩兵と対峙することになる。それこそ、男のする仕事だ。それができるのは男だけであり、自分の力を示す場になる。結果はどうあれ、今日のきみたちは男であり、海兵なのだ」

新兵たちから満足そうな歓声が上がった。彼らは自分でその賛辞を勝ちとったのだ。行進、コンパス、腕立て伏せ、手榴弾、そして何よりライフル――そうしたものの容易ならざる技術をマスターすることによって。新兵たちはこの訓練で、伏臥して六百メートル離れた標的に弾を撃ちこむ技術を実行してみせた。実戦で行うのはもっと難しくなるだろうが、運に恵まれれば――そんなことを言う者は誰一人いないが――スワガーが叩きこんだ基本が彼らを生き延びさせることになるはずだ。

「さて、きみたちも気づいているかもしれないが、今日は士官が一人も出席していない」と、スワガーは言った。

そのことに気づいた者もいれば、まったく気づかなかった者もいた。それでも、確かに異例だった。この過酷な九週間というもの、小隊指揮官や大隊の幹部が常に顔を見せていたからだ。

「今日こうしたのは、自由に話したかったからだ。報告書がファイルされたり、海軍省から捜査官が送られてきたりしないように。だから、これから話すことは、襟に星をいっぱい付けたご老人たちが厳しく吟味した海兵隊の公式原則ではない。きみたちには掛け値なしの本音だけを話すつもりだから、よく耳をすまして、心に刻んでほしい。これがいつかきみたちの命を救うことになるかもしれない。だが始める前に、訊いておきたい。ここにハーヴァード大学の学生はいるか?」

すぐに数人が手を上げた。スワガーは一番近くにいる者を指さして言った。「よし、おまえだ。ここに来てくれ」

若者は、杉綾織りのデニムシャツにびっしょり汗をかいた姿で演台に上ってきた。長身でやせ型だが、オリーブ色の分厚い綿シャツを、まるでパジャマを引っかけるようにだらしなく着ているせいで、かつてはボートチームのアスリートで、いまは戦争のアスリートになったというのに、そうはとても見えなかった。頭にかぶったインド産のショーラーの髄を編んだ探検家もどきのヘルメットは、間の抜けた感じは否めないものの、日差しをさえぎる役目は果たしていた。足を覆う軍用ブーツは革の裏側が見えていて——そんなことはありえないが——この新兵を牛に鋤を引かせて暮らしを立てる人間のように見せていた。男は気をつけの姿勢をとった。

「休め」

若者はリラックスした姿勢になったが、それでも体幹の筋肉には力がみなぎっているのが見てとれた。

「名前は？」

「軍曹、自分はウォーレス・Ｆ・マッコイです、軍曹」と、如才なく答える。

「では、マッコイ」と、スワガーは言った。「通っている大学から考えると、おまえが頭のよい男であるのはわかる。きっと記憶力もいいにちがいない。どうだ？」

「それは……」と、若者は口ごもった。「軍曹、自分は大統領と州の名前は全部言えます。元素周期表も、独立宣言も、星座の名称と逸話も知っています。これまでに書かれた英国の小説を全部と、詩人や劇作家の作品も全部読んでいます。〝忠誠の誓い〟を暗誦できますし、シェイクスピアのソネットや海兵隊賛歌の歌詞も覚えています。スペイン語も話せます」

「どうやら私の考えていたとおりの人物のようだ」と、スワガーは言った。「それならきっと、おまえの脳には海兵隊が教えた〝ライフル銃兵の信条〟なるものも入れておく余地があったはずだ。私が間違っていたら言ってくれ」

「軍曹、あなたは間違っていません、軍曹」

「よろしい。ではここで私と目の前にいる第三新兵訓練大隊の仲間にそれを朗唱してほしい。大きな声でな。バルコニーでも聞こえるように」むろん、バルコニーなどどこにもない。

「軍曹、わかりました、軍曹」

新兵は向きを変えて、咳払いした。

「待て」と、スワガーは制止した。「これがあったほうがいいだろう」と言って、演台の裏側に身を乗り出し、M1ガーランド・ライフルを手に取った。米海兵隊をこの戦争で最強の武装兵士に仕立てた、装弾数八発、太鼓腹の半自動銃器である。スワガーがそれを差し出すと、若い兵士は慣れた手つきで受け取り、これも規則に則って、すぐに装弾されているかどうかをチェックしてから、仲間のほうに向き直った。

「これは私のライフルだ」と、新兵は丸暗記した言葉を呼び起こした。「似たようなものはたくさんあるが、これが私のライフルだ。私のライフルは、私の一番の親友だ。自分の人生を手なずけなければならないように、このライフルも手なずける必要がある。私の……」

「兄弟の部分は省略しろ」と、スワガーが言う。

「わかりました、軍曹。〝私のライフルは人間だ。私と一心同体だ。なぜなら、それは私の人生だから。だから私はそれを兄弟を知るように習得しよう。私は……〟」

「そこまででいい、マッコイ。休め」

マッコイはライフルを右脚とぴったり平行に立て、右手で銃床をつかんで休めの姿勢をとった。

スワガーは新兵の集団のほうに向き直った。

「おまえたちも全部覚えているはずだ。訓練教官が九週間にわたって、おまえらの耳にたたきこんだからな。寝れば悪夢に出てくることだろう。死ぬまで忘れないはずだ。

　これは一九四二年にサンディエゴの大基地司令官だったウィリアム・H・ルーパータスという将軍が書いたものだ。私は将軍がまだ大佐だった三〇年代に、ホンジュラスにおけるバナナ戦争（第一次世界大戦後にアメリカ合衆国が行った中米諸国への軍事介入の総称）において、彼の配下で軍務につく幸運に恵まれた。実に立派な人物だった。私は常に彼の世話をし、どこへでも付いていった」

　そこで、しばし間を置く。

「だが、海兵諸君、この話は私の心から生まれたものではない。ほとんどの戦いが行われる泥のなかから生まれたものだ。こんな話はでたらめだ」

　刈りこんだ鉄灰色の髪、いくら剃っても剃りきれない髭のせいで黒ずみ、くぼんだ頬、銃の穴照門を思わせる目で現実と向き合う男——小さな灰色のアザミを思わせるその准将は、自分の執務室のそばの大部屋で上級スタッフと会議を行っていた。出席者は全員、完璧に糊を利かせたフォーマルなクラスAのカーキ色の半袖オープンシャツの胸いっぱいに勲章やリボン、襟に階級章を付け、カーキ色のスラックスにぴかぴかに磨き上げた茶色のオックスフォード・シューズといういでたちだった。勲章と日に焼けた肌の色で、まるでキノコのようだ。みんな、しゃちこばって座り、しゃちこばって話し、しゃちこばってタバコをすった。

会議の議題は、新編成の第五、第六、第七新兵訓練大隊にやって来る新兵を収容する兵舎建設の遅れについてだった。新兵は十月に到着するのに、十一月までは兵舎に収容できそうにない。

そこで生じる問題は、兵舎ができるまで新兵をどこへ置いておくかだった。

「彼らに、外で寝かされたと文句を言われたくない」と、鋼鉄の目を持つ准将が鋼鉄の声で言った。彼が笑みを浮かべるのは孫の前だけなのだが、あいにく彼に孫はおらず、一人息子はガダルカナルで戦死していた。「彼らには訓練に集中してほしい。それに、兵舎のような親密な空間でなければ、訓練教官の魔法は効果を発揮しない。新兵を海兵隊員につくり上げるのはそういう場所なのだ」

「准将」と、大佐の一人が言った。「確かペイジに使っていない格納スペースがあるはずです。簡易ベッドを取り寄せ、防水シートで部屋を区切って親密な空間を作れば……」

だが、サウスカロライナ州パリス・アイランドのペイジ・フィールド海兵隊新兵訓練基地の司令官が反論を述べる間もなく、准将の副官が部屋に入ってきて足早に准将に近づき、身をかがめた。

「准将、海軍別館から電話が入っています」と、副官はささやいた。

なんだと！

准将は面食らった。こういった直接の連絡はごく稀だった。命令や方針は普通、組織の部局を一つずつ順番に降りてくる。それにヘンダーソン・ホールと呼ばれる、海兵隊軍事施設を拡張したかたちで司令官と本部スタッフが常駐する海軍別館からの電話であれば、最高レベルの関心が寄せられたことを意味する。実際にはほとんど起こりえないことである。誰かが、何か大変なことをやろうとしているにちがいない。うろたえて当然なのだ。

「諸君、すまんが中座するよ。電話を受けなければならないので」

准将は向きを変え、無意識にシャツの前立てとベルトのバックル、スラックスの開口部を結ぶギグラインをまっすぐに保とうとしながら部屋を出て行った。勲章やリボン類はまさしくテクノカラーのチェス盤もどきで、シャツの裾をきっちりとスラックスにしまい込み、靴は牝牛の目のように輝きを放つ茶色で、両襟にそれぞれ磨き上げられた一つ星が光っている。むろん、海軍別館の人間に姿を見られるわけではないが、本部スタッフに負けない準備をととのえておきたかった。

執務室に入ると、別の当番兵が電話を持って待っていた。准将は深くひと息つくと、受話器に向かって自分の名を告げた。

「調子はどうだ、ブラッド？」と訊いてきたのは海兵隊総司令官だったが、その穏やかな切り出し方はこの電話が譴責を行うものではないのを語っているように思えた。

「総司令官、元気にやっております。プログラムをスケジュールに合わせ、同時に高水準を維持するよう努めています。ご興味があれば報告書をお送りしますが……」

「いや、そうじゃない。別件で電話をしたのだ」

「了解です。どんなご用でしょうか？」

「きみのところにスワガー一等軍曹がいると思うのだが、間違いないかね？」

「はい、おります。スワガーは掛け値なしの有名人ですから。世界一のライフル射撃手であることは証明済みです。ご用件が、彼の望みを叶えて、もう一度太平洋に送り出せという要請でなければいいのですが。彼を失いたくありません」

「その点についてはきみの力になれればいいのだが」と、総司令官は言った。「だが、これはもっと高いところからの要請だ。およそ一時間後に、第八空軍の基地から飛び立ったB‐17が」――英国を拠点にドイツを爆撃している連中のことだ――「ペイジに着陸する」

ペイジにそんな広さがあっただろうか？　まあ、パイロットが優秀であれば可能だろうが、准将はすぐに、通常の手順なら三十五キロほど北にあるビューフォート海軍航空基地に着陸させるはずであるのに気づいた。それほど高い優先度を持つ案件なのだ。

「わかりました」と、准将は言った。

「B・17は二人の人間を運んでくる。一人は精神分析医で、もう一人は陸軍士官だが、二人とも民間人の服装をしている。なぜかは誰も私に教えてくれないのだが。それでも、二人には正式な軍隊式のもてなしをしてほしい。彼らは、私もほんの数分前まではそんなものが存在するとは知らなかった組織に属している」

「すぐに出迎えを送る手配をして……」

「いや、きみが直接出迎えてくれ」

「わかりました」

「スワガーも連れて行ってほしい」

「わかりました」

「彼には異例の提案がされるらしい。どんなものか、私にはまったくわからない。言うまでもなく、受ける受けないは本人の意思にゆだねられる」

「了解しました、総司令官」

「とはいえ、これだけはいくら強調してもしすぎることはない。私は彼が受けてくれるのを願っている。きみがそのことを明確に伝えて、きみ自身も彼が受けるのを望んでいると付け加えてくれるのを希望する」

海兵隊の長い伝統によって、上官の〝願う〟は榴弾砲の砲弾に等しい衝撃力を持っている。ただちに従わなければならないもので、四の五の言う余地はない。

「わかりました」

「彼らは説得のための話し合いを要求している。きみの同席も認められる。スワガーにその話し合いが海兵隊も認めたものであることを伝え、きみがミスター・モーガンとミスター・リーツの身元を個人的に保証するために」

「わかりました」

「すぐに取りかかってくれ」と、総司令官は言った。

「こいつを設計したのはカナダ人だ」と、スワガーは「ライフル銃兵の信条」はまやかしだと語る自分の言葉に動揺し、ひと言も聞き逃すまいと耳をそばだてる三百人の狂信者に語りかけた。スワガーはマッコイのガーランド・ライフルの工学上の完璧な平衡点を片手で支えて高く差し上げた。それを見た聴衆は人を死にいたらしめる設計術を、高度な工学的芸術を、その四キロの重量が表現する美の大半を占める機能性を堪能できた。

「だから言わせてもらえば、ミスター・ジョン・カンティアス・ガーランドは孤独な娘（ミス・ロンリネス）（ナサニエル・ウェストの小説のタイトル。女性のふりをして人生相談に答えるコラムニストの悲哀が描かれる）の案件ではない。おまえたちの手を握りたがっていたわけでも、イースターのウサギみたいにみんなを幸せにしたがっていたわけでもない。自分が設計したものと恋に落ちたわけでもない。それはおまえたちの親友ではない。ガールフレンドでも、子供でも、兄弟でも、感謝祭の鳥の焼き方を心得ている祖母でも、懐かしい小父さんでもない。執務室でバーボンのボトルを抱えて、真珠湾に起きたことで腹を煮えくり返らせているルーパータス将軍が何を言おうと関係ない。それはおまえたちではない。それどころか、おまえたちの敵なのだ」

スワガーは、最後の言葉が新兵たちの頭にしみこむのを待って少し間を置いた。ほとんどの者が――ハーヴァード出の十四人も含めて――この教理に背く言葉に息を呑んだ。

「それは、おまえたちが死ぬのを望んでいる。いつも銃身を詰まらせる泥を探している。ぶち当たってくる岩を、おまえたちの手をすべらせる油脂を、鋼鉄を錆びさせ内腔の溝を消してしまう雨を求めている。ガスプラグは振動でずれたがって、正しい反動エネルギーを生じさせないために信頼して操作できない。照門は補正した照準の設定から外れたがり、照星はねじれたがり、吊り革は伏射の際に肩からすべり落ちたがり、排莢装置は壊れたがり、動かなくなって薬莢の排出ができなくなる。もう一度言っておく、若い海兵たち、それはおまえのガールフレンドではない。もしそう思っているなら、いつか泣きをみることになる。

ミス・マリアンヌが故障して、誰か別の者の武器を使わなければならなくなったらどうなるか。日本人(ジャップ)の武器を使わなければならなくなったら？ 機関銃補助要員と交替させられて、そいつの貧弱なカービン銃を持たされたら？ 四五口径とナイフだけ持って夜間偵察に出たらどうなる？ 自分の大事なミス・マリアンヌがないと、みんながみんなセクション8（第二次世界大戦当時の米軍で、ゲイや異性装などを精神疾患とみなして除隊させたこと）になってしまうのか？

これから自分の身に起きることは予測できない。できるのは、起きてもおかしくない不測の事態に備えることだけだ。一番の方法は、目をそらさずに真実に向き合うこと。それが道具であるという真実に。それ以上のものでもそれ以下のものでもない。おまえたちが自分の役目を果たせば、すばらしい働きをしてくれるはずだ。ガダルカナルのときはスプリングフィールド銃があったが、こちらのほうがあらゆる意味ではるかに優れているのは保証する。世界一の銃だ。おまえたちが自分の役目を果たせば。

では、おまえたちの役目は何だろう？ 実に単純だ。前線にいるときは、いっときたりともこれの手入れを怠(おこた)らないことだ。銃身の掃除をし、ボルト・チャンネルに油を差し、照門と照星の位置を確認し、内部の汚れを布で拭(ふ)き取り、なかをよく点検し、トリガーガードが作動部分(アクション)に固定されているか、作動部分が床尾にしっかりはまっているかを確かめる。そうしたことを全部、偵察に出るたび、侵攻があるたび、攻撃を行うたび——つまり海兵隊がおまえたちにジャップを殺す機会を提供するたびに行わなければならない。

おまえらはそのうち、そうしたことを嫌がるようになるだろう。ひどく面倒だからだ。だが、おまえらがどう思おうとこいつは気にしない。こいつが気にするのは、スプリングと反動エネルギー、パーツとレバーが操作のときに完璧なタイミングで働くかどうかだけだ。おまえたちが二百四十メートルの距離からジャップに一発命中させても、おまえらと同じぐらい早撃ちの南部式拳銃の使い手を倒しても、おまえらの人生を地獄にしようとした高い木の天辺にいる狙撃手を撃っても、こいつは祝ってなどくれない。こいつをうならせるには、毎日しっかり手入れしてやるしかない。

戦争が終わって除隊する日に、おまえたちは兵器庫へ行き、別の若い新米兵士が使えるように大隊の武器保管庫にこれを返却することになる。そのとき——そのとき初めて、おまえたちはミス・マリアンヌがどんなガールフレンドよりも魅力的であるのがわかるはずだ。軍を離れ、昔の暮らしに戻る段になってようやく、おまえらはこのろくでもない代物が魂を持つ娘で、自分に慎ましく笑いかけてくれる姿を想像できるようになる。そのときおまえたちはこれを持つのにふさわしい人間になっている。だから、微笑み返しても何の問題もない」

車中、二人は押し黙っていた。どんな服務作法に照らしても、たとえ経験豊富な一等軍曹であれ、将軍——准将ではあるが——と上級士官用車両（スタッフカー）の後部座席に同席するのは分をわきまえた行為とは言えない。だから二人とも、唐突にスワガーを迎えに射撃練習場の円形教室に現れた車のなかで何を話していいかわからなかった。車はいま射撃練習場を通り抜けて、沼沢地を走っていた。パリス・アイランドは固体だけでなく、豊富な液体で作られているらしく、それが大昔ステゴザウルスたちの生命を維持した植生を支えていた。やがて道路は島の南端にある乾いた土地に達し、ペイジ・フィールド飛行場が見えてきた。当初は複葉機用の飛行場として建設され、次にF4Fワイルドキャット、続いてF6Fヘルキャットが使えるように拡張されてはいたものの、B‐17のような大型機が着陸したことはなかった。

「スワガー一等軍曹」と、准将がようやく口を開いた。「今度の件には、大変有力な人々が関わっているのは知っておいたほうがいい。それに、まもなく提示される仕事をきみが熱意を持って引き受けてくれることを、私を含めた全員が希望しているのも」

「准将、自分が一〇五パーセント海兵隊員であるのはご存じかと。もし海兵隊が望むなら、自分はそれを喜んで差し出します。銃火にさらされた丘を登れと言われたら、どんな丘でも登るように」

「そうであるのはわかっているよ、一等軍曹。混乱が起きないよう、はっきりさせておきたかったのだ。思うに……」

だがその瞬間、すさまじい轟音が二人を包みこんだ。次の瞬間、大きな影が太陽を押し隠し、一秒か二秒後には頭上を通過した。わずか三十メートルの高度で、着陸態勢に入ったB‐17が大地を抱きしめようと二つの車輪を下ろした。

当時の基準で言えば、巨大としか言いようのない航空機だった。翼長三十一メートル、プロペラを旋回させて、飢えた虎のように大気を噛み砕く四基のライトR‐1820サイクロン97エンジンを搭載、全長二十三メートルの流線形の胴体からはみ出しているのは、それぞれに五〇口径〝メッサーシュミット殺し〟を突き出し、合成樹脂の風防ガラスを輝かせた二基のドーム型銃塔だけで、尾部に誇らしげにそそり立つ垂直尾翼が空気を切り裂く。それは、M1ガーランドと同じ美しさを備えていた。与えられた厳しい任務のためになされた設計の完璧さが生み出した美だ。

「あれは、B‐17Gです」と、スワガーが言った。「最新型です。機首の〝あご〟に防御機銃が追加され、尾部に二基五〇口径が装備されている」

「ドイツでの任務を放り出してきみを迎えにこようというのだから、これがよほど重要なことであるのは、きみもわかってくれるだろう」

車は飛行場に着いた。かまぼこ型兵舎と木造の小屋が乱雑に並ぶなか、ポート・ロイヤル湾と大西洋への入り口に向かって突き出た土地に真新しい波形鋼板の格納庫が何棟か立っていた。B-17は人間の背丈の半分ほどもある車輪に載った機首を上げ、尾部を下げて翼を休めていた。給油車が何台もそばに寄り添い、整備員が群がり、海兵隊のパイロットが何人かうっとりと眺めるためだけに集まっている。光沢のある茶色のA2ジャケットに、出撃四十回帽子の天辺をつぶしてかぶり、大きな涙のしずく（ティアドロップ）型サングラスをかけた陸軍航空軍の士官たちが監督にあたっていた。給油の儀式に航空軍の下士官の姿が見えないのは、この機が今日の長距離飛行に備えて重量をできるだけ減らしてきたことを語っていた。

車を降りた准将とスワガーを出迎えた大尉は、正式な司令官が司令部基地に呼ばれているあいだペイジ・フィールドの指揮をとっているのだが、ひどく落ち着かない様子だった。司令官のほうはいまだに、まもなくやって来る新兵訓練部隊のために予備の格納庫を酷使するかどうかを議論しているのだろう。

「准将、彼らはすでに到着しております」と、大尉は言った。

「着陸したときにわれわれが出迎えなかったのに気を悪くしていないかな？」

「それは大丈夫です。実に愛想のいい連中で、形式ばらず、ジョークばかり飛ばしています。彼らには乗員待機室で海兵隊コーヒーのもてなしをしてやり、コックの助手の用意ができたら彼らと乗務員に本物のベーコンエッグをご馳走（ちそう）してやると約束しました。喜んでいるようです」

「わかった、よくやった、メイソン」

メイソンが先に立ち、三人は壁に有名な飛行機や飛行士たちの写真が所狭しと飾ってある状況説明室を通り抜けた。飛行士はみな、ボタンの並びやジッパーが斜めになっているしゃれた革の上着を着て、全員、轟音を蹴立てて空中を飛びまわる途方もない冒険を経験した〝微笑む(スマイリン)ジャック（一九三三年から四十年間にわたって新聞に連載されたザック・モズリー作の航空コミックの主人公）〟の顔をしている。乗員待機室はもっと狭くて飾られた写真も少ないが、雑然とした気楽な雰囲気だ。ロッカーを収めたアルコーブ、名前や任務を書きなぐった黒板、『海兵隊賛歌』の一節、〝……空で、地上で、海で〟が書かれた看板。

一人は年配で、一人は若かった。それぞれグレーと茶色のスーツ姿だ。ネクタイは赤、襟に小さなボタンの付いた白いシャツ。靴はどちらも重そうで、模様穴飾りが付いている。フローシャイムの革靴の星座模様によく似ていた。

一人は、どこに行ってもくつろげるタイプに見えた。中央のソファにゆったり座った姿は、気どらない性格やのみこみの速さ、人あたりの良さ、頭の回転の速さを感じさせた。

もう一人はもっと若く、全身に〝フットボール〟という文字が書かれているような男だった。陽気であけっぴろげな顔つき、クルーカットにしたブロンドの髪。ラインバッカーをやれる体格と肩幅だったが、どことなく自信のなさが現れている。一人はタバコをすい、もう一人は濃いめのコーヒーの入ったマグを傾けており、どうやら二人は何かの話で夢中になっていたらしい。

二人がにこやかな顔で立ち上がった。

「紳士諸君！」と、年かさのほうがゴルフクラブのバーで旧友を出迎えるように、うれしそうに言った。「こんなにすぐにもてなしてもらって感謝していますよ、准将。それと、そちらがアール・スワガー一等軍曹ですね。海兵隊の星で、すでに三つの島で戦ってきた」

それを聞いて、スワガーはむかっとした。まるで自分たちのほうが外部の人間を小さなクラブに招いたかのような言い方だ。彼らが准将に関心がないのは明らかで、准将も威厳を持ってその扱いを受け入れていたが、スワガーにはそれも腹立たしかった。この世界の秩序を乱している。ルール破りはこの二人のように小さなことから始めて、やがてすべてが台なしになる大きなことをしてしまうのだ。

准将がうなずいて、相手より先に革張りの椅子(いす)に腰をおろした。スワガーは無意識に、近くにいる少しましなもう一人のほうに身体が動くのを感じた。

「われわれの組織では階級をあまり気にしないもので。私はビル・モーガンです」と、年上のほうが言った。「こっちはジム・リーツ。私は精神分析医で、彼は英雄です」

「ミスター・モーガン、それから、ミスター・リーツ、パリス・アイランドへようこそ。われわれにどんな手伝いができるか教えてほしい」と、准将が言った。

「それなんですが、われわれはヨーロッパで問題を抱えてます」と、ビル・モーガンが言った。「われわれの組織は——機密として扱われていますが、名称をお教えしても背信行為にはならないでしょう。戦略事務局と呼ばれ……」

「OSSです」と、もう片方のリーツが口をはさんだ。「われわれがやっているのはスパイ活動です。建物を爆破したり、陸軍元帥を暗殺したり、ヨーロッパ中の地下組織と連絡を取り合ったり。少なくとも、そうしたことを目指しています」

「ジム、われわれがここに来た理由をお話ししろ」

若いほうのリーツが話を続けた。「最優先の課題として、われわれは米国の軍役で最高のライフル射撃手を探すように命じられています。それが海兵隊であろうと、ボーイスカウトであろうと、陸軍のジープの運転手でもかまいません。やるべきことは、その人物を見つけて、可能なかぎりの最速ルートでヨーロッパへ連れ帰り、われわれの抱える小さな問題の解決にかかってもらう」

「スワガーなら間違いない」と、鋼鉄の准将が乞われる前に口を開いた。「彼は海兵隊で最高の下士官だ。現時点で大佐になっていても、少しもおかしくない。なぜ彼が辞令を受け取らないのか、司令官でさえ考えあぐねて眠れないほどなのだ」

「われわれもそう聞いています」

「何が問題なのか教えてもらえますか?」と、スワガーが言った。

「ひと言で言えば」と、リーツと呼ばれる男が答えた。「スナイパーです」

2　夜間偵察

「ブルックリン！」

「何だと？」

「ブルックリンと言ったんだよ、馬鹿」

「ジャック、おまえなのか？」

「おれが〝ブルックリン〟と言ったら、おまえは〝ドジャース〟と応じる。合い言葉じゃないか」

「忘れてたよ」

「そっちへ行くから、おれを撃つなよ」

「その心配はない。ライフルが見つからないんだ」

「静かにせんか」と、本人は声を抑えたつもりかもしれないが、ラウドスピーカー並みの音量でマルフォ軍曹が命じた。

〝アイク〟・アイゼンハワーの欧州連合国派遣軍最高司令部の、オマール・ブラッドレーの第一軍の、〝稲妻〟ジョー・コリンズのⅦ軍団の、第九歩兵師団、第六十連隊、第三大隊、D中隊、第二小隊、第二分隊のアーチャー二等兵は冷たい小川のなかにいた。それはフランスのこの地域——サン・ローの市街から二十七キロほど離れたサン・ロー・ペリエ道路の周囲のあちこちをでたらめに流れている小川の一つだった。

そこでいま、米軍の七個師団がドイツ軍の六個師団と対峙していた。

ドイツ軍の勝ち戦になりそうな気配だった。陣地は堅固だし、銃座は巧みに隠され、機関銃も適切な位置に置かれて銃弾も豊富にあり、大砲は照準を定められ、精鋭のSS重戦車隊がいつでも攻撃地点に移動して、敗北した米軍のシャーマン戦車を焼き尽くすために配備されていた。兵士は抜け目なくタフで、熱意とエネルギーに満ちあふれており、いまいましいロシア軍に対して勇気を奮い起こして戦わなくてすむことを喜んでいる。

一方の米軍は、Dデイ以来、いま五千の兵士が直面している最初の困難を完全に見逃した情報活動の失敗をはじめ、戦争技術については不手際が続いていた。米軍兵士の前には丘や森、曲がりくねった道路、それに迷路のように入り組んだ高さ二・五メートルの通り抜け不能な生け垣が待ち受けていた。失敗はさらに続いた。準備砲撃が命中しなかったために頓挫した攻撃、調整ミスと連絡ミス、指揮官同士の険悪な関係。シャーマン戦車は田舎道でティーガー戦車と出くわす危険を避けて、いつも遅れて到着するか、間違った場所へ行ってしまう。前線では三週間も膠着状態が続き、Dデイから四週間たっているのに、兵士たちはほとんど前進しておらず、ツキが変わる様子もなかった。

アーチャー二等兵は腿まで水に浸かり、M1ガーランドを頭上に差し上げて堤を這い上がった。泥で足をすべらせたが、なんとかバランスを取り戻し、重い足どりで自分の分隊の陣地まで走った。そこは葉で覆われた小谷で、流れといまアーチャーが低く身をかがめて通り抜けてきた湿地帯を見下ろせた。昼日中なら豊かな自然がつくり出す、シンデレラでも住んでいそうなロマンチックな幻想の世界だが、夜になると本性を明らかにする。植物が壁をつくり、水路は危険で信用できず、理解不能で地図も存在しない。そのうえ、こちらを殺したくてうずうずしている男たちが待ち構えている。アーチャーは重い息をつきながら、まだ生きていることを喜んだ。ずぶ濡れで、この戦争における今夜の戦いから無事に戻れるかどうかわからないにしても。

「タバコをくれ」と、アーチャーは同じ歩哨任務についている友人のゲイリー・ゴールドバーグに言った。

「ジャック、残り少ないんだ」

「おれのは小川のなかで全部びしょ濡れだ。頼むよ、ゲイリー、一本くれ」

二十一歳と二十二歳の二人の若者はどちらもヘビースモーカーではなく、まだ煙を肺まで吸いこむやり方さえ覚えていなかったが、順応性は高かった。なにしろ米陸軍はタバコを燃料にして動いていた。兵士のなかにはタバコを油脂類と同じ第六食品群に分類する者もいたが、一部の者は野菜類だと主張した。

ゴールドバーグはM1941フィールドジャケットのポケットからキャメルのヴィクトリー・パックを取り出した。『カサブランカ』のハンフリー・ボガートそっくりの動きで一本振り出して、アーチャーはそれを抜き出すと、同じボガート風のしぐさで両手のひらを丸めて合わせ、ジッポ・ライターで火をつけた。思わず深く煙を吸いこんだので何度か咳きこんだが、まもなくそれも治まり、ゆったりとかすかな酔いに似た気分を楽しんだ。

二人とも新顔だった。この分隊、この中隊、この大隊、この師団、この軍団だけでなく、この〝戦争〟にも加わったばかりだ。彼らは高IQ召集兵（IQ115以上）で、大学に送られて、士官養成を最終目標にした奇妙な軍専門研修プログラムを受けさせられた。そのうちに、ふと気づいた者がいた。他の者が世界中で殺されているときに、なんでこいつらを大学で勉強させなければならないんだ、と。このプログラムはただちに中止となり、それまで幸運に恵まれていた若者たちはあっさり前線部隊に送られた。これは二つのことを意味する。一つは、天才に指定されたことと、去年一年を安全なところでのうのうと暮らしたこと（つまり第九歩兵師団が北アフリカで、シチリアで、シェルブール攻撃で経験した目のまわるような多忙な時期を避けられたこと）で他のみんなが彼らを憎んだこと。同時に、一緒だった時間の長さに関係なく、若者同士が生涯の友になったこと。

まもなく、二人だけのタバコの時間は威嚇的な下士官によって中断された。

「無事か、アーチャー？　ゴールドバーグ、おまえのライフルにつまずくところだったぞ。拾っておけ」

「そんなところに隠れてましたか？　わかりました、軍曹」と、ゴールドバーグが言った。

「ゴールドバーグ、きいたふうな口は利くな。ブロードウェイ用にとっておけ。アーチャー、報告しろ」

「はい。敵にはかなり接近しました」

「どれぐらいだ？」

「敵の便所を使えるぐらいには。でも前線は長いので、それで十分接近したとは言えませんよね？」

マルフォ軍曹は当意即妙、ボールベアリングも砕きそうな凝視で応じた。下士官の役割のこの部分は完璧に理解していた。

「先を続けろ。ここは幼稚園じゃないんだ。日が昇る前にここを出なくてはならない」

「はい、はい、わかりました。ええ、エンジン音はなし。戦車も動いていない。すぐにも攻撃を始める気配はなかった。聞こえたのは兵隊たちのおしゃべりだけです。パイプの煙がたちこめてました。くそっ、ひどいタバコをすってやがる。それに笑い声。ドイツ野郎は戦争を楽しんでるみたいです」

「アメリカの強力な戦争マシンを見たら、やつら、くるりと向きを変えて逃げ出しますよ」と、ゴールドバーグが言った。

「あいつら、どう見ても……よくわからないけど、ほんとうに楽しそうだった。こういうことが好きなんだ。そういう血が流れているんですよ」

「わきまえろ、アーチャー。心理学は従軍牧師にまかせろ。大砲のある気配はなかったか？　森の空き地に牽引(けんいん)トラック、山と積まれた砲弾などは？」

「いいえ。まあ、なかったと言っているわけではありません。暗くてよく見えなかったから。塹壕(ざんごう)にもうまく入れなかったほどで。ラジオを聞いているようなものでした。それこそ耳を研(と)ぎ澄ましましたけど、聞こえなかった。それらしい音……つまり……何というか……よくわかりません。聞こえたのはつまらない音だけだった。前線にいる兵隊の立てる音ですよ。まもなく攻撃を仕掛けるってときに、あんなにお気楽にしていられるとは考えられない。ほとんど何も見えなかったけれど、いかにもドイツ人らしい手堅い陣地であるのはわかりました。鉄条網に、砂袋で囲んだ機関銃座、塹壕、その前にライフル射撃用の壕。野原を横切っておれたちが近づいたら、後ろの塹壕に転がりこめるように。まあ、おれたちにそんなに近くまで行ける者がいればですが」

「わかった、よくやった。無線で報告しておく」

立ち上がった瞬間、銃弾がマルフォ軍曹の頭に命中した。後頭部の頭蓋骨の左側、ヘルメットのすぐ下の部分に当たった弾はまっすぐに突き抜けて、血と脳漿の霧をまき散らした。

二人の若い二等兵は、こんなに近くで人の頭が撃ち抜かれる場面を見たことがなかった。軍曹の頭蓋骨は気化して黒い染みになったように見えた。突然、生温かい液体が周囲に飛び散ったが、二人はそれが自分の服に付着したかどうか確かめる気にはなれなかった。年配の——といっても二十五歳だったが——マルフォの身体は溶けてしまいそうに見えた。なぜかゴールドバーグは、『オズの魔法使』のなかで悪い魔女が溶けていく場面を思い出した。一方、パーデュ大学の工学部にいたアーチャーは不思議にも現代美術を思い浮かべ、マルフォが狂気の絵画に変わったように感じた。

死んだ軍曹は優雅さのかけらもなく地面に倒れた。トラックの荷台に牛が落ちるような音が聞こえた。またしても液体があたりに飛び散った。

二人の若者はあわてて地面に腹ばいになった。

「ああ、大変だ」と、アーチャーは言った。「ドイツ野郎は暗闇でも目が見えるんだ」

ゴールドバーグがすすり泣きを始めた。

3 森

「軍曹」と、リーツが言った。「こうして訪ねてきたのは、四二年の秋にガダルカナルできみが行って大成功を収めた対狙撃手プログラムの噂を聞いたからだ。いろいろな情報源からその話を聞いたが、どれも話が食い違っていた。きみの口からほんとうのところを聞きたいと思っている」

スワガーは自分のことを語るのを極端に嫌っていた。もっとも、七、八人の同じ軍曹とテーブルを囲み、できれば豊かな胸のフィリピン美女も同席して飲んでいるときは、むろん口を閉ざしてはいない。出まわる噂の起点はそういう場所だった。

スワガーは准将のほうを向いた。

「准将、タバコをすってもよろしいでしょうか?」

「もちろんだ、すいたまえ、軍曹」と、年上のほうの訪問者モーガンが言った。「きみにはゆっくりしてもらいたい」

だが、スワガーは准将がうなずくまでタバコを出さなかった。これは、スーツを着た男たちとの戦いの一部だった。ここにいる二人もそうであるように、どこへ行ってもスーツ姿の男を見ないときはなかった。

スワガーはクラスAのシャツのポケットに入れたラッキー・ストライクのパックから一本抜き出して口にくわえると、〝米国海兵隊〟の頭文字が刻印された光沢のあるジッポで火をつけ、煙を胸いっぱい吸いこんでから、二度に分けて煙を吐き出して部屋をパトロールさせた。煙は宙にとどまり、何層かに分かれて雲のように重たげに垂れこめて独特の空模様を描き出した。まもなく、そこに次の煙が加わる。

「十月は雨期です。何もかもが動きがとれなくなる。兵站も士気も低下していた。もっとも泥沼だけは別だ。いたるところに泥沼があった。大隊の布陣は細長く延びていたが、敵が正面から来たときに跳ね返せるだけのブラウニング三〇口径を持っていた。大隊は、低湿地と言うか峡谷と言うか知らないが、それを見下ろす高台の、熱帯雨林が始まるところから二百メートルほどの場所にいた。まあ言うまでもないことだが、熱帯雨林には誰も行きたがらなかった。まして戦いに行くなどもってのほかだ。木が密集し、暗くて、湿っている。日本人は好きかもしれないが、アメリカ人はどれも嫌っている」

スワガーはもう一服、深く味わってから煙を吐き出した。煙は北から南へ動く前線をつくって、スーツの二人組を取り巻いた。二人はなんとか我慢しているな、と思ったのは間違いだった。二人ともスワガーから目を離さず、夢中になって話に聞き入っていた。まるでトロイの街の外の丘で、哀れなヘクトールと戦ったばかりのアキレスから戦いの話を聞いているかのように。

「敵は重火器をそれほど持っていなかったが、狙撃手がいるのは間違いなかった。それでわれわれを苦しめていた。暗くなるまでうっかり動けないほどだった。まったくの不意打ちで、高い代価を支払わされた。最初の二日で七人の兵が殺されるか重傷を負うかした。敵がそれほど優秀だとは考えていなかった。少なくとも二百メートル、あるいはそれ以上の距離からものの見事に命中させた。そんなに優れた照準器をどこで見つけたのだろう？　それほど良質な弾をどこで手に入れたのか？　それほど腕の立つ人間をどこから連れてきたのか？　全部、どうやって隠しているのだ？

あらゆることを試してみた。砲撃、空爆――と言っても、当時はナパーム弾もなかったからたいしたものではなかったが――対狙撃手チーム、機関銃の掃射、塹壕掘り。毎日誰かが殺られて人数が減ったが、補充はなかった。夜間に強襲をかけてきたときなど、海までの道のどこにいても狙われたものだ。

士気は下がり、兵隊はびくびくと落ち着かなくなり、士官も無口になっておびえ始めた。そう、海兵隊でさえそうなることがあるんだ。それが狙撃手戦争で起きることなんだ。

そこで私は考えた。この不愉快な一件について、いま自分たちが知らないことは何だろう？　疑問を解決していないのは何だろう？　ジャップはわれわれの知らない何を知っているのだろう？　そうして、一つの答えに行き当たった。森だ。

敵は森にいるのだ。それは間違いない。だが、森のどこにいるのか？　私は懸命に考えて、結論を出した。登れる頑丈な高い木がある場所にちがいない。でなければ上向きに撃たなければならず、失敗する確率が高い。だが、熱帯雨林にそんな木が生えているのだろうか？　誰に訊いても知らなかった。そこで私は指揮官のところへ行き、単独で森の偵察をすると申し出た。闇に紛れて陣地を出て前進し、熱帯雨林のなかへ入った。夜が明けると、一日かけて森のどこなのか？　敵はどこにいるのか？　三重にもびっしり天を覆って、あらゆるものを判別できなくしている林冠の下で、どうすればその木を特定できるかを探ろうとした。

それが私のしたことだ。熱帯雨林の木は根が浅くて、枝や幹もやわなものがほとんどだ。フィリピンでバニヤンを見分けられるようになった。マングローブも知っているが、あれは水のなかで育つものだ。椰子(やし)のなかには、絡み合って、とげだらけで、丈夫な有刺鉄線みたいに行く手をふさぐものがある。ああいうジャングルは、人間をたちまち容赦なく叩きのめす場所だ。腐敗臭が漂い、何もかもが湿って、もろくなっている。いたるところにぬかるみがあって、花が咲いている。トカゲや鳥、それに怪物も住んでいるかもしれない。だが一本だけ、強靭で高い木があった。幹から魚のひれみたいなものが突き出て、さらに頑丈になっている。どこか別の惑星か、別の時代から来たもののようだった。そういう木は多くない。おそらく、根を深く張れる特定の土地でしか成長できないのだろう。あとで、コアという名の木であるのを知ったが、名前などどうでもよかった。もし狙撃手がここにいたら、その木に登っただろうと思っただけだった。一本に登ってみた。ライトヘビー級の体重を持つ人間には楽ではなかったが、幸いジャップはその木にはいなかった。それでも登ってみると、その木にジャップがいたのは間違いないと感じた。たぶんやつらの一人が何週間もその木につかまって過ごし、われわれに見つかる前に移動したのだろう。幹はかなり太いので、当てずっぽうに撃った弾や砲弾から身を守ってくれる。使い勝手もよくて、ジャップは腰かけていた木の股の少しうえの枝を一本切ってライフルの支えにしていた。問題は、集中砲火を浴びせる際にその木の位置をどう確認するかだ。地上から見上げても、われわれの戦線から見下ろしても、ジャングルは鬱蒼として何も見えなかった」

スワガーはもう一服した。次の行動が実に手際がよかったことは、スワガー本人も認めざるを得なかった。それが人命を救ったのだ。それがなければ帰れなかった兵士たちを無事にこの島から送り出せた。そう思うと、スワガーも気分がよかった。その日、彼は自分の職務を果たしたのだ。

「そこで私は大枝のうえに登り、小枝をすべて払った。よく観察すると、その木の葉はジャングルの他の雑木よりずっと色が淡いのに気づいた。地上からはわからないが……もしかしたら空から見分けられるかもしれない。

その夜は陣地に戻り、翌晩ジープで、かろうじて味方が抑えているヘンダーソン・フィールドに行った。翌日、アーミー・パイパー・カブ――陸軍では確かL‐4と呼ばれているはずだ――のパイロットを見つけて、自分の計画を打ち明けた。その午後、二人で陣地のうえを飛び、パイロットが空中偵察用の大型のアーミー・カメラで撮影してくれた。森しか見えなかったので、カメラはそれまで一度も使われていなかった。

翌日、写真が大隊に届いた。見ると、間違いなく……」

もう一服、ラッキー・ストライクを深く吸いこむ。ほの温かく、なめらかで、交じり気のない煙が心地よさと幸福感をもたらし、さっきと同じ南北の軸線上に荒天の気象状況をつくり出し、話に聞き入る者たちを包みこんだ。スーツ姿の男たち。よそ者。知ったかぶり。こいつらのことなど気にするな。

「二百五十メートル上空から、色の違いで高くて強い木を見分けることができた。白黒写真で、白に近い色で写っていた。そこで、その写真を羅針儀に合わせ、任意の点からそれぞれの木の――ジャップの七・七ミリ級弾薬の有効射程内には十四本あった

——大隊の正面に向けて下向きの方位角を割り出した。翌晩、私は志願した砲兵を連れて斜面を下り、選んでおいた地点に穴を掘り、三脚を写真に合わせて置いた。三脚の目盛りを変えれば十四の標的の方位角に合うように、銃を設置した。明るくなるのを待っては意味がない。その頃には、ジャップはわれわれと自分のあいだに木の幹をはさんだ射撃姿勢をとれるからだ。それに、こちらを撃つこともできる。

だから〇四三〇時にわれわれは三〇口径弾二百五十発の弾帯を十四本、それぞれの木に向けて撃ち尽くした。たぶん、最初の百発で葉叢(はむら)に穴を開けて、残りの百五十発が木の髄の部分に浴びせられたはずだ。われわれがよく口にする〝効果的な射撃〟というやつだ。途中で冷却用の水冷(ウオーター)ジャケットが沸騰(ふっとう)しはじめるほど激しく、高速で撃ち続けた。水がすっかり蒸発して、補充しなければならなかったほどだ。

撃ち終えると、銃を分解して、斜面を這い上った。コーヒーを飲み、少し眠った。結果は翌朝出た。われわれは、おなじみの狙撃手と再会しただろうか？　答えは、ノーだ。二度と苦しめられることはなかった。のちに森へ入っていき、島を横断したときも。他の大隊も同じだった」

「日本人は人命を重んじないと言われている」と、ビル・モーガンが言った。「あなたはどうして、彼らがまた森に狙撃場所をつくって、損害を取り戻そうとはしないと思ったのかね？」

「狙撃手は敵のなかでも最高の兵士たちだからだ。頭が切れ、射撃も超一流、献身的で進んで命を捨てられる。装備一式を扱う能力を持つ、おそらくは長期間、中国やマレー半島、フィリピンでトリガーを引き続けてきた下士官だろう。徴集兵なら犠牲にできても、最高の兵士を死なせれば自滅してしまう。ジャップだって、それほど愚かではない。

あとで無線通信傍受した情報将校に聞いたところでは、ジャップはわれわれが暗闇のなかや木々の林冠を通して見ることのできる新兵器を開発したと思ったらしい。とんでもない。全部スワガーとトミー・マロイ伍長と二人の上等兵、それに水冷ジャケット付きのジョン・ブラウニング三〇口径がやったことだ。マロイは実にすばらしい射撃手だった。あの夜、マロイは給料分の働きはした。残念ながら、あの島から生きて出られなかったが」

「トミー・マロイ、ここにあり」と、リーッと呼ばれる男が言った。「彼の冥福を祈ろう。そういう男がもっと見つかることも」

スワガーはトミーへの敬意の印としてもう一服した。こういうときは沈黙で応じるのがふさわしい。おそらくこのリーッという男ならわかるはずだ。もしかしたら、この男は思ったほど悪い人間ではないのかもしれない。

二人は黙ってたがいを見つめ合った。

やがてビル・モーガンが口を開いた。「ちょっと失礼するよ、紳士諸君。電話しなければならない。ジムが手品で楽しませてくれるかもしれん。とてもうまいんだ」

「私も電話するので失礼するよ、諸君」と、准将が言った。「すぐに戻る」

准将が立ち上がると、スワガーも立とうとしたが、准将はその必要はないと手で制した。

准将は急ぎ足で出て行った。

スワガーとジム・リーツの二人があとに残された。

「あんたは爆破屋さんかね？」と、スワガーが尋ねた。

「Dデイのあとに橋を一本やったよ」と、リーツが答えた。

「楽しそうだ」

「橋が吹っ飛ばされるのを見たのが最大の山場だった。だが、どこからともなく武装(ヴァッフェン)親衛隊(SS)が現れて、襲ってきた。とても善良な人々を何人も失った。翌日、親衛隊(SS)は町でフランスの市民を百人も処刑したそうだ。そこが最悪の部分だ。たいしたことではないが、ぼくの尻にドイツのへぼ弾が命中した。関節が砕けたかと思ったが、跳飛弾だったのだろう、深く入らなかった。それでもでかい傷になって、回復には時間がかかり、いまでも足を引きずっている。数日前にロンドンの病院を退院したばかりなんだ」

スワガーはいつもとは違い、何も言わなかった。それでも心のなかではこうつぶやいた。わかったよ、若者。おまえはクラブの一員だ。

ほとんど時を同じくして、准将とビル・モーガンが戻ってきた。二人は黙って、ふたたび腰を下ろした。

「うまくいった」と、ビル・モーガンが言った。「ワシントンに電話して、ドノヴァン将軍と話ができた。われわれのボスだ。第一次世界大戦の生き残り、ワイルド・ビルだよ」

「実は、私は彼に会ったことがあるんだ」と、准将が言った。「偉大な人だ。第一次大戦で名誉勲章をもらっている。スワガー軍曹、もしドノヴァン将軍がこの件に関わっているのなら、きみは仲間に恵まれたと言える」

「おっしゃるとおりです」と、スワガーが答えた。

「話を続けてくれ、リーツ中尉」と、モーガンが言った。

「要はこういうことだ」と、リーツは言った。「われわれはこれから一時間ほどで出発する。平服に着替えて、髭剃り道具をとってくるだけの時間はあるわけだ。B・17(ザ・フォート)はいま給油中で、ロンドンへ直行する。季節風しだいだが、十時間か、十二時間の飛行になる。眠っていくのがいいだろう、きみにはそれが必要になるからな。あちらでは戦略事務局の委嘱(いしょく)で、現在わが方の攻撃構想全体を遅滞させている、戦域のわが軍に対して突然頻発し始めた夜間狙撃による被害の捜査を行うことになる。ブルース大佐が詳細な状況説明をしてくるはずだ。きみは戦略事務局経由で軍からあらゆる支援と兵站を得られることになっている。旅行、捜査、事情聴取については自由裁量権が与えられるから、できればきみがガダルカナルで展開したものに似た対狙撃手作戦を練り上げてもらいたい。むろん、前線の長さははるかに長いがね。きみはその作戦の遂行を監督し……」

「私も撃っていいということだね？　ただテントに座って、結果を待っているだけでなく？」

「そうしたければな。狙撃にも呼ばれることだろう」

「その仕事をすませたら、海兵隊に復隊できるのだね？　あなたがたの影響力を行使して、陸軍省を通じて海軍省に私を太平洋へ戻すよう働きかけてもらえるのか？」

「同じく、きみが望めば」

スワガーが目を向けると、准将はかすかにうなずいた。一般市民なら見逃す程度の小さな動きだった。

「いいだろう」と、スワガーは言った。「やってみよう」

「すばらしい」と、モーガンが言った。「少なくともきみは、海兵隊の一等軍曹として搭乗し、米陸軍の少佐として降機する、この戦争で最初の、そして唯一の男になるわけだ」

4 グローヴナー七〇番地

いつもの悪夢だ。胸の高さにある海の一・五キロほど先の水平線上に見える岩のかたまり──タラワと呼ばれる島から軽やかに飛んでくる青い曳光弾。光がはじけるたびに海面が裂け、もしこの騒動の中心に少年がいれば、次の瞬間には流れ出す血の雲のなかに突っ伏して漂う彼の姿が見られるだろう。次の場面はガダルカナルで、ジャップが人力だけで敵の陣地を奪えると信じ、人海戦術でこれでもかこれでもかと繰り出す攻撃が間近に見える。夜を衝いて押し寄せるジャップは百人単位で死んでいき、三〇口径が小麦かアーカンソー州のトウモロコシを刈るみたいに彼らを収穫し続ける。機関銃が自分の熱で弾詰まりを起こした場所では防御線を破られ、ナイフとシャベルを使った闇のなかの乱闘に変わる。敵に何をしたかは思い出したくないが、忘れることもできない。それがナイフの役割だとはされていても、そんなものはでたらめで、悲しいほど無意味で、現場からはるか遠くにいる人間たちが考え出したものであるのをスワガーは知っていた。現場では、いま自分が乳首から尻まで切り裂いた相手を憎むのは難しいが、そのことをじっくり分析する暇はない。すぐに次の相手が飛びかかってくるからだ。

そして、大きな傷。爆発の中心にいるようなものだった。一瞬、自分の身体からたき出され、戻ってみると身体は解体されている。脚も腕もすべてなくなっている。疲労の霧によって眠りへ、すなわち死へと引きずりこまれる。ショックが薄らぐと痛みが襲いかかる。誰かが胸のなかで溶岩と砂利(じゃり)の研磨をしているような痛みだ。悲鳴を上げても、あたりは大変な騒音に包まれているから誰の耳にも届かない。空は埃と煙と青い閃光で満たされている。やがて人の目が見え、続いてもう一人の目。黒人の担架係二人だ。

「よくなるよ、旦那(だんな)」と、黒人の一人が言った。「おれとマーカスであんたを後方へ連れて行ってやる」

二人はそうしてくれた。

だが、彼が救護所で意識を取り戻すと、隣に寝ていたのはマーカスだった。マーカスは死んでいた。

スワガーはB‐17の振動する冷たい闇のなかで目覚めた。身体が凍(こご)えて、喉(のど)が渇いていた。これまでにも、たくさんの不思議な場所で目覚めたことがあった。海兵隊がそう命じたからだ。状況を読みとるまで一秒ほどかかったが、把握すると頭がすっきりした。お楽しみはまだ始まったばかりなのを、彼は知っていた。

以前は英国空軍グリーナム・コモン基地にあった米陸軍航空軍第四八六駐屯地の兵站倉庫に寄って、真新しい軍服に着替えた少佐は、リーツとともにくすんだオリーブ色の上級士官用フォードの後部座席に座って、ロンドンの街を走った。押し黙った二人の横を、風変わりな装飾を組みこまれた古い建物が次々と通り過ぎていく。はるか遠くに、いまや不必要になった防空気球がつなぎとめられたまま空に浮かんでいる。もう落ちてくることのない爆弾に備えて、あちこちの壁に砂袋が積まれていた。車の数は少なかったが、道路は混雑していた。そこはまるで軍事都市のように見えた。いましがたパレードが終わり、何十種類もの軍服に身を包んだ男たちが、例によって酒、女、喧嘩(けんか)をその順番で探し求めてあてもなく歩きまわっているかのようだった。

「リーツ」と、スワガーがおもむろに口を開いた。「ブルース大佐がどんな人物か教えてくれ」

「デイヴィッド・K・E・ブルース。頭文字が二つあることから、あなたにも何となくわかるでしょう。ハリマン家(〝鉄道王〟エドワード・ヘンリー・ハリマンの興した米国の財閥の一つ。著名な外交官や実業家が輩出)の女性と結婚した。財産も人脈もある。人当たりがよく、とても社交的だ。それが仕事ですからね。みんながそうであるように、あなたも彼が好きになるだろう。でも、軍人というより文民に近い。イェール大学かプリンストン大学かを卒業したのちトンプソン・サブマシンガン（トミーガン）ではなく、〝仲よくやっていく〟〝大目に見る〟〝和解を達成する〟政治を選んだ。戦争が終わったら外交官の道を進むと聞いているが、これがその偉大な第一歩となる。だが、彼を軽く見てはいけない。頭の切れは抜群だ。怒鳴ったり、小言を言ったりするのは嫌いで、軍隊の礼儀作法は苦手なほうだ。ルーズヴェルト政権に裏ルートのコネを持っている。ワシントンでは有名人物だ。ワインや芝居、文学に通じている。ニューヨークとロンドンの両タイムズ紙を毎日読んでいる。英国人にも人気がある」

「きみは親しい間柄なのか？」

「橋の爆破のあと、病院に見舞いに来てくれた」

「善良な人物だな。こんなひどい状況で血を流した者を理解できる士官は好きだ。彼はセバスチャンの伯父さんじゃないのか？　きみの親戚（しんせき）か、セバスチャン？」

セバスチャンという名の運転手はハンサムな若者で、すべての毛穴から特権意識がしみ出していた。この五等特技兵のもの柔らかで自信たっぷりの態度を見ていると、スワガーは一発口に喰（く）らわせてやりたいという気になる。セバスチャンがスワガー・テストに合格するかどうかまだわからないが、いまのところその可能性は低い。

「血はつながっていません。でも、あの人のお父さんと私の父親が大学進学予備校（プレップ・スクール）が一緒で……」

「そこまで聞けば十分だ」と、スワガーが言った。

車はやがて目的のビルに到着した。ぼんやりした灰色の、どことといって特徴のない建物で、ナポレオンが敗れたワーテルローの戦いと第一次世界大戦のソンムの戦いのあいだのどこかで建てられたものだろうが、大急ぎで建てたものらしく装飾がほとんど何もなかった。ガーゴイルをかたどった雨樋も、銘も、線細工も付いておらず、両開きのドアに〝70〟と書かれた小さなブロンズの飾り板があるだけの、面白みのないただの灰色の箱だった。これをつくった人間は、道具はT定規だけしか持っていなかったらしく、一階から平らな屋根までほとんど長方形の建材を積み上げただけであるのは間違いない。何かを暗示するものも、戦争遂行努力に不可欠なものも、超極秘スパイの隠れ家であることを示すものもいっさいなかった。

「メイフェア地区のこのあたりは」と、リーツが言った。「さながらリトル・アメリカと言える。この通りの先には米国大使館がある。コンノート・ホテルもグローヴナー・スクエアのそばにある。わが軍の独身士官の宿泊所になっている。ぼくもそうだが、あなたはあそこにひと部屋持つことになる」

玄関ホールに入ると受付デスクに一般市民が一人座っており、その横にきちんとした軍服に白いヘルメットとゲートル、ホルスターに四五口径を差し、カービン銃をいつでも使える状態にした陸軍のMPが四人立っていた。身分証を見せて、エレベーターに続く廊下を進む。行き先は四階だった。大物は常に最上階にいる！　四階の廊下は野暮ったさで有名で、〝老人たちの顔〟と呼ばれる様式で装飾されていた。ルーズヴェルト、マーシャル陸軍参謀総長、〝アイク〟こと、アイゼンハワー遠征軍最高司令官、ブラッドレー将軍、その他襟に星をいっぱい付けた古びたポークチョップ顔が並び、そこに治安や愛国心といった額縁入りの説教が交じっているだけで、この建物が引き起こすと言われた混乱をほのめかすものは何ひとつない。一番奥の部屋に入ると、陸軍女性部隊（ＷＡＣ）中尉の軍服を着た若い女性がデスクに就いていた。デスクにはタイプライターと二台の電話が置かれていた。

「フェンウィック中尉」と、リーツは言った。「スワガー少佐と大佐に会いに来たんだが」

「大佐に知らせます、中尉」と、女性はにこやかに答えた。

もしかしたら、輝くばかりの白い歯並びを見せた微笑みのせいか。あるいは、その分野に心得のある人間が精密に仕上げたメイクアップのなせるわざか。それとも目の大きさ、ないしは表情の豊かさなのか。あるいは均整のとれた顔、高貴な頬骨の肌の張り、完璧な曲線を描くワシ鼻のせいか。彼女はまぎれもなく、カメラのフラッシュがたかれるのを待ち構えるカバーガールか、または三百倍に引き延ばされてスクリーンに映し出されても傷一つ見当たらない顔を持つ女優にしか見えなかった。

スワガーはまた、彼女とリーツのあいだに何かあるのにも気づいた。二人とも通り一遍の付き合いであるように装っているが、どことなく演技っぽくて信憑性が感じられない。

「お二人とも、どうぞなかへ」と、彼女は言った。

ここは戦略事務局なのか、MGMなのか？　またしても映画向きの顔――これがブルースだ。四十代なかばで、スワガーが何度かスクリーン上で六メートルに拡大された姿を見た男によく似ていた。だが、その俳優の名前は思い出せない。ウォルターだったか。あるいは、フィリップかケネスか？　たぶんウォルターだろう。鋭く尖った鼻、光沢のあるシルバーグレイの髪を後ろに撫でつけ、日に焼けた顔には皺一つなく、目は必要以上に明るく輝き、口髭は手入れが行き過ぎてブラシのようだ。上着は着ていないが、ネクタイを正しいウィンザーノットできっちりと結んでいた。カーキのワイシャツは完璧な仕立てで、いまだにしなやかさを失っていない身体に鋳込んだようにぴったりフィットしていた。垂れたり揺れたりしているところは一つもない。毎朝、馬に乗って猟犬とともに狩りをしているのかもしれない。彼の後ろには、将軍たちか、ドイツのハインケル爆撃機のパイロットしか見ることのできない景色が窓枠で分割されながらも、二つの窓いっぱいに広がっている。ビッグ・ベン、議事堂、ホワイトホールの官庁街、支柱のうえのネルソン像、宮殿の国王――ほんの一瞬眺めるために、観光客がキュナード汽船に何百ポンドも支払う風景だった。

「諸君、お入りなさい」と、大佐が言った。

二人はデスクの前に立ち、すばやく敬礼をすませた。ブルース大佐はぞんざいに敬礼を返すと立ち上がった。

「どうぞよろしく、少佐。われわれのささやかなティー・パーティにようこそ。リーツ、尻の具合はどうだね？」

「順調です、大佐」

「そうは思えんが、困難を克服して事を進めようとするきみの意欲を高く評価している。さあ、今度の件はあまり形式ばらずに行こうじゃないか。重大すぎて、形式などかまっていられないからね」ブルースは二人を暖炉の前に置かれているソファと革張りの椅子へ案内した。マントルピースには軍服姿の老人たちではなく、犬たちの写真が飾られていた。おそらく彼の地所か何かで育てた犬なのだろう。

「座ってくれたまえ。コーヒーはどうかな？　ミリー、コーヒーを淹れてもらえるかい？」

「わかりました、大佐」と、ヴォーグ誌一九三九年七月号が答えた。

「少佐」と、ブルースは言った。「こんなに迅速に持ち場を離れて、ここへ来てくれたことを感謝する。空の旅はどうだったかね？」

スワガーはプロらしく厳めしい表情を崩さなかったが、上流アメリカ人の優れた特質とも言える温かみと謙遜という組み合わせには抵抗のしようがなかった。

「寒くて揺れて……長い旅でした。でも、十分な睡眠がとれました。仕事を始める準備はできています」

「立派な軍人だな」と、大佐が言った。「少佐になった気分はどうだね？」

「一等軍曹と変わりありません。これは適法なのですよね」

「気づかなかったろうが、きみがサインをした書類に入った署名の一つはアイゼンハワー将軍のものだよ。それで適法になる。どんなことだって適法になるんだ」

「役に立てることを希望します」

「よろしい。早速、始めよう。きみには無駄にできる時間はないし、私も同じだ。私がなぜ兵士と一緒に欧州連合国派遣軍最高司令部（SHAEF）にいないで、ここで学者や暗号解読者とともにいるのか、いぶかっていることと思う。その理由は、アイゼンハワーが決めてブラッドレー将軍が同意したように、SHAEFであれ、ヘンダーソン・ホールであれ、国防総省であれ、戦争省であれ――自分たちが重要な存在と考えている戦争遂行機関であればどこでも――通常は党派や派閥、策謀家、クーデター派と反クーデター派の根城になっている。権力闘争だよ。みんなが自分以外のみんなを監視しており、そういう監視のもとですべてが片づけられているのだから驚きというしかない。われわれは、そういう連中にきみを待ち伏せさせたくない。きみはここで働き、連絡係を通して正規軍とコンタクトをとることになる。直接の上官から指示がなかったからと言って折り返しの電話をかけてこない中佐たちを、きみが電話で怒鳴りつけるのを聞きたくないんだ」

「わかりました」

「リーツは好人物だし、こつを知っている。きみが必要なものは全部そろえてくれる。もし彼が手に入れられない場合は、私のところのドアは常に開かれているし、この建物のいくつかのドアも同様だ。そうしたドアの後ろにいる人間はみんな、誰に当たればいいかを心得ている。電話をかければ、必ず応えさせられる。特権を振りかざすのをためらうなよ。そのための特権なのだから」

「ありがとうございます、大佐」

「それでは、スワガー少佐。きみに聞き慣れない言い回しを紹介させてくれ。銃弾の庭（ブリット・ガーデン）のことを」

5　銃弾の庭

「われわれはいまどこにいるんだ？」と、ゴールドバーグが尋ねた。

「フランス、だと思う」

「ジャック、こっちがコメディ作家なんだぞ。フランスのどこなんだ？」

「味方の戦線の内側ではない。ドイツの戦線の向こうでもない。そのあいだのどこかだ」

「何が見える？」

アーチャーはヘルメットを脱ぎ、水面から突き出すように頭をもたげて、絡まって生える草木のすき間から、絡まって生える草木以外のものを見つけようとした。

ゴールドバーグとアーチャーの両二等兵は、この絡まって生える草木を嫌悪する一方で尊重してもいた。天辺から真ん中の幹の部分まで土埃に覆われた草木は、さながら植物園みたいにフランス特有のさまざまな植物が有刺鉄線のように縒り合わされ、彼ら兵士の頭や顔を含めてあらゆるものを、三千ものドイツの双眼鏡の監視の目から隠してくれる格好のカムフラージュになってくれそうだからだ。

「このくそいまいましいものでできた柵（さく）が見える」と、アーチャーが言った。くそいまいましいものとは草木のことだ。「草地と藪（やぶ）が見える。並木が見えるのは道路だろうが、路面は見えない。今朝からいままで見てきたものが見えている」

「ティーガー戦車は？」

「ティーガー戦車なし。ドイツ兵もなし。だが……アメリカ兵もなし。シャーマン戦車も」

そろそろ午後四時になりかけていた。太陽はあと三時間ほど、狙撃手のためにターゲットを指示する役目を果たすだろうから、急いで動くのは意味がない。

「夜になるのを待つほうがいいんじゃないか」と、ゴールドバーグが言った。

「夜まで待てば、ますます右も左もわからなくなるぞ。戦争捕虜収容所にまっしぐらってことになる」

「おまえはそうだろう、農夫ブラウン。ゴールドバーグ家の人間は頭に一発喰らっておしまいだ」

「おれは農民じゃない。工学（エンジニアリング）専攻の学生なんだぞ」

「じゃあ、家に帰れるように誘導（エンジニア）してくれよ」

二人は地面に倒れたマルフォ軍曹のそばに少なくとも五分は横たわっていた。恐怖で身が凍りつき、指一本動かせなかった。聞こえたのは、軍曹の突然の死が生じた土地からあわてて逃げ出していく別の偵察部隊の兵士の立てる音だけだった。彼らがあれからどうなったのか、二人の二等兵は特に気にしていなかった。

しばらく待ったが、頭上でドイツの空挺部隊がパラシュート降下を行う様子もなかったので、二人も立ち上がって逃げ出すことにした。ゴールドバーグは先ほど這い上がった場所にライフルを置いてきたことを思い出し、取りに行って胸に抱きかかえた。安全装置をかけたかどうか忘れたが、どっちみちどこに装置があるのかも覚えていなかった。一方アーチャーは抜け目なく、それが何らかの導きの手をくれることを希望して、死んだ軍曹の死体から地図ケースを抜きとった。もっとも、いま自分がどこにいるかわからないのに、地図が何の役に立つだろう？

二人は屈辱的な恐怖感と屈辱的な被害妄想の中間をさまよい、パニックとヒステリー、悔悟の衝動が興味深い組み合わせで交互に襲ってくるのに耐えながら、身をかがめ、ライフルを半控え銃に構え、目をワイドスクリーン用のレンズのように見開いて、生け垣に沿い、道路を横切り、湿地を通り抜けた。見つかったのはせいぜい牛の足跡ぐらいで、それ以外の生命の痕跡（こんせき）は何ひとつなかった。日差しの強さは最高潮に達しており、さすがの二人もすぐに、昼日中に中間地帯（ノーマンズ・ランド）を歩きまわるのは殺してくれと言っているようなものであるのに気づいた。一番近くの避難場所は二メートル少しの高さの藪だろうと判断した二人は、棘やひっかき傷のことなど考えもせず、そのなかに身体を押しこんだ。不可視になることが最終目標であるなら、二人は失敗したことになる。着古して色褪せたカーキ色のアメリカンM41フィールドジャケットは、何という名前か知らないが、繁茂するガーデン・グリーンの植物のなかから浮き出していたからだ。それでも、何げなく向けられた目には見分けられないかもしれない。

「もう一度、地図を見てくれ」

「こんなの、もう何千回も見ているよ。おれにはさっぱりわからん。いまどこにいて、どこに行きたいのか見ようとしても、いまいるところがまったく見えてこない」

「何かを目印に、方位を見定めてみろよ」

「目印なんかありはしない。ビルも、道路も、村も、丘も、小川も見えないんだから。何ひとつない」

「何が見えるんだ?」

「このくそいまいましい植物だよ」と、アーチャーは言った。「どこを見てもこれしかない」

それはまるで、場所は地獄でしかありえないお伽噺の一場面だった。二人を夕食の材料にしてやろうと狙う灰緑色の軍服の男たちがそこらじゅうにあふれているという事実を忘れれば、美しい風景と言えなくもなかった。だからこそ、銃弾の庭と呼ばれているのだ。緑に覆われた起伏が柴垣(しばがき)で網目状に区切られ、迷路をつくっていた。木立が垣根をつなぐ役目を果たし、ところどころでくぼみがそれを吸いこみ、逆に小さな地面の隆起が空に突き上げる。そこに石積みの壁が交じわってくるので、さらに複雑になる。一番目立つのが生け垣で、固い棘のあるサンザシ属の根、ラズベリーの繁み、ルピナス、スミレ――それらを何世紀ものあいだにさらに手に負えなくなっている脂ぎった泥が覆っている。少し高いところから見れば様子がわかるのだが、なかに入ると遠くはまったく見えず、ただただ戸惑うばかりだ。草木が繁茂する低湿地より、生け垣の陰を進むほうがまだましだった。それでも迷いながらゆっくり前進するほかなく、どこにもたどり着けないのではないかと不安になる。

「何かを目印に、方位を見定める必要がある」と、ゴールドバーグが言ってから、

「自分が方位を見定めるなんて言葉を使うとは信じられないよ。それも、一度も」

「いいじゃないか、兵隊らしく見えるぞ」

「じゃあ、見定(オリエント)めてくれ。それも、醤油(しょうゆ)抜きでな」

「これはプロのコメディなのか？」

「ボブ・ホープの取り巻きなら飛びついてくるぞ」

「そうとも、ボブ・ホープならな」アーチャーはそう言ったが、この相棒が自分と同じくボブ・ホープとは似ても似つかない人物であるのはわかっていた。それでも彼は

身をよじって地図を広げると、眼鏡をかけて身体を小きざみに揺すりながら、自分のしていることをよくわかっているふりをして地図を眺めた。

「よし」しばらく間をおいてから、アーチャーはそう言った。「おれが思いついたことを話してやろう。おれたちでも、太陽が東から西へ動くことは知っている。それで東と西がどっちにあるかわかるし、そこから北と南も突きとめられる。おれたちはいま西へ向かわなければならない。味方の戦線はおおむね西にあるからだ。敵のはおおむね東の方角にある」

「それは確かなのか?」

「ほんとうを言えば、確かではない。戦争の最中は何もかもめちゃくちゃになって、ときには自分が来た方角から攻撃されることもあるからだ」

「ますます頭がこんがらがってくるな。地下鉄に乗って行けないのか?」

その時点で、アーチャーは二人の抱える問題の解決策を見つけ出した気がしていた。東から西への太陽の動きを基準にして、そこから北と南を割り出し、まず南へ進んでから、適当な場所で西へ方向を変えればいい。

この先のどこかに川があるはずで、そこがポイントになるはずだと思い、アーチャーはいささか大げさな身ぶりで話を続けた。

「川が曲がっている場所で、この方向へ進むのをやめる。そこから真西へ向かう。太陽にまっすぐ向かっていけばいい。三、四キロ歩けば、道路に出るはずだ」と言って、地図を指さす。「それを越えればまもなく味方の戦線だ。昨夜（ゆうべ）、出発してすぐに道路を横切ったのを覚えてるだろう」

「いや、よく覚えてない。でも、それでいいと思うよ」

「ライフルを忘れるなよ」

「ジャック、ライフルはあるんだが、安全装置がどこなのか忘れてしまったよ」

「トリガーガードの前の部分だ。押し出せば解除される。ズドンと弾が出る。引けば弾は出ない。わかったか？」

「おれは歩兵部隊に適した人間じゃないんだ」と、ゴールドバーグが言った。

「みんなそうさ」と、アーチャーが言った。

二人は生け垣のもつれから身を引き剝がそうとした。まるで巨大で気難しいタコから逃れようとしているみたいだ。巻きひげや棘、葉を這う虫が二人の身体を引っかき、傷つけ、肌に血と涙と汗の線を描いた。ちくちくする痛みに悩まされながら、二人は身をかがめて小さな歩幅で前進を続けた。装備は全部……いや、ほとんどは異常なかった。

「手榴弾を二つなくしてしまったみたいだ」と、配布された六個のうち四個しか残っていないのに気づいて、ゴールドバーグが言った。実を言うと、彼は手榴弾が怖くてたまらなかったのだ。手のなかで作動させてから投げることなど想像するだに恐ろしい。いや、想像することはできる。ただ、それをしている自分の姿はとうてい思い描けない。

「そんなことは心配するな」と、アーチャーが言った。

「安全装置は解除しておいたほうがいいかな?」と、ゴールドバーグは訊いた。

「いや。ドイツの兵隊どもと鉢合わせするより、つまずいて倒れる可能性のほうが高い。もし誤って発砲すれば、ドイツ野郎全員と顔を合わせることになるぞ」

「わかった」と、ゴールドバーグが言った。声も胸の内も震えていたが、全力を尽くす気持ちになっていた。何と言っても、これは戦争なのだから。

二人は小走りに進んだ。楽しくはなかった。背筋を伸ばして歩いても楽しくはないだろうが、少なくとも楽だった。身を二つに折った不自然な警戒の姿勢で、四キロあるライフルを胸の前に斜めに掛け、ベルトには一個〇・五キロの手榴弾を六個(ないしは四個)吊り、それ以外に銃剣と水筒があり、キャンディ・バーとタバコとソックスと下着の替えにコンドーム(まあ、使う機会もあるかもしれない)まで詰めこんだ背嚢(はいのう)を背負い、ぎくしゃくとした小股の足取りで五十メートル進むたびに止まって様子をうかがう。この状況に二人の腰が文句を言い出したが、たとえ軍医のところへ行っても、軍医は「アスピリンを二錠飲んでおけ。それが効かなければ、おあいにくさま」と言って、読みかけの『ミス・ブランディッシュの蘭(らん)』に戻るだけだろう。

二人は生け垣のつなぎ目にたどり着き、太陽が地平線へ向かう方角を読むアーチャーの勘を信じて、乗り越えようとした。これもまた、楽しくも何ともなかった。生け垣の天辺に上り、続いてすべり降りるあいだ、装備があちこちの棘に引っかかった。もっとも、あたりまえだが、戦争は楽しいものではない。これは仕事なのだ。いまやるべきことなのだ。

そんなふうに前進していると、身体のじめじめした部分全部から汗が噴き出してきた。じめじめしていない額からも流れ落ちて目を刺激し、視界をぼやけさせる。何度もまばたきしたり鼻をすすったりで、不愉快このうえない。人間の脂肪の臭(にお)いに惹(ひ)かれた虫が周囲に群がり、鳥はてんでに鳴き声を上げ、草木は二人を無視し、太陽は用心深く移動している。

ようやく道路に達した。そのまま何も考えずに道を横断したかって？　まさか。それほどの間抜けではない。二人は、ゴルファーが無理にグリーンを狙わず距離を刻むように、道端で立ち止まった。道路は細長い谷間のようで、両側に灌木(かんぼく)や大きな木がびっしりと生え、その大枝が道の上空で絡み合い、緑のトンネル状のものをつくって両方向に伸びていた。それを見て、アーチャーは自分の育ったシカゴ郊外のオーリントン・アヴェニューを思い出した。そこで暮らしたのが百万年も前のような気がした。

アーチャーは斜面をすべるように下って、押し固められた泥と小石だらけの路面に降り立った。しばらく左右に目を凝らして、人間が動いている気配がないかどうか確認してから、二人で決めた〝秘密の暗号〟――舌打ちの合図を発した。ずっと小柄でやせているゴールドバーグが土手をすべり降りた。しっかり留めていなかったヘルメットが外れて、転がっていきそうだったが、ゴールドバーグはそれを捕まえてから立ち上がると、眼鏡の位置を直した。

「じゃあ――」

と言いかけたとき、曲がった道路の向こうからティーガー戦車が姿を現した。

6 田園地帯(ボカージュ)

「フランス語で——もともとはノルマン語なんだが——」と、ブルース大佐が言った。「ボカージュ。古い言葉であるのは間違いないが、語源学できみを悩ますつもりはない。だいたいの意味は、牧草地や森林、雑木林、丘、生け垣、耕作済、未耕作を問わない農耕地、牛とマルハナバチの群れ——そういったものがすべて起伏の多い大地に置かれ、豊かな水量の川が地面を潤し、想像できないほどの緑に覆われた風景ということになる。米軍兵士はそれを〝銃弾の庭〟と呼んでいる」

「スナイパーの領域ですね」と、スワガーが言った。「散歩に行く場所ではない」

「軍隊を前進させる場所でもない。ブラッドレー将軍の第一軍は激しくぶつかって身動きがとれなくなった。いまも、そして今後も延々と足止めされることになる。なぜか? おもに、スナイパーのせいだ。どう思うね、少佐?」

「ドイツ軍は何カ月も前からそこにいました。射程も、隠れ場所も、逃走路も撤退路も、土地の高さも弾道もよく知っている。みんな、ソ連かイタリアで鍛えられてきた兵隊だから、初心者のミスは期待できない」

「状況はもっと悪いのだ。なかには夜間に行動して、こちらの兵士をおびえさせ、戦意を失わせている者がいる。もしかしたら新しい技術が開発されたのか、あるいはごく近距離の射撃か、それともこちらの兵士を狙い撃ちできる高度に発達した聴力を持っているのか。何もわかっていない」

「夜のスナイパー――それが、私の呼ばれた理由ですね？」

「そのとおりだ、少佐。われわれには新しい見方でこの問題に取り組む頭脳を持つ人物が必要なのだ。その人物には対抗計画をすみやかに立ててもらわなければならない。戦争は行き詰まっている。英国軍の前進も遅れているが、われわれほどではない。アイクはいらだち、英国のモンゴメリー陸軍元帥との交渉力を失っている。大統領は困惑し、新聞は同じことばかり繰り返し書いている」

「タイムリミットのようなものはあるのですか？　何か大きな計画があって、今度のことはその一部ということですか？」

「われわれはいまの状況から抜け出さなければならないからね。そうとも、何かが計画されている。しかるべき計画を立て、前もって準備しておきたい。日付も作戦名もまだないが、おそらくひと月後の七月末頃になるだろう。そのために欧州連合国派遣軍最高司令部のかける圧力も強くなっている。もしきみが夜のスナイパーを止められたら、大きな貢献をすることになる。必要なものを言ってくれ」

「まずはドイツ軍のスナイパー訓練やスナイパーの装備――とりわけ弾道に関するもの――それに別の場面、特にロシアで示した傾向に関する軍事技術情報を、できれば全部手に入れたい」

「ミリー、聞いているか？」

「ええ、大佐」と、音量が増幅された声が聞こえた。

「彼女はインターコムで聞いている。書き取っているんだ。スミス大学卒業で速記のできる者はわずかだが、ミリーは名手だよ」

スワガーは押し黙っているリーツのほうに目をやった。自分なりに、ノートにメモをとっているらしい。表情にはまったく変化がなかったが、耳が真っ赤になっていた。心の動揺がはっきり表れているのだ。スワガーはそのことを心に留め置いた。

「続けてくれ、少佐」

「次に、もし敵のスナイパーを生け捕りにしているなら、捕虜報告書が欲しい。収容所に行って、彼らを尋問します。相手が親衛隊でも正規軍でも」

「前もって言っておくが、理由は何であれ、スナイパーの捕虜はそんなにたくさんは見つからないだろうな」

「ですが最も重要なのは、銃弾の庭に着いてからの第一軍全体の死傷者報告を丹念に類別して選ぶことです。以下の条件を満たすものを最初に選びます。上半身か頭に単発のライフル弾を受けて殺された者全員。複数の傷は銃撃戦の最中に、マシンガンか手榴弾、砲弾などで受けたことを示している。単発による傷だからと言って、必ずしもスナイパーの放ったものとは限らないが、件数を大幅に減らす役には立つ。それが起きた時間、日付、それに可能なら当時の状況も知りたい。戦線から放たれた単発のライフル弾による損耗率を知りたいのです。夜間のものとは限りません。その狙撃がスナイパー作戦全体のなかでどの部分に当てはまるのかを見つけ出す必要がある。敵の活動が最も活発なのはどこで、不活発なのはどこかを。位置を変えているのか？　夜のスナイパーたちはある区域から別の区域へ移動しているのか？　もしそうなら、どんな方法で？」

リーツはメモをとり続けている。

「それには時間と労力が必要だな」と、ブルース大佐が言った。「だが、命令書にあるアイゼンハワー元帥の署名は大きな助けになるだろう。四つ星の将軍の支援を受けられるのはいいものだな」

「確かに」と、スワガーは言った。「われわれが情報を十分に分析し終えた時点で、リーツと私は戦線に行って、生存者を見つけ出す。狙撃はどんなふうに行われたのかを正確に知り、前兆を探す必要がある。排出された薬莢、軍靴の足跡、森や建物に即席に設置した銃座。どれもすべて重要だ。狙撃に何を使ったのか？　照準器をネジで留めた標準的な歩兵用ライフルか、それとも長距離で最大の正確性を発揮するように調整した手製のスナイパー用の銃なのか？　その銃を使えば何ができるのか？　いつ撃つのか？　風や天候はどうだったのか？　何より重要なのは、それが新技術なのかどうかという点だ。敵はわれわれの知らない視力強化の技術を持っているのか？

それから、ターゲットの選択。どんな基準でターゲットを選んでいるのか？　誰を狙うかだけでなく、誰を狙わないかを知らなければならない。なぜAであって、Bではないのか？　それがわかれば多くのことがわかってくるでしょう」

「いいぞ、少佐。きみは三五一一室を使ってくれ。以前は保険会社の本社が使っていた広い部屋だ。地図をたくさん置くスペースがある。書類箱も。リーツがきみの執事役になって必要なものは、最高機密も含めて全部手に入れてくれる。問い合わせ先の電話番号もすべて知っている。どうだろう、毎週金曜日の午前九時に報告に来てくれないか？　私もときおり顔を出す。うちのスタッフや最高司令部の機密取扱許可を持つ者も立ち寄る。ただし、常にきみには事前に知らせが行く。きみの仕事場では、軍隊のエチケットより効率性と結果が優先されることを忘れないでほしい。きみは自分の望む文化（カルチャー）をつくるのだ。敬礼してもいいし、しなくてもいい。呼び方はファーストネームか、姓か、階級か、どれでもかまわない。〝サー〟を付けようが付けまいが、誰も気にしない。私に用があれば、ミリーに電話してくれ。私が何をしていても、彼女は必ず連絡をくれる。私も可能なかぎり速く返事をする。それで文句はないね？」

「ありません、大佐」

「よろしい、スワガー少佐。きみがメンバーに加わってくれてうれしい。もう一つだけ、いいかね」

「もちろんです」

「きみはパーティが好きかね？」

7 マシーン

死の工業生産のなかで、PzKpfwⅥAusf.E.こと、Ⅵ号戦車ティーガーE型ほど運命を完璧に表現したデザインはない。だからこそ、それはあらゆる米軍兵士の悪夢に繰り返し現れ、あらゆる士官の脳幹にある爬虫類脳をおびやかし、戦術立案者を深酒に駆り立て、西欧の軍隊の持つ戦闘のイメージを理解不能な領域へと方向づけるのだ。

航空機のほうが殺傷率は高いとはいえ、それは空に浮かぶ小さな点にすぎない。火砲はもっと荒々しく、人間の手足をばらばらに引き裂くが、はるか遠くにあるものだし、神の呪いのようにひっそりとやって来る。マシンガンは、何挺かの射界を入念に重複させておけばすばやく敵を殺せるが、応射や戦術的展開、迫撃砲による攻撃などをうまく統御すれば、その衝撃を弱められる。鉄条網は第一次世界大戦のときのように歩兵を阻止する〝竜の歯〟の役目は果たせない。戦線がずっと機動的になり、変化し、進化・展開しているからだ。いま液体だったものがいつのまにか石に変わっている——そういうことが毎日、いや、ときには毎時間起きているのだ。

だが、いまいましいティーガーは別だ。PzKpfwⅥAusf.E.、PzKpfwⅥAusf.E.——赤々と燃え、夜の森のなかで……。それは流線形の原則を嘲笑う。皮肉も内省も詩も奇想も馬鹿にする。英雄的行動を嘲弄し、高潔さを押しつぶし、美意識を粉砕し、名誉を裏切る。目の前に近づくものすべてを打ち破り、とりわけそれが使命と立ち向かってくる戦車には容赦ない。ソ連のT‐34を切り裂いて、原子の粒子へと砕いてしまう。シャーマン戦車もクロムウェル戦車も黙示録のかがり火へと変え、あたりの空気を燃える金属と肉で満たす。

この荒々しい獣が近づいてくると、アーチャーとゴールドバーグは何とか溶けこもうとするかのように身体を地面に強く押しつけた。二人は道を少しそれたところで、半分雑草とフランスの花に埋もれるようにして、汗をかき、小便をちびり、パニック起因の腸内ガスを発しながら、口のなかを砂だらけにし、手足全部をぶるぶると震わせ、脳はこれまで自分がしてきた悪事を悔いる思い以外は空っぽになっていた。アーチャーはかつて、エヴァンストン高校一九四二年度の卒業生総代の座をジーン・シルヴァースタインに奪われないために、テストでカンニングをしたことがあった。ゴールドバーグのほうは、マーティ・グリーンから盗んだジョークをフレッド・アレンに五ドルで売ったことを思い出していた。マーティから盗んだのは二つか三つ——いや、そう、四つか五つ、もしかしたら六つか七つかもしれない。マーティは面白い男だが恥ずかしがり屋だったので、もしゴールドバーグがしかるべきところに持っていかなければ、ジョークはそのまま忘れ去られたにちがいない。ゴールドバーグはほんの一瞬、マーティに詫びを入れて二人でハリウッドに行き、コメディ作家コンビになってビヴァリーヒルズに住み、キャデラックを乗りまわし、胸は大きいが頭の悪いブロンド女たちと付き合い、二人と同じくひょうきんで抜け目なく、頭の回転の速いユダヤ人たちに囲まれるピンクと黒の未来図を思い浮かべた。もっとも、それもティーガーに殺されなければだが。

別の言語を使った別の宗教であるのに、二人の祈りの言葉はぴたりと一致して、音節の数もほとんど同じだった。

〝どうか神様どうか神様どうか神様どうか神様！〟

旧約聖書と新約聖書の格式ある上品さは望むべくもないが、その瞬間に二人の頭に浮かんだのはその祈りだけだった。なにしろ、標準装備で五十六トンの重量がある代物が容赦なく近づいてくる振動を感じながら、悪臭を放ち、おびえきって横たわっているのだから。しかも少し目を上げると、戦車の後ろには装甲擲弾兵の一団が付き従っているのが見えた。

さらに強く地面に身体を押しつけて、土と一体化しようとする二人の目に映ったマシーンは、単体としてはおそらくこの世で最も男性的な物体だろう。そこには女性的な曲線も、ほんのわずかな柔らかさも皆無だった。そもそも構造物の雄とも言うべき箱、それもクルップ社の鋼鉄でつくられたいくつかの箱を、絨毯のうえに子供が積むように重ね、溶接工のトーチの青い炎で結合して巨大なキャタピラのうえに載せてあった。キャタピラは幅一メートル、よく数えると九つある、正確な密度でたがい違いに並んだ鋼鉄の車輪を包みこみ、この構造物全体を行きたいところにはどこでも行け、通り抜けたいものはどんなものでも通り抜けさせる力を持つエンジンの執拗な牽引力を伝えている。ここで使った〝通り抜ける〟という言葉は、貫通し侵犯し破壊するという意味だ。家もビルも壁も——人間が建てたものはすべて——このマシーンの気分と気まぐれに太刀打ちできない。

マシーン本体からは、棘のように砲と銃が突き出ている。一番目立つのは、照準器付きの名高き八・八センチ戦車砲で、いまのところ地上では最強の武器として恐れられ、左右両側の敵戦車を撃つことができた。それこそ事もなげに、地平線上にある小さな染みを溶けた鋼鉄と人間の火山に変えてしまう。その長さを見れば、きっと遠く離れた異国の地でも技術者が夜を徹して、自分たちの真鍮色の戦車にも八・八センチ砲と同じ長さの火砲を載せる手段を模索しているのを想像できる。いずれそうなるかもしれないが、いまはまだ実現していない。そこから少し下がった鋼鉄の棚から機関銃が突き出して、さらに回転砲塔の天辺の〝車長殿〟のすぐ隣にもう一挺の機関銃が置かれ、弾薬帯が銃尾から無頓着(むとんちゃく)に垂れ下がっている。

それでも、戦場の恐竜とも言うべきこの強力な戦車はいま、見た目とそぐわない音を発していた。一つには、回転砲塔の傾斜した本丸は捕食モードではなく、まるで思索モードになって、これから向かう場所（死か？）ではなく、これまでいた場所（ロシアか？）のことを黙考しているかのようで、八・八センチ砲さえうなだれていた。砲塔内の玉座にいる〝車長殿〟はおかしな人物で、腰かけているので、上半身だけにドイツ人の裸体主義(ヌーディズム)の健康上の恩恵を十二分に享受していた。黒い外套(がいとう)や、映画『戦場を駆ける男』に出てくるレイモンド・マッセイの単眼鏡などとはまったくかけ離れた身なりだった。顎髭をたくわえ、豊かなブロンドの髪を後ろにすき上げ、ハンサムと言ってもいい幅広の顔にサングラスをかけている。首にスカーフを巻いていたが、シャツは着ていなかった。なぜか微笑んで、幸せそうだった。個性、自由、歓喜――どれもドイツ人が生み出してこなかったとされるものをすべて備えていた。すぐわきの鋼鉄の台座に載ったグロスフスMG42機関銃には何の興味も持っていなかった。さらに二つ、無帽のドイツ兵の頭が砲塔の下にある前方のハッチから突き出していた。二人も指揮官同様、休暇を楽しんでいるふうだった。

アーチャーが身体を動かさずに顔だけ右にかしげると、戦車の回転砲塔の腹に重厚なゴシック体で503と書かれているのが見えた。一方、支援する重武装の歩兵たちはどことなく浮かれ気分でいるようだった。ヘルメットを脱いでベルトに留め、灰緑色の帽子だけかぶっている。帽子姿の兵はほぼ全員がパイプか紙巻きタバコをふかしており、武器はぞんざいに肩にかけている。そのほうが楽ではあるが、すばやい行動には適していない。一団のなかに士官か下士官がいるとしても、軍服や歩く位置で見分けることはできなかった。

重いエンジンの響き、巡航速度でもキャタピラが脆弱な路面を剝がすことで巻き上がる土埃、大地が七百馬力の粉砕機の命令に屈して立てる騒音——そういったものが徐々に近づいてくるのを感じて、アーチャーは耐えられなくなった。顔を地面に戻し、目を閉じて、銃弾が頭に突き刺さるのを待ち構えた。

ゴールドバーグも同じだった。彼の神経も参りかけていた。英雄的行為にいつも運動能力が必要なわけではなく、ときには麻痺状態が適している場合もある。それはゴールドバーグの得意技だった。彼は何も見ていなかった。

8 おれたちはまだ楽しんでいるんだろうか？

「パーティですか？」と、スワガーは言った。その言葉をまったく予想していなかったことは隠しようがなかった。

「そうだ、少佐、パーティだ」

「いいえ。まったく」

「それは、これまで聞いたなかで最高のニュースだな。ところで、将来の参考のために訊くんだが、きみが定義するすばらしいパーティとはどんなものだね？」

「客が二人のものですね。私と、ジャック・ダニエル・オールド・ナンバー7（ブラック）の二人だけの」

「いいね、少佐。それを訊いたのは……つまり、たぶんこのジョークはきみも知ってるだろう。もし知らなくても、いま知ることになる。戦略事務局（OSS）には、〝おお、とても、（オー・ソー・）社交的（ソーシャル）〟というあだ名がある。なぜかと言えば、外国語の能力や高度の分析能力、それに陰謀や策略、冷酷な暴力といった要素を加えると、どうしても家柄の良い人間の専売特許に思えるからだ。連中は時間をもてあましているし、深淵のスリルが大好きだからだ」

「そのとおりです」と、スワガーは言った。その説は彼の世界観と合致しているし、知能を多少でも持つ者には明々白々なことをブルース大佐が改めて認めてみせたのには感心しないでもなかった。

「そういう連中は皆とても聡明だ。ところが、そういうとても聡明な人々をたくさん一つの建物に集めると、彼らはまず間違いなく、あっという間に競い合いを始めることになる。そして、その小競り合いのテーマはいつも変わらず、誰がどのパーティに招待されたかということなのだ」

「わかりました。おそらく、ワシントンの海兵隊司令部でも同じなのでしょう」

「だから、私は英国人と仲よくして、第三帝国と戦うためにここに来たのに、毎日パーティの招待リストのチェックに明け暮れている。それで戦争ができるのかって？　そう、きみも驚くだろうな。数多くのことがそうやって行われているのだ。レディ・ダイアンのパーティで、二人の人物がカクテルを飲み交して初めて下される重要な決定も少なくない。となれば、パーティも必要なのかもしれない。それに人間性は残念ながら変わることがなく、戦時中のロンドン、ベルリン、東京、ワシントンでもそれは同じだ。エネルギーの浪費、馬鹿げた考え、ナンセンス、愚の骨頂。私が本を書かないのはそれが理由だ。誰も信じないからだ」

「わかります、大佐。私はどんなパーティにも行くつもりはありませんし、誰が出て誰が出ないかを気にすることもありません。リーツには忙しく働いてもらうつもりですから、彼もパーティには行きません。そうだね、リーツ？」

「ええ、少佐」と、リーツは言った。

「それは何よりのニュースだ。きみたちをパーティの招待客リストに載せる苦労がはぶけるからな」

9　はい、彼らはバナナをいくらか持っています

騒音は次第に大きくなったが、ある時点で少しずつ遠ざかり始め、やがて聞こえなくなった。アーチャーは目を上げたが、林冠から差しこむ何本かの遅い日差しのなかで、埃の帳（とばり）が輝いているのが見えただけだった。

「ゲイリー？　おまえ、死んだのか？」

「二度な」

「おれも同じだ」

「漏らしちまった。誰にも言うなよ」

「おまえが言わなければな」

「取引成立だな。なあ、おまえ、あれを見たか？　あれは恐竜だぜ。ティラノサウルス・レックスだ。あいつが食うと決めたら、何でも食ってしまう。オードブルになった気分だよ」

「あいつの行く先にはいたくないな。本気で仕事に取りかかったら、とても止められ

ないぞ」

疲れと、まだ残っている発熱性の恐怖のせいか、ゴールドバーグは使い慣れたピッグ・ラテン語に切り替えた。「ここから急いで逃げ出そうぜ（エッレイ・エトゲイ・ザ・ウクフェイ・エレヘイ）」

「まったくだ（アムド・イトレイ）」と、アーチャーが応じる。

背後から、誰かの声がした。「やあ、諸君（エロヘイ・オイズベイ）」

ドイツ人だった。大きな黒い銃を持っていた。

10 紙の死

欧州連合国派遣軍最高司令部の名も知らぬ事務官が、戦傷者リストから必要な死亡報告書を集めるのにしばらく時間がかかった。その間を利用して、スワガーはドイツ軍スナイパーの権威になろうと努めた。

学んでいくと、少し意外なことがいくつか見つかった。まず一つの驚きは、西欧の情報機関はスナイパー戦にさほど関心を示していない点だった。そのために誰も綿密な調査を行っておらず、後知恵で論じられるだけだった。報告書のほうに移って中身を見ていくと、なぜか切迫感が感じられず、明らかに優先度が低いことを示していた。報告書のほとんどはドイツの宣伝雑誌から引用した公表済みの二次資料をもとにしており、検証され、英国人がざっくり翻訳した秘密の情報源に基づくものではなかった。突然、思いがけず起きた田園地帯（ボカージュ）の大惨事にいたってようやく、米軍兵士の大量死という損失に正しく目が向けられるようになった。スワガーは自分のいまやっていることが、この問題に関する、直接的で重要度の高い初めての調査であるのを知った。とはいえ、その無関心さはドイツ側でも事情は同じだった。

大国はどこでもそうで、ドイツも第一次世界大戦で輝かしい成功をおさめた狙撃計画を持っていたが、のちに第二次世界大戦となるものへの臨戦態勢を固める過程で、そのおおかたを放棄してしまった。それはドイツが機甲部隊を重視する電撃戦(ブリッツクリーク)に力を注いだからであり、機甲部隊と地上部隊の協調（たまに面白半分に急降下爆撃が加わる）が発達したことで、スナイパーは無視された。つまるところ、スナイパーは塹壕のなかで戦う固定型の戦闘の典型だからだ。

ドイツがヨーロッパを股にかけ、ついでソ連の半分へと電撃戦を仕掛けるあいだ、長期間、この偏向に変化はなかった。ところが、かつてドイツの前進を止め、レニングラードやスターリングラードといった都市で彼らを苦しめたロシア人が、忘れていた教訓を思い出させた。ライフルと照準器を持つ人物は、ターゲットだけでなく、ターゲットの近くにいるすべての人々、そしてそういう人々から話を聞いた者全員に深刻な打撃を与えるという教訓を。

こうしてドイツ人も第二次世界大戦にスナイパー・ゲームを組み入れたのだが、遅れた分、技術が発展しなかった。スナイパーたちはほとんどの場合、標準的な八ミリ・モーゼル・K98kを使った。もっともそれには、目がくらみそうなほど複雑なスコープと台(マウント)が付いており、そうした装置はだいたいが市販されているものか、軍需品を扱う当局が特注したものだった。当局が新しい原理原則を持ち出してくると、だいたいが失敗した。

制式スコープとして最初に採用されたのは、瞳距離の長い望遠倍率一・五倍のZf.41だった。で、銃身の真ん中あたりに据えたところはまるで玩具のようで、射撃手の目からレンズまで三十センチも離れているので、ターゲットの像はとても小さくなる。そのうえレンズの口径が狭いせいで（二十ミリ）、光透過率がきわめて低い。そのため荒天時や夜明け、夕暮れ、深い森のなか、破壊された都市の影のなかなどでは利用できない。それでいったい何の役に立つだろう？

それに気づいて計画を断念すると、当局はアジャック、ヘンゾルト、ツァイス、J・W・フェッカーといった製造会社から商業用のスコープを買い入れた。倍率（二倍から十倍）も口径も多様で、レチクルと呼ばれる、写った像の位置や大きさを測るためのレンズ内の目盛線〝グレチクル〟もいろいろな太さの十字線、細線、太線、交差したもの、しないものとさまざまで、十字線の中心に点のあるターゲット・ドットまでたくさんの種類があった。こうした構成要素の不一致のせいで、成否は射撃手それぞれが自分の使うレンズにどれだけ熟達するかにかかっており、統一された原則などはつくりようがなかった。

なんという無秩序！

だが、それが誰であれ、田園地帯(ボカージュ)の狙撃手は見事な狩人ぶりだ。

あれは、いったい誰なのだ？

11　クルト

ドイツ人はTシャツ姿で、いかにものんきそうな様子だったが、持っている曲がった銃床の『アメージング・ストーリーズ』に出てくる光線銃を連想させるライフルは別だった。

「この銃を見たときのおまえらの顔ときたら」と、ドイツ人はうれしそうに言った。「まったく、写真を撮っておきたかったよ。震え上がったか？　それどころじゃなかったぞ！」

二人のヒーローは言うべき言葉を何も思いつかなかった。アーチャーは押し黙った。ゴールドバーグはつじつまの合わないことをぶつぶつとつぶやいている。

「わかった」と、ドイツ人が言った。「出発しよう。おまえたちをクルトに会わせる。どうすべきか、やつが決めてくれるだろう」

「どうやって……その、いや、あれは……おれが言いたいのは、なぜ……」と、好奇心に負けて危険を忘れたアーチャーが口をすべらせた。

「英語のことか？　おれはロスアンゼルスで育ったんだ。五年間な。父親はＲＫＯピクチャーズの撮影技師だった。この馬鹿げたことが終わったら、戻りたいと思っている。さあ、行こう。昼飯を食いそこねるぞ」

　ドイツ兵は先に立ち、両手を上げて道路の真ん中を歩いて進んだ。やがて、広い木陰でとりわけ高く伸びた生け垣沿いに、ティーガー戦車とその乗員、それに歩兵がいるのが見えた。日差しとリパブリックＰ‐47サンダーボルトの空からの攻撃を避けている。マシーンは巨大で力強かった。二人の米軍兵士が初めて見る大きさのもので、森の色に合わせた迷彩が施されていた。

　だがマシーンに同行する男たちは電撃戦の化身とはとても言えなかった。むしろ、学生の友愛会の懇親会みたいな雰囲気だった。大声で笑い、馬鹿騒ぎをしている。おそらくガールフレンドのことやサッカーの話をしているのだろう。手紙を書いている者、パイプをすう者、なかには遅い昼寝をしている者もいる。一人、ハーモニカを吹いている者もいたが、曲は『リリー・マルレーン』ではなく、ベニー・グッドマンの飛び跳ねるようなリズムのフレーズだった。

　指揮官は上半身裸の髭をたくわえた軍曹で、その午後五回目のタッチダウンを決めてベンチに戻ったランニングバックのように、愛車のフェンダーに腰かけていた。一行のほとんどは彼のまわりに集まっていた。それが恐れているからなのか、忠誠心なのか、感服しているからかは、誰にもわからない。

指揮官は二人の米兵に目を向けた。すぐに重要な戦略的質問から始めた。

「バナナを持ってるか？」

確かに、彼自身はバナナを持っていた。すぐわきに、両端がまだ少し熟していないバナナの束が置いてあった。彼がそれを差し出したので、二人の米兵は一本ずつ受け取った。それ以外、どうすればよかったのだ？ドイツ人が差し出すバナナをことわれとでも？

指揮官は二人に微笑みかけた。二人が拷問（ごうもん）か、少なくとも手荒い尋問を予期していたのなら、それは間違いだった。ドイツ人の戦車兵は、「おれはクルトだ」と言った。それから早口に二人を捕らえた男に何か言った。男はもうライフルを持っていなかった。

「クルトは、おまえたちがスナイパーかどうかを知りたがっている」

「違います」と、アーチャーが言った。

「よかったな」と、最初に出会ったドイツ人が言った。「クルトはスナイパーが大嫌いなのだ。さあ、遠慮なくバナナを食べろ」

またしてもアーチャーとゴールドバーグは、いったいどうなってるんだという顔つきをして、バナナを食べ始めた。味は悪くないが、嚙みきるのに抵抗がある。繊維のせいだ。便通にいいし、元気も出る。

「うまいだろう？」と、クルトが尋ねた。

「ああ、確かに」と、おもねりを感じさせる口調で、ゴールドバーグが言った。

クルトはまた通訳に何か言った。しゃべってるのはドイツ語だろうか？　まあ、そうかもしれないし、違うかもしれない。どっちみち、アーチャーとゴールドバーグには判断がつかなかった。ただ、『戦場を駈ける男』のレイモンド・マッセイのしゃべり方はこうではなかった。通訳が言った。「彼はおまえたちが、味方の戦線をはるかに越えたこんなところで何をしているのか知りたがっている。見たところ、特別奇襲隊員でも空挺隊員でも破壊工作員でもないようだが」

ゴールドバーグもアーチャーも舌をもつれさせながら話した。途切れ途切れだが、言いたかったのはこんなことだった。「偵察中に……軍曹が戦死し……道に迷い……さまよっていた……味方の陣地がどこかわからない」

クルトはその説明に耳を傾けてから、質問を発した。

「戦車を追っていたのか？」

「いや、おれたちは戦車から逃げていたんですよ」と、ゴールドバーグが言った。

「とんでもない」と、アーチャー。「夜間偵察をしていただけです。道に迷ったんです」

「ドイツ兵を何人殺した？」

「いや、一人も。戦闘中にライフルを撃ったことさえ一度もない。ここまでの戦争は身を隠し、穴のなかに座っていただけで、だいたいがそんなものでした」

クルトはじっくりと思案した。

「おまえたちをどうすべきかな？　ドイツ軍に加わりたいか？」

二人の米兵は仰天して二の句が継げなかった。だが、クルトが笑い出したので、ジョークであるのがわかった。

クルトは言った。「おれがすべきなのは、SSに引き渡すことなんだろうが……」

「ヴイ・ラトリン・ニーモリ・ナジェット・ハヴノ」誰かがそう言った。少なくともそう聞こえた。

それをきっかけに、〝ネツニッキ〟という言葉に関するうまいジョークや罵詈雑言(ばりぞうごん)が次々と飛び出したが、もとより米兵たちにはちんぷんかんぷんだった。

「こいつは面白い男だな」と、アーチャーがゴールドバーグにささやいた。「もしかしたら、おまえはボブ・ホープ向きの話のタネをこいつからもらえるかもしれないぞ」

「ぼくらは、あんたには期待はずれの人間だと思いますよ」と、ゴールドバーグがクルトに言った。「ぼくはラジオのコメディ作家で……」

「見込みはないけど」と、アーチャーが言った。

「こいつは農夫になる勉強をしているんです」

「農業はいい仕事だ！」と、クルトは言った。「おれは車を作っていた。あれもいい仕事だ。農業も自動車も人のためになる。それに……〝コメディ作家〟って何なんだ？」通訳は話のリズムを速めており、クルトがしゃべるのとほぼ同時に意味が二人の米兵に伝わった。もっともそれは、ハリウッド映画で外人にしゃべらせれば十分に観衆を大笑いさせられる英語だったが。

「ラジオに出てくる人間が面白いことを言っても、それは自然に生まれたものではない」と、ゴールドバーグが言った。「全部、原稿があるものだ。ぼくはそれを書いている。ぼくは面白い人間なんだ」

「理屈のうえでは」と、アーチャーが言った。

「おまえ、ボブ・ホープと知り合いか？」と、通訳が自分の判断で質問した。

「彼の取り巻きは知っている。スターに会うことはできないんだ」

「ドイツのラジオはコメディを放送していない」と、クルトが言った。「人を怒鳴りつけるだけだ」

「そんなの嫌だな」と、ゴールドバーグ。

「いいだろう、諸君」と、クルトが言った。「おまえたちは殺されないことになるだろう。おれは人殺しは好まない。ああ、どれほど人殺しを見てきたことか！　見たことを話してやってもいいが、きっとおれは泣いてしまうだろう。おれや乗員を吹き飛ばすために戦車を吹き飛ばすのは――マシーン対マシーンの戦いは許せる。だが、現実の人間を撃つのは不快きわまりない。だからおれはナチに憎まれるんだ。やつらは人殺しが大好きだからな」

　二人の米兵はぼんやりとうなずいた。何を言えばいいのか思いつかなかった。プロの皮肉屋であるゴールドバーグもお手上げだった。

「ドイツ人は殺さないとおれに約束しろ。穴のなかに身を隠して、クソをして、ジョークを考えてろ。そっちの背の高いほう、おまえは金のことでも考えろ」

「はい」と、アーチャーが言った。「そのとおりです。行き着くところは金ですからね」

「さあ、行け。ライフルと手榴弾を置いて……」

「こいつら、ライフルは置いてきています」と、通訳が言った。

「じゃあ、手榴弾を取り上げろ。池に放りこむんだ。マシーンのそばに置いておきたくない。それに銃剣も。取り上げたら、どこへなりとも行かせてやれ」

　クルトは二人に背を向けた。

「道はわかってるのか？」

「いえ、はっきりとは」

「西へ向かえ。夕陽が沈むほうに。生け垣に沿って進め。小さなシャベルで切り開いて進むんだ。野っ原の真ん中には注意しろ。夜のあいだに移動しろ。しばらく待って、日が落ちてからだ。日が昇りかけたら、移動を中断するんだ」

　自分の仕事は終わったと通訳は去ったが、クルトはこう付け加えた。

「ネツニッキに気をつけろ（ダーヴェイテ・ポゾーラ・ナ・ネツニッキ）」

　またしても、ネツニッキだ。

12 弾薬

弾薬が鍵になる、とスワガーは気づいた。

八ミリ弾は、スワガーならスナイパー用の弾薬に選ぶことはありえない。反動が大きすぎるし、評判では銃口炎が目立ちすぎるし、標準には達していても、とりたてて実戦的でも正確でもないという。その八ミリ弾を軍需品専門家が改良したのだろうか？　その可能性はあるが、ドイツはスコープを規格化する手間をかけなかったのに、スナイパー用弾薬をつくり出す苦労は惜しまなかったとは考えにくい。それに、ドイツの最初の英雄スナイパー——一九四二年のデミャンスク包囲戦で活躍したレップという名の親衛隊士官はマンリヒャー競技用ライフルを使っていた（宣伝工作用の写真を信じればだが）。

おそらくこういう状況には、情報分析官たちのスコープに対する関心の欠如が反映しているのだろうが、もしレップが一つの戦いで百二十二人殺したのちに、スナイパー・クラス向けの特殊な弾薬が設計され支給されているのであれば、連合国の情報機関にはまだその情報が届いていないことになる。

いずれにしろ、ドイツ人はレップの成功によって組織化された狙撃の力を再発見し、一九四三年後半には大急ぎで取り組みを始めた。まもなく、ライフルとスコープを決めて、Zf.39と名づけた。K98fモーゼルに、調整つまみ付きのヘンゾルト社製スコープを組み合わせたものだ。（宣伝工作では）厳しい訓練を行う学校が数多くあり、最大のものがリトアニアのヴィリニュスにある。その位置からして、政府機関は狙撃兵をまず強大化しているソ連軍に対して使うつもりのようだ。それ以外の者はナチス・ドイツ――本国とその弟分、オーストリア全体に配置される。もしかしたらそういった学校が田園地帯（ボカージュ）に、新たに訓練を受けたヒーローたちを送りこんだのかもしれない。もしそうなら、米第八航空軍が二、三度飛べば、敵の前進を阻止し、未来の殺人者たちを殺すこともできたはずだ。

ところが、ボカージュから届いた報告に信頼がおけて、大げさではない（そうかどうかはまだわかっていない）とすれば、フランスのこの地域にいる狙撃兵のほとんどは、学校を出たての新兵にしてはあまりにも老練すぎる。たぶん、ロシアでの戦いを経験し、アカ殺しの勲章を胸に下げた者たちなのだろう。だが、対ソ戦線でスナイパーが必要ないはずがないから、ドイツ人がもっと緊急性のあるロシアの戦場から生産力の高いスナイパーを呼び戻し、ノルマンディーに送りこんだとは思えない。もしその仮定が正しければ、当然さらに疑問が湧いてくる。ドイツは、そういうスナイパーをどこで調達したのか？　彼らは何者なのだ？　フランクフルトの少年射撃クラブのチャンピオン、かわいいハンスたちがいっせいに成長したのだろうか？　でなければ、どこかから誰かを連れてきたのだろうか？

13　503

とても信じられなかったが、二人はここまでたどり着いた。

誰も銃で撃ってこなかった。誰も柄付き手榴弾を彼らのズボンのなかに放りこまなかった。背を丸め、ダッシュしてはうずくまり、うずくまってはダッシュを繰り返してフランスの田園を横切る長い旅だった。あたりには絵にも描けないほど美しい景色が広がっていたが、不安に取り憑かれた二人は目もくれずに先を急いだ。

やがて二人は米軍の支配地域の一角にたどり着き、疲労困憊して地面に倒れこんだ。ひどい有様だった。小川を渡るときにずぶ濡れになり、棘に引っかかれてあちこちが出血し、牧草地を横切る長い長い匍匐前進で息も絶え絶えで、しかも四十時間ろくに眠っていなかった。

アーチャーが砂袋を積んだ防壁と、射撃用のくぼみに置かれた三〇口径空冷式の銃身を見つけた。その後ろに人影がいくつか固まっていたが、世界のどの国の軍隊でもそうであるように、射撃場は闇のなかで輝いていた。漂う臭いはアメリカ製のタバコであるのは間違いない。いつだって、〝ラッキー・ストライクは良いタバコ〟なのだ。

「乗りきったな」と、アーチャーはゴールドバーグに言った。

「ここが正念場だ。へたをすれば、撃たれてずたずたにされるぞ」と、ゴールドバーグが言った。

「とにかく、ゆっくり行こう。急な動きはしない。大声を出さない。あそこの連中を怒らせるようなことはいっさいしない」

「わかった」

「だが、ゲイリー」

「何だ?」

「おれはずっと考えていた」

「それは常にまずい徴候だ」

「いや、黙って聞け。この二日間のことを訊かれたら、クルトとバナナの部分は省略したほうがいいと思うんだ」

ゴールドバーグは考えもしなかったことだ。自分が死ぬことを考えていないときはずっと、〝面白い〟ドイツ人が「バナナを食え」と言っている場面を軸にしたラジオ用のショート・コントを考えていたのだ。良い素材であるのはわかるのだが、正しい切り口が見つからなかった。ボブ・ホープが「手を上げろ、ブタ野郎(シュヴァインフント)」と言うと、ビング・クロスビーが「バナナを食え！」と切り返すのはどうだろう？　いや、それでは間が抜けてしまう。もうひと工夫、もうひとひねりが必要だ。こう言わせるのはどうだろう。「さて、バナナ・パイかな、バナナ・スプリットかな？」

「なぜだい？」と、ゴールドバーグは訊き返した。

「あの士官たちをだまし通すことはできない。この話をどう受け取るかわからないじゃないか。たぶん、こう言うぞ。〝ところで、何できみたちは手榴弾を取り出し、ピンを抜いて、皆殺しにしなかったんだ？　自分自身も含めて〟」

「よせよ、ほころび一つないズボンを台なしにしろっていうのか！」

「それが、おれたちに与えられた仕事だからさ。だが、おれたちはそうしなかった。代わりにナチの変人たち――ロスにいたTシャツ男や髭を生やしたヌーディストと一緒にバナナを食べて、陽気にわが道を行ったわけさ」

「おれが知りたいのは、やつら、どこでバナナを手に入れたのかってことだ」

「ドイツ人はスーパーマンなのさ。欲しいものは何でも手に入る。ティーガーをつくれるんだから、バナナぐらいたやすいことだ」

「じゃあ、バナナは除く(イクスネイ)わけだな。ドイツ人(アーマンジエイ)のこともいっさい」と、ゴールドバーグは得意のピッグ・ラテン語を使った。

「そのとおり。おれたちは戦車と兵隊を見つけた。それで一時間ほど、地面に伏せていた。そのあと出発した」

「ライフルは？」

「マルフォが脳を吹き飛ばされるのを見てパニックになり、置いてきてしまった」

「手榴弾は？」

「手榴弾は持っていなかった。あんなもの、恐ろしくて」

「確かにそうだが、手榴弾は持つ決まりになっている」

「じゃあ、怒鳴りつけられるだろうな。炊事勤務か戦死者処理業務に回されるかもしれないが、銃殺隊の前に立たされることはないさ」

「アメリカ人だ！　そちらへ行くぞ！」と、アーチャーが叫んだ。

アーチャーはゴールドバーグを振り返った。

「合い言葉は？」

「合い言葉を覚えてるか？」

「ああ、偵察隊の合い言葉だけどな。でも、あれは昨日の話だ。たぶんもう変わっているはずだ」

二人はさらに近づいていた。木の後ろにしゃがみこんでおり、砂袋まであと数メートルのところだ。そこから三〇口径の空冷式銃身が突き出しており、回転して彼らのいるほうに向けられるような気がした。それともただの思いこみか？　あとちょっとで……

突然、機関銃が土埃と小枝、その他の破片のハリケーンを生じさせた。耳をつんざくような騒音と、目のくらむ閃光がわき起こる。二人のすぐ右側、一メートル弱先の地面に歓迎の縫い目を穿(うが)っていく。

「よしてくれ！」と、ゴールドバーグが悲鳴を上げる。「おれたちはアメリカ人だ！」

「それなら合い言葉を言え！」

「ブルックリン」と、ゴールドバーグが言った。

今度は機関銃が木立に連射を浴びせて木々を粉々にし、超音速の吠(ほ)え声のかたまりをあたり一面に振りまいた。

「それは昨日の合い言葉だ！」と、射手が叫んだ。

「おれたちは昨日、ここを出発した」と、アーチャーは言った。「偵察に。マルフォ軍曹がスナイパーに撃たれた。他の連中はどこに行ったかわからない。おれたちは一日中、〝銃弾の庭〟をさまよっていた」

「どこの部隊だ？」と、別の声が聞こえた。

「第九師団、第六十連隊、第三大隊、D中隊、第二小隊、第二分隊」

ささやき声が聞こえてきた。議論しているらしい。

「よし、ゆっくりこちらへ来い。ライフルを両手で頭上に上げて。こっちの銃はずっとそちらを狙っているからな」

「ライフルはなくしてしまった」

「お見事」と、どうやら軍曹らしい声が言った。

転がるように防壁を乗り越えた二人は、本物の米軍歩兵らしい男たちに突かれ、小突かれ、身体検査された。

「あんたがたはおれたちを殺しかけたんだぞ」と、ゴールドバーグが言った。

「殺そうとしてたんだよ」と、機関銃手。「それがおれの仕事だからな」

「間違いなく〝503〟だったんだな？」と、ビンガム少佐がアーチャーに尋ねた。

「間違いありません、絶対に」

すでに四十五時間以上眠っていない二人は精も根も尽き果てかけていた。尋問は第三大隊本部に隣接するG‐2テントで行われた。テントは戦線から二キロ弱下がったところにまとまっていて、どれもキャンバス地が朽ちかけてだらりと下がり、杭(ペグ)は雨でゆるんだ地面に刺さらずに浮いている陰鬱(いんうつ)な光景が広がっていた。二人の二等兵を驚かせたのは、この尋問の微に入り細を穿つ厳密さだった。さすがのゴールドバーグも、「自分はオードブルになったような気分です」というジョークに尋問官がにこりともしなかったのを見て、面白半分の気分が吹っ飛んだ。

「では、もう一度復習してみよう」と、ビンガムは言った。「〝ナツメグ〟に報告する前にきっちりと間違いのないものにしたいのでな」

「わかりました」と、〝ナツメグ〟が連隊のことであるのを知っていたアーチャーが答えた。

「地図のことからもう一度始めよう」

　こいつはいったいどういうやつなんだ？　風采(ふうさい)は英語教師ふうだが、殺人課の刑事のようにねばり強い。縁なしのメガネのせいで、ナサニエル・ホーソーン研究を専門にする学者にも見える。もっとも、ここにあるのは緋文字(スカーレット・レター)ならぬ血に染まった(スカーレット)地図(マップ)なのだが。

　アーチャーは、マルフォ軍曹が死んだあと自分がどこにいるのかさっぱりわからず、とにかくやみくもに逃げたことを繰り返し語った。その時点では、地図はまったく役に立たなかった。

「ドイツの戦線のそばに近づいたときは、位置を把握していました。ところがそのあとは、自分たちがどこにいるのか、どこへ向かっているのかさっぱりわからなくなった。ただ遠くへ行きたいというだけで。なにしろ、あの人は頭をめちゃくちゃにされてしまったんです」

「つぶれた風船みたいでした」と、ゴールドバーグ。

「そうしたら、こいつがくしゃみをし始めて。そんなことで見つかったら、みっともないと……」

「脱出を始めたのは、どれぐらいたってからだ？」

「一時間にも感じました。そうだよな、ゲイリー？」

「十時間ぐらいかと思いましたよ。あの人の身体から飛んできたものを全身に浴びたんで。それに、突然おれは雪嵐のなかの老人みたいに歯がカチカチしだして止まらなくなった。たぶん、人の死にアレルギーがあるんだと思います」

「じゃあ、五分ぐらいなんだな？」

「はい、そうです」

「まずどちらを目指すか、何か手がかりは？」

「何ひとつありません」

まるで〝義人〟ヨブの難儀が全部身に降りかかってきたように、情報将校は重いため息をついた。あるいは、ボストンで自分のショーが閉幕したときのように。少佐は戦車兵用ジャケットからキャメルの箱を取り出すと、一本に火をつけ、煙を二人の二等兵に吹きかけた。

「続けてくれ」と、彼は言った。

「戦車の話まで飛ばしたほうがいいのでは？　そこまでは、ただ歩いていただけなので」

「そうだな」

そこでアーチャーは改めて一部始終を語って聞かせた。道路脇の溝へのダイビング、巨大戦車が通り過ぎるときに地面が立てた轟音、ドイツ人たちの奇妙なお気楽さ――特にサングラスをかけ、上半身裸で砲塔に座っていた指揮官のことを。昼食に一行と一緒に食べたバナナについてはひと言もふれなかった。

「ティーガーであるのは間違いないか？」その質問はもう十度目だ。

「間違いありません」

「パンサーではなかったのか？　形はよく似ているが」

「いいえ、違います。パンサーはシェルブールの郊外で嫌というほど見ました。ティーガーを見るのは、あれが初めてです。クジラみたいにでかかった。あれはティーガーです」

「〝508〟ではなかったか？〝8〟と〝3〟は見間違いやすいからな。それもプレッシャーがかかっていて、一瞬しか見えなかったときは」

「あれは503でした」と、アーチャーが言った。

「ゴールドバーグ、おまえも同じ意見か？」

「少佐、あのとき自分は蟻(あり)の穴にもぐりこもうとしていましたので」笑い声なし。何という観客！　ボストンのショーが閉幕しても当然だ！

「よし、では二人とも偵察行動について詳細な報告書を書くように。戦車の話だけではない。洗いざらいだ」

「くしゃみのこともですか？」

「くしゃみも。すべて書くこと。忙しくなるぞ。眠くならないようにコーヒーを飲んでおけ。だが、師団への報告は可能なかぎり早く行いたい」

「質問してもいいですか？　なぜ〝503〟がそれほど重要なのですか？」

「第十二SS装甲師団が北方へ潜入していることを示唆(しさ)しているからだ。師団は空爆を避けるために戦車を一台ずつ独立して行動させている。〝503〟は、なかでももっとも名高い503部隊(アプタイルング)、すなわち第五〇三重戦車大隊を意味する。連中は世界でも最高の戦車兵だ。ロシアではT‐34を朝食がわりにしていた。十二対一の割合でな。だが、どうやら敵は英国軍と遭遇しないようにして田園地帯(ボカージュ)の〝銃弾の庭〟にもぐりこもうとしているらしい。この地形であれば、彼らの優位性が十分に生かせるからだ。英国人に警告してやらなければな。悪いオオカミが戸口まで来ているぞ、と」

「わかりました」と、アーチャーが言った。

「おまえたち二人は戦争遂行に多大な貢献をした可能性がある」と、ビンガムは言った。「よくやった」

「ありがとうございます」とは言ったが、二人ともバナナの一件を隠したことが後ろめたかった。それでも少佐の言葉は、二人がヒトラーに対する戦争に加わって以来、初めてちょうだいする褒(ほ)め言葉であることに変わりはなかった。

14 少年

スワガーはリーツを使い走りの少年に変え、フェンウィック中尉と一緒にオフィスで使う備品を集めに行かせた。索引カード、何百本ものピン、紙に染みをつくらずに小さなボールがインクを供給してくれる英国海軍のボールペンを数十本。彼自身は、オフィスに行く途中で地図室に寄り、フランス田園地帯(ボカージュ)が載っているすべての縮尺の地図の写し――第七軍団の戦線全体から周辺の村落まで、小川や雨裂(ガリー)、曲がりくねった牛の通い道を書きこんであるものを送るよう請求した。スナイパー狩りを始める前に、地図のうえで狩りを行うことで何かわかるかもしれない。

それを終えると、まっすぐ三五一室に向かった。鍵を開けてなかに入ると、驚くほど大きな部屋だった。角の窓から光がたっぷり差しこんでいたが、そこから見えるロンドンの景色はとりたてて印象的とは言えなかった。三五一室の窓のT定規のような桟の外に広がる古い街は、背が低く特徴のない建物や樹木がただ陰鬱に並んでいるだけで、歴史や儀式の重みを感じさせなかった。これなら、そこがインディアナ州のフォートウェインであってもおかしくない。この地区では、誰も防空気球を上げる気になれなかったらしい。守るものが何もないからだ。

作業テーブルと折り畳み椅子がすでに運びこまれていた。奥の一角にある、ガラス壁で囲まれた小さめのオフィスが目を惹いた。あそこが自分の働く場所らしい。もう一つ目を惹いたのは、いかにもお役に立ちますよと言いたげな顔でそこに座っている五等特技兵のセバスチャンだった。

セバスチャンは立ち上がって気をつけの姿勢を取ったが、室内では帽子もかぶらず、敬礼もしない決まりであるのを心得ていた。

「恐れ入ります」

「変わらないな」

「セバスチャン――という名前だったな?」

「そうです」と、花瓶の絵か壁(むろん郵便局の壁などではない)の飾りにふさわしい美しい顔立ちの若者が言った。軍服はぴったり身体に合っており、つややかなアイク(アイゼンハワー)ジャケットはついさっきプレスしたばかりのようで、五等特技兵の二本の袖章は無意味な飾り紐のコレクションとともに完璧な位置に縫いつけられていた。その代わり、戦闘歩兵記章や戦傷章など実戦経験を示す飾りは一つもなかった。オックスフォード・シューズはよく磨かれ、政府支給の革ではとうてい出ない輝きを放っていた。

「よろしい、伍長、いまここできみと少し話がしたい。二人だけで、いくつか問題を解決しておくために」

「わかりました」

「私の見るところ、きみはこの戦争で最高の職を手に入れたようだ。同じ年頃の若者がドイツの街を昼日中に攻撃する数百の爆撃機を率いたり、林冠が三重になったジャングルで偵察任務に就いていたりするときに、きみは何の重責も負っていない。日常出会う危険と言えば、変な方向に道を渡ってタクシーにはねられることぐらいだ。三食と簡易ベッドは保証されている。もしかしたら、本物のベッドで寝ているのかもしれない。この街では夜な夜な派手な社交生活が繰り広げられているらしいが、きみもそこで大きな役割を担(にな)っているのではないかな」

「それは否定しません」

「家族のことを細かく知りたいとは思わないが、きみのところは上流らしいな。家族がコネを使わなければ、きみはいま頃こんなところにいないで、ノルマンディーのサン=ロー郊外の屋外便所に座っていることだろう。ハーヴァード出身、だな?」

「そうです。私の父親も彼の父親も……」

「あの島々で、おれはたくさんのハーヴァード出を埋葬した。内臓をはみ出させ、頭をぶち割られ、ジャップの銃剣でリボンのように切り裂かれた者たちを。つい先週は、若いライフル射撃手の大隊を太平洋に向けて送り出したところだ。あの部隊に何人ハーヴァード出がいたか訊いてみた。十四人だった。彼らはこれがみんなのための戦争だと考えていた。家族や頭脳のおかげで、この危険な馬鹿騒ぎに巻きこまれずにすむ者もいるというのに」

「そのとおりです」

「きみはその危険な馬鹿騒ぎは他人事と思っているらしいな。きみのような人間は決して手を汚さないものだ」

「そうではありません。ただ……」

若者はきまりが悪そうだった。ごくりと唾を飲んで感情を抑えた。おそらく彼の軍隊生活で、これほど気詰まりな会話をしたことはなかったにちがいない。何も言えずに黙りこんだ。

「一般原則に基づけば」と、スワガーは言った。「きみを第一レンジャー大隊に送り出しても少しもおかしくない。きみはこの戦争が終わるまで、零下の気温のなか、崖から宙づりになって、ドイツ兵に狙い撃ちされ続けることになる。そう聞いて、どんな気分だね?」

「ぼくは高所恐怖症なんで」

「きっとそうだろうな。では、きみをここに置いておくほうがよい理由を一分で説明してみたまえ。きみには何ができる？　崖から遠ざけておくことの利点は？　手短に答えろ」

「私には問題を説明できます」

「何の問題だ？」

「ここの問題です。実際には、あらゆる問題です。大学の教授たちなら現実主義的な政治上の取引と呼ぶでしょう。実際にはどんなふうに運営されているのか、誰が力を持っているのか。図表や新聞記事では語られていない問題のことです」

「リアルポリティクス？　もとはドイツ語じゃなかったか？」

「彼らも愚かではありません。自分が何をしているかを心得ています。彼らはこの概念に基づいて問題を解決しようとしているのです。私がいま話しているのは、リーツ中尉がご存じないことです。あの人は英雄です。俗世間を超越した浮遊物のような存在です。実に立派で、勇敢で、熱心で、勤勉な人です。ですが、あの人はいまだにドイツ人を敵と考えている。まさにここでは破滅させられる運命の人なのに、そうなることに気づいていないし、なぜそうなるかもわかっていません。この建物こそが敵であるのを知らないのです。ドイツ人を打倒する前に、グローヴナー七〇番地を打倒しなければならない。私は四二年からここにいます。すべてを知っています。あなたはその情報を利用できるのです」

「続けてくれ」

「私は誰がアカかを知っているし、ＦＢＩがアカと疑って追っているのが誰かも知っている。誰と誰がこっそりベッドをともにしているかを知っている。誰がホモセクシュアルかも。誰が変人かも。あらゆることに腹を立てているのが誰かも。誰が誰を、なぜ憎むかも知っている。誰が見た目より賢いか、誰が見た目より愚かかも知っている。誰が働き、誰が怠けているかも」

「きみのファーストネームは何だったかな？」

「エドウィンです。エドウィン・ゲインズ・セバスチャン。エドです」

「一つ、具体的な例を挙げてもらえるかな、エド」

「あなたとリーツはご存じない、お二人がここで仕事を始める前からあなたがたを破滅させると誓っている人間がいることを。私には名指しできます。作戦部のフランク・タイン少佐です。なぜかって？　ミリー作戦のためですよ。この戦争における彼の真の目的がそれなのです」

「どういう意味だ？」

「彼はフェンウィック中尉に恋をしています」

「していない者がいるのか？　きれいな娘じゃないか」

「ですが、それだけではないのです。彼女はニューヨークとボストンの大物たちとつながりを持っている。物事を動かし、戦争などビジネスの小さな邪魔にしか思っていない連中です。私がサン＝ローの屋外便所ではなく、ここにいる理由がそれなのです。私は彼らの一人です。彼らは私を好いている。私の父親の金を好いている」

「なるほど、エドウィン、少なくともきみは率直な性格らしいな」

「そうなのです。だからこそ、ミリーの価値を理解できるのです。もし彼女と結婚すれば、ロンドンでナンバーワンのすばらしい女性が手に入るだけではなく、良いコネもついてくるから、戦争が終わったあとの未来も安泰で、すばらしい身分が待っている。証券会社の幹部か、法律事務所のパートナーか。入り江を見下ろす、カエデの葉がそよぎ、芝生の広がる素敵な邸。どこかは知らないが、とにかく入り江を見下ろせる場所。さまざまな決定が行われるワシントンの秘密の部屋への入場資格。そういったものすべてが約束されているのです」

「それと三五一室と何の関係があるんだ？」

「フェンウィック中尉は並み居る求婚者のなかからリーツを選んだようです。大佐と一緒に病院へ行って、フランスから送還されたリーツと出会った。たぶん、それが始まりだったのでしょう。彼は英雄です。Dデイにドイツの橋を爆破したただ一人の〝ジェド〟隊員です。フェンウィック中尉はその後何度か一人で病院を訪ねています。

そしていま、リーツはここに常駐し、二人はゴシップ種になっている。彼はこの建物で最も刺激的なプロジェクトに関わり、海兵隊から来た謎の映画スター――まわりの自称戦士たち全員のタマを縮み上がらせてしまう人物とともに三五一室にいる。

「おれもあの二人のあいだには何かあると気づいていた。どちらも目を合わせようとしないのだ」

「ええ、まさにそのとおりです。ですから、もし三五一室が任務に成功すれば、リーツの手柄でもあり、彼はさらに大きな人物に、タイン少佐はさらに小さい人物に見えるようになる。だから、タインは任務の成功を望んでいない。戦争など知ったことではない。そういう事情ですから、タインとの交渉は全部、慎重を要するものになる。あらゆる要請がなぜか忘れられたり、暗礁に乗り上げたりする。急ぎの注文は急ぎでなくなる。スケジュールはすべて狂ってくる。官僚主導に翻弄される。問題を回避する方法を知らないかぎりそうなるのです。私は回避する方法を知っています。私が力になれるのはその部分です。私はあなたのために何でも手に入れてきます。迅速に、かつ正々堂々と他の特技兵から入手します。特技兵は結束しています。グローヴナー七〇番地の五等特技兵は、イタリア・アルプスの高度四千メートルの崖からぶら下がっている五等特技兵よりはるかにあなたの役に立つのです」

「なるほどな」と、スワガーは言った。「それでも、きみを崖に送るアイデアは捨てきれないがね。だが、きみが私に毎朝情報を提供する習慣ができれば、その日どんなことに出会うのか前もってわかることになるな。誰に一発食らわせてもいいか、誰に海兵隊式悪態を浴びせてもいいか、誰を待ち伏せしてもいいか、誰を避けたほうがいいか？」

「私にはそれができます」

「じゃあ、コーヒーを持ってきてくれ。車にぶつかるなよ」

ミリー・フェンウィック登場。ミリセントのミリー、フェンウィック一族のミリー。そう、ロングアイランドの北海岸のフェンウィック一族だ。ミリーは愛らしい娘で、悪魔のように頭が切れる。スミス大学を優秀な成績で卒業したが、それを誇ったり、賢く立ちまわったりはしなかった。最初の就職はマンハッタンの『ライフ』誌の秘書で、創立者の恐るべきヘンリー・ロビンソン・ルースと、そのもっと恐ろしい妻クレアのもとで働いた。父親の手配で上院議員のスタッフとしても働いたが、やがて戦争が勃発し、彼女は戦略事務局に強く惹きつけられ、それと同じぐらい戦略事務局も彼女に惹きつけられた。人が自分の属すべき組織を知っているように、組織のほうもどんな人間を身内にするべきかを知っており、ドノヴァン将軍の補佐役もこのしなやかな身体つきのブロンド女性に――どんなパーティでも異彩を放ち、思わずうっとりするようなしぐさでタバコをすい、気だるげでありながら何もかも見抜いてしまう聡明な目を持つ女性にひと目惚れした。誰もが彼女の肩にふわりと髪が落ちる様子を愛した。ドレスかブラウスが、手足の長いいかにも女性らしい身体に半透明になって貼りつく様子を愛した。彼女の長い脚を、若い女性なら誰でもはいているハイヒールから覗く非の打ちどころのないくるぶしを愛した。噂では、ワーナー・ブラザースとRKOが彼女をスカウトしに来たらしい。

四三年になると、彼女はグローヴナー七〇番地にあるロンドン支局に異動になり、ブルース大佐の補佐役の一人となって、陸軍婦人部隊の軍服を着用した。そして、大佐の予定表の管理という〝おお、とても、社交的〟にとって重要な役割を果たすことになる。大佐にかかってきた電話を取ったり、大佐に代わって電話をかけたりもしたが、やっていたのはそれ以上のことだった。彼女は街を知り尽くしており、優先順位を決めることができた。彼女が支局に来る前の大佐は救いようがなく、来る招待来る招待を全部受けていた。彼女は鋭敏で、いささか不気味なほどの社交上の予知能力を持っていた。誰は頼れて、誰は頼れないか、出席する価値のあるレセプションはどれで、無視してもいいのはどれか、ドゴール派の連絡将校で誰を信頼し、誰を敬遠すべきか、どのジャーナリストが役に立ち、誰が役に立たないかを知っていた。彼女はなくてはならない存在だった。有能だった。美しさと才気を併せ持っていた。

その彼女がいま薄汚れたオフィス備品の保管庫で、尻にまだ紫がかったピンクの大陸形の傷痕が輝いているメディカル・スクールからのドロップアウトと一緒にいったい何をしているかと言うと、実はキスをしているのだった。

　さらに、もう何度かのキス。

最後にもう一度のキス。

「今度はいつ会えるかしら？」唇が離れると、彼女がそう言った。二人は紙の補給品と使い古した英国風デスクセット、それにボールペン、タイプライターのリボン、カーボン紙の束、未使用の謄写版印刷機、速記用口述録音機などの陰に隠れていた。戦争は血とガソリンと紙で遂行されており、二人はいま紙の領域にいた。

二人は密着していた。身体と身体、胸と胸、腹と腹、太腿と太腿。もし彼が自制心を失えば、彼女のストッキングを吊り下げているガーターの存在も感じとれただろう。

だが、彼は自制した。それがまた面倒のもとになりかねない。

呼吸が交じり合い、心音が同期し、脈拍が速まり、顔が赤らむ。あとわずかでセックスになる。いまのはセックスもどきで、誰かに見られて、すでにみんなが知っていることを吹聴されるのを恐れて、原子数個分、本物のセックスとは離れている。一九四〇年代にはそれがセックスの代わりだった。

「あの人にこき使われそうだな」と、リーツは言った。「二十時間勤務で、四時間だけ睡眠時間。たぶん、ここの簡易寝台で寝ることになる。コーヒーをがぶ飲みして。あの人はここの仕事を早くすませて、ぼくやきみ、それに本人さえよく知らないどこかの島で予定どおりに死ぬことを望んでいる」

「ジム、あなたに会えなくなるのが寂しい。何か変化があったら教えてちょうだい。たぶんあなたも少しは時間がつくれるだろうから、人目を盗んで二人だけで過ごしましょう」

「ああ、ぼくだってきみに会えないのは寂しい。そうとも。この数週間は最高だった。もしかしたら撃たれたのが、ぼくの身に起きた最高のことだったのかもしれない」

「そんなことを言わないで」

「むろん、本気でそう言ってるわけじゃない。でも、きみをこれほど愛していても、ベイジルを取り戻すためにはすべてを投げ出すつもりだ」

「私、あなたの誠実さと忠誠心に心を奪われたのかしら。幸い、あなたは両方を兼ねそなえている。そのうえ、勇気と高潔さも。それに、極上のマティーニもつくれるし」

「英雄タイプと言えば、少佐だよ。ぼくは命令に従う愚か者にすぎない。少佐は狂気のベイジルによく似ている。ベイジルは自分の命を捨ててぼくを救ってくれた。いまだにどうしてなのか理解できないでいる」

「彼はあなたに、私があなたに見ているものを見たのよ。明るく希望にあふれた未来――用意されたものではなく、努力して稼いだ未来を。彼はこの戦争が終われば、自分や自分の同類は時代遅れになるのを知っていた。あなたが自分の夢見たものより良い世界をつくれるのがわかっていた。ああ、ベイジルに神の祝福を。少佐にも恵みあれ。でも、彼らが自分たちの戦争を楽しむのを静かに見守ってあげましょう。隠しているけど、あの人たちは幸せなのよ。このために生まれてきた人たちで、他の誰とも違うのよ」

二人はまたキスをした。映画によく出てくる場面そっくりだが、逆光照明(バックライティング)もホーギー・カーマイケルのサウンドトラックもないところに独自性があって悪くなかった。後悔や疑念、強い衝動が入り交じりながらも、いかにも楽しげだった。これもまた、よくある場面の一つでしかないのだ。

「そろそろ戻らなくては」と、リーツが言った。

「私もよ。いやあね、今夜はフランク・タインと飲みに行く約束が……」

「あいつと？　なんでまた？」

「ブルース大佐に頼まれたの。フランクが三五一室の記録をつけていて、大佐は何が起きているのか知りたがっている」

「良いことでないのはぼくにもわかるよ」と、リーツが言った。

15　狩人

今夜の獣はやかましかった。ときには用心深くゆっくり動き、できるだけ音を立てずに歩いて木々のあいだをすべり抜けたり、水をはね散らかさないように石伝いに川を渡ったりすることもある。その土地の自然の姿をうまく利用し、闇のなかで静かに休んだりもする。そういうときは盲目的な本能ではなく、知性を働かせている。

だが、今夜はそうではなかった。この獲物はあさはかだった。あらゆる種類の騒音を立てて、吹雪の日でも追跡できるほどの痕跡を残していた。普段でも、大小便の臭いがあれば追跡はできる。排泄物（はいせつぶつ）の鼻をつく臭いを追っていけば、その悪臭の出所は突きとめられる。糞（ふん）の臭いを撃てば、獲物を仕留められる。だが今夜は、そうした絶対有利な立場を利用しなくても、数多くのものが獲物のいる場所を示していた。獲物は森を強引に突き破ったので、ハリケーンの通過後のように折れた小枝や裂けた大枝があちこちに散乱していた。湿った地面には、深々と足跡が残っているし、方向を定め、無器用に進んでいくあいだ、絶えず小さな音を立て続けている。これなら、どんな馬鹿でも追跡できる。

だが、彼は馬鹿ではなかった。その対極だ。締まった頑健な肉体、何より森と草原に通じている。これまでにたくさんの獣と対決し、殺してきた。なかには何日にもおよぶ長い追跡――山野を歩く狩人と獲物のあいだの距離は開きもしないし、縮まることもない――の末に仕留める場合もある。彼はそういう狩りが好きだった。追跡の最中に獲物は自分のものとなり、ライフルで撃つのはただの後付けでしかないと感じるからだ。そうした追跡の機会を与えてくれない獲物もいるが、それでも最後には雄々しく戦って死んでいく。彼を踏みつぶそうと捨て鉢の突進にすべてを賭けるものに対しては、急速に迫る死の危険を堂々と冷静に待ち構え、最後の一瞬に引き金を絞るようにする必要がある。それも、正確に脳を貫ける一点を撃ち抜かなければならない。そうした一発は常に危険を冒す価値のあるもので、いつでもあとで一杯、ないしは二十杯の酒で祝うことになる。そんなときの彼は自分がライオンの心とハイエナの神経、ヒヒの力を持つ人間であることに誇りを抱く。自分は決してパニックに陥ることはない。自分の心にはパニックの入りこむ余地はない。

確かに彼の心はきわめて興味深い。そのなかでは、物事が因果律に従って論理的に処理される。彼は天職とも言うべきこの仕事において自分が優秀なのはそのためであって、いくら華々しく見えても身体的特性のせいではないと考えている。地形を記憶するこつを会得していたから、夜でも悪天候でも自分の獲物が谷を登っているのか下っているのかを判別できた。それをもとに、登りが少なければエネルギーの消費も少なくなり、その結果、脆弱さが最大になる領域にいる時間も減ることになるという原則に従えばいい。獲物たちは利口だったことがない。彼らの頭に知恵は存在しないのだ。戦略や策略、目くらまし、反撃の待ち伏せを考える知性を持っていなかった。それが不満の一つだった。

もう一つの不満は、あまりに簡単に死んでしまうことだ。もっともそれも当然なのかもしれない、と物悲しげな気分で思う。銃弾は細くて速い。筋肉と血管を貫通し、身体のエンジンである内臓を破壊し、制御装置である脳を粉々にし、全身に血液を供給する心臓を引き裂く。過去に出会ったもののなかには殺すのが難しい獲物もいた。それだけで愛情を注ぐにふさわしい。ところが、いまの獲物はくすんと泣くこともなく勝負を投げ、たちまち地面に倒れ伏す。

とはいえ、彼にも欠点がある。ご立派にも、彼はそれを自覚している。それは女性の思い出だった。カレン。まるで待ち伏せのように、唐突にその名前が頭に浮かぶ。とたんに理性を失ってしまう。心が揺さぶられ、後悔の念で満たされる。確信が、意志が、野心が粉々に砕ける。失望のぬかるみにはまりこみ、役にも立たない魂ができるだけ早い死の到来を祈る。これまでもそうだったように、また彼女の勝ちだ。

カレン！

だが、今夜はそうはならない。結局、そこが肝心なのだ。任務のあいだだけは、苦痛も思い出も休止状態に入る。少なくともこれまでは、酒やセックスではだめでも、任務だけは脳の前面から彼女のイメージを追い出し、次の機会まで遠く離れた小さな穴のなかにそれを押しこんでくれる。カレン！

射撃の時間が迫っている。

十分に身を隠しているし、長時間、動いていない。これも狩人の天賦（てんぷ）の才だ。静止の才。動物であればだいたいが、まだ自分が生きていることを思い出すために震えたり、身をよじったり、首を回したりするものだ。排便や小便の必要に迫られて音を立てるのも同じ目的だ、と彼は思う。どれも生きていることの証しであり、宣言なのだ。自分自身を言葉で表現できない場合は、本能がそれをはっきり、大声で周囲に主張する。われ身もだえする、ゆえにわれ在り。

狩人はそうではない。静止が自分になる。それはまるで、細胞の一つ一つが活動をやめるように自分を変え、最低限の酸素供給以外の身体機能を停止し、絶えず視覚刺激を求める反応を脳から排除する。地面に触れている部分がしびれることはなく、持ち上げている頭が痛みでひとりでにがくりと落ちることもなく、水を飲みたいという思いが想像のなかでふくれ上がることもなく、羊皮紙よりも乾いた唇に悩まされることもなく、長年にわたる自己鍛錬によって意志に従うようになった消化器官が便意を訴えることもなかった。言うなれば動物の死に近い状態で、震えや引きつりやうめき声や腸蠕動音（ちょうぜんどうおん）で乱されることはない。たとえ空腹でも、腸壁は振動しなかった。たとえ窮屈でも、筋肉は不平を唱えなかった。たとえ退屈でも、気持ちがあてもなくさまようことはなかった。欲情したことはなかった。愉快だと思ったことも。恐れを知らなかった。早く終わらせたいと思ったこともない。この死に限りなく近づいた状態で、彼はほんとうに生きていた。

彼は時計を確認した。時は迫っている。地面に身を伏せていれば、下生えが密生しているから望みどおりの狙撃はできない。だが、彼は前もって狙撃位置を見つけてあった。それは彼の体重をしっかり支えられる太い木で、同時に遮蔽物（しゃへいぶつ）も提供してくれる。彼はいまヘビかトカゲになり、皮膚の下の筋肉組織のリズミカルな収縮運動によって動いているかのように、目当ての木に向かって這い寄っていた。音もなく、冷静に、急がず――は彼の得意技だった。

前方にいる獲物のお気楽気分を感じ取れた。彼らはどこへ行っても、ほぼたちどころに現状に満足してしまう。常に警戒を怠るなという捕食者の与える教訓を学んでいないから、これほど大量に死んでいるのに。かすかな物音が彼の耳に届いた。獲物は音を出すなという教訓も学んでいない。自分は不死身だという根拠のない馬鹿げた自信さえ抱いている。

木に着くと、闇のなかを左の上腕二頭筋で身体を支えて、脚の力でゆっくり這い上った。立射でも狙撃は可能だったが、傲慢になってはいけないと自分をいましめた。安心感と確実性が得られるなら、そちらの手段を取るべきだ。どんな神がくれたのかは知らないが、それが天賦の才というもので、傲慢さから神々をあなどってはならない。神々はまず誇りを抱かせてから、その人間を破壊するものなのだ。

彼は枝に上がり、ライフルの吊り革を腕に巻いて落ちないように確保してから伏射の姿勢をとった。呼吸は安定していて、脈拍も正常だ。ただし狙撃の儀式に神経を集中すると、時間感覚がいくらかゆがんで、長く感じるようになる。闇が少しずつ薄れていく。東の方角ではかたぶつの老いぼれ太陽がスケジュールどおり大地の縁に近づきつつある。光が支えてくれるものを探しているように、じわじわと空に浸みだしていく。太陽が大地の縁を越えると、細部のかたちが明らかになる。木々は葉と枝の構造物、下生えは多種多様な草木の集合体になり、花は爆発でもしたようにいっせいにオールカラーに変化する。風景全体が特異性と類似性を併せ持って活気を帯びる。

彼はライフルを構えた。この種のものとしては、世界で最もすぐれた銃と言ってよい。もともと抜群の正確さを持つ製品だったうえに、工場の専門家がこの特殊な任務のために選び抜いたものだから、さらに精度は上がっている。トリガー・メカニズムは磨き上げられてなめらかになっており、機関部はきっちりと銃床にはめこまれ、銃身は発射時の振動の余地を残すためにフォアエンドから浮かせてある。どれも、この銃の用途には必要な要素である。スコープも世界最高のものであり——自慢のレンズには傷一つなく、空をそのまま切り取ったようだ——高い工学技術でつくられた絶対的な信頼度の装置でライフルに取り付けてある。密封と強化のシステム、工学的整合性については、橋梁（きょうりょう）技術者の創意が採り入れられていた。彼自身も弾薬を選ぶにあたって、夜明け直前の弱い光では獲物の視線が届かない二百メートルの距離での〝デッド・ゼロ〟（照準を調整して、狙った点と弾着点が一致した状態のこと）を達成するのに何時間も費やしたものだった。スコープに目を当てると、世界の大きさが四倍に拡大した。つまり、光もその倍数だけ明るくなることを意味する。頭が、肩が、うなじが見えた。大昔に偉大なるベルが発見した完璧な狙点（そてん）になる場所だ。片方の耳からもう一方へとつながる横線が、標的の中心——解剖学的な中心ではなく獲物がとっている姿勢の中心——を通る垂直線と交わる点を頭で思い描き、そこに照準を合わせる。それは刃で脳を貫くのに似ている。刃は水平に並んだ二本の刃のあいだの空間に切り離されて置かれる。その三本で数値上の弾着点が示され、計算で割り出したこの距離で理想的な狙点となる。

彼は親指で安全装置を解除した。外れるときにかすかな震えを感じる。親指を親しみ慣れた木製の銃床の上部に戻す。指をどこへ置けば一番しっくりくるか——すなわち安全か――はよくわかっている。トリガーを引く指のすべり止めをレバーのうえに置く。だが、意識して圧力をかけることはなく、羽根のように軽くふれるだけだ。義務感も切迫感もなく。

撃ったのは彼ではなかった。それをさせたのは潜在意識で、彼自身は二百メートル離れたところにいる自分の獲物と同じくらい驚いていた。

もし音がしていたとしても、彼の耳には届かなかった。反動があっても感じなかった。火薬がガスを発しても、鼻はその臭いを嗅ぎ取らなかった。彼は木をすべり降りた。見事な狙撃だったのはわかっていた。そのまま森の下生えのなかへ姿を消した。

16 ピンの戦争

欧州連合国派遣軍最高司令部から、武装した護衛付きで箱がいくつも届き始めた。白いヘルメットに白いゲートルの憲兵は箱を引き渡すと、その日の仕事が終わるまでコーヒーとペストリーの軽食をとりに簡易食堂に行くのが申し合わせになっていたが、どんなときも一人が必ず残って、四五口径オートマチックを差したホルスターの垂れ蓋(ぶた)に手を置いた姿勢で三五一室のドアの前に立った。ドイツの降下猟兵(ファルシルムイエーガー)がいつ現れるかわからないからだ。

部屋のなかでは、三人の男が作業をした。陰鬱な作業が間断なく続く。箱の中身はおおむね書式ナンバー1の〝死亡者報告〟で、ノルマンディー地方のブロスヴィルにある巨大な共同墓地に送られる前の各戦域の死体を、ありきたりの一ページの文書にまとめたものである。文書の大半は、ブラッドレーの第一軍のさまざまな部隊におけるこの種の業務を担当する六〇三補給部遺体処理中隊の各小隊が発行したものだった。この戦争でも最悪の任務を行っている部隊だ。死者は彼らのものなのだ。

建前上、届いた書式ナンバー1は前もってスワガーの基準に従い、〝死因〟の項に単発の銃弾による死亡者と書かれているものだけを集めて、日付順に並べて箱に入っているはずだった。それはかなり大ざっぱな分類だった。哀れな米軍兵士は、機関銃による五十発の掃射のうちの一発が命中して死んだ可能性もあるからだ。あるいは、うっかりドイツ軍の陣地に迷いこんで、至近距離からルガーの一発で倒された者もいるかもしれない。手前に落ちた迫撃砲弾の破片が銃弾と同じかたちの傷をつくりだす場合だってある。どれも可能性はあるが、すべて除外する必要がある。この基準は必ずしも効率的ではないが、スナイパーによる作戦行動を特定する目的でつくられたものなのだ。

　リーツは書式ナンバー1が意味するものと、その空欄が埋められる過程については考えないように努めた。だが、広大なテントの死体置き場に置かれた二等兵の死体が目に浮かんで、頭から追い払えなかった。死の民主主義——白人と黒人、金持ちと貧乏人、高等教育を受けた者と無学の者、士官と下士官が一緒に階級順に並べられ、地面に置かれた粗雑な造りの棺（ひつぎ）に収められている。存在論（オントロジー）的な意味にあまりに敏感な者は、そうした殺された人間の聖堂である第八局に配属されれば、いずれ拘束着を着せられ、救急車に、ついで精神科病院に連れて行かれて無意味なたわ言をつぶやくようになる。だから六〇三部隊の隊員は、想像力をできるだけ働かせないようにして死体から死体へと歩きまわり、傷や身元、所属部隊を調べ、感情を麻痺させてペーパーワークをこなし、死亡日時と遺骸の状態を記入するのである。

そう考えただけで、リーツは背筋が寒くなる。

おそらく六〇三部隊の気の毒な若者は激務を通じてそうしたことに慣れていくのだろう。もしかしたら、何かヘマをして、懲罰的に異動させられたのかもしれない。あるいは、戦争が終わったら葬儀業界に入るのを希望しているか、でなければ戦前にその業界にいたことがあるという理由で志願したのかもしれない。医療従事者と同様、そういう若者は鋼鉄が肉体に与える衝撃に慣れていき、その後に必要となる肉体の修復――胸の真ん中の赤い穴から、一人の人間のものかわからない身体の部位を詰めた袋まで――を冷静に扱えるようになる。誰にせよ、もしその若者が仕事を最後までやり通せるのなら、自分もせめてペーパーワークぐらいは終わらせなければ、とリーツは思った。たとえ長い時間、ミリーの愛らしさ、しなやかさ、男をふぬけにする美しさを悩める心から遠ざけてはいられないとしても。

リーツは懸命に働いた。他の二人も手を抜かなかった。文書をより分け、整理し、メモし、記録し、次に移る。それが終われば文書は欧州連合国派遣軍最高司令部に返還され、ふたたび損害の産業工程に差し戻される。戦時型のその工程には、親族への通知、給与支給部門への給与停止発令、保険金支払いの実施、欧州連合国派遣軍最高司令部へ、そして最終的には戦争省への戦域ごとの戦死者報告の登録などが含まれる。死ぬのも単純ではないのだ。大量のペーパーワークが必要になる。

死は六つに分類された。赤いピンは士官／夜間、黒いピンは下士官／夜間、黄色は一等兵以下／夜間、青は士官／日中、茶色は下士官／日中、緑は一等兵以下／日中とされた。ピンを一本一本、色分けされた地図に刺していく。

壁に貼られた大阪の戦域地図いっぱいに戦死者の大隊が少しずつ増えていくにつれ、これで完璧とは言えなくなった。黒と茶色は目を凝らさないと判別がつきにくい。〝夜間〟は当てはまる範囲が広すぎて曖昧(あいまい)だ。日没直前も夜明け直前も含まれるし、多くはないが、当然真っ暗闇の時間もある。結局、色つきの点(ドット)で死者のカテゴリーを示した六種類の全戦域地図が貼られることになった。それぞれに特徴のあるかたちが見てとれた。線状のもの、インゲン豆型、楕円形(だえんけい)に近いもの。全体が黒っぽいのもあれば、明るい色調のものもある。これでようやく分析を始められる。スワガーはその作業に集中した。他に何も目に入らなかった。彼は二人の助手を部屋の外に追い出した。あるのは、彼とドットだけになった。

17 詩人

一九四四年六月二十三日
フランスの某地で
ここでのぼくは成長し、解体処理を待っている
明日のぼくは飼い葉になっているだろう

あるのは迫撃砲
やかましく、煙たい
ぼくは逃げられない
そう命じられているから

もちろん、もっと悪いのはスナイパーたち

彼らは牙（きば）を刺す
毒蛇みたいに

それに、ナチはとてもたちが悪い
彼らの機関銃はとても速い
心臓でも頭でもおんなじだ
当たれば死ぬことに変わりはない

ぼくには、戦争はとてもスリリングだ
無差別に人を殺すこと以外は
早く国に帰りたい
運が向けばそうなるだろう

できれば、治療費百ドル程度の怪我（けが）がいい
神様も、そのぐらいの仕事はしてくれてもいいのでは
なぜそんなに自分が特別だと思うのかって？
当然でしょ、ぼくはぼくなんだから！

あなたを愛する息子、ゲイリーより

「そんなもの、送るなよ」と、アーチャーが言った。

「なぜだい?」と、ゴールドバーグ。「ほんとうのことじゃないか」

それは、〝銃弾の庭〟でのD中隊、第二小隊、第二分隊のいつもどおりの一日のことだった。二人の各個掩体の前には、何もない一帯が広がっている。見えるのは、延々と続く生け垣だけ。それに、仰向けに倒れ、脚を宙に突き出して死んでいる牛が何頭か。草原から生えたもののようにも見える。

いまは空っぽだが、いつドイツ兵が大地を埋めつくしても不思議はない。空は晴れていても、いつ迫撃砲弾が降り出すかはわからない。いまは平穏な周囲の空気を、いつ銃弾の大群が切り裂き始めるかも。おまけに、二人は穴のなかで用を足さなければならなかった。そういうことが全部、頻繁に起きている。

「ほんとうのことなど誰も聞きたがってない」と、アーチャーが言った。「聞きたいのは、〝そうとも、何もかも順調だよ。戦友は立派なやつばかりだし。今度来た軍曹を見てると、テッド叔父さんを思い出すよ〟ってとこだな」

「ジェリー叔父さんだ」と、ゴールドバーグが言った。

「いずれにしろ、べちゃべちゃとくだらん話を書くのがいい。みんな、それが好きなんだ。ジェリー叔父さんだってな。〝もうすぐ会えるね、追伸、意気軒昂(いきけんこう)、食い物うまし！〟。そういうのを聞きたがっているんだ。それだったら、検閲(けんえつ)にも引っかからないし」

「だけど……」と、頭のなかにあふれ出した気の利いた反論をぶつけてやろうと、ゴールドバーグが口を開いた。

だがそのとき、図体のでかい、のべつ幕なしに怒っているマッキニーという名の新任の軍曹が、ノートルダム大学のアメフト・チームのバックスが勢ぞろいしたかのように、たこつぼのうえにぬっと身を乗り出した。

「よし、そこの割れタマゴ二つ、休暇は終わりだ。アーチャー、おまえは中隊本部の周辺に行ってブリコヴィッツを探せ。あいつのブローニング(B)・オートマチック(A)・ライフル(R)を掃除してやれ。あいつは、おれがここに来てから三百四十発以上、ぶっぱなしている。やつにも寝る時間が必要だ」

「おれにはそんな……」

「合衆国陸軍にそんな言葉は存在しない。〝はい(イエス)〟と〝軍曹〟があるだけで、そのとおりの順番で言わなければならない。銃は毎日手入れが必要だ。われわれを生かしておいてくれるものだからな。ゴールドバーグ、おまえは自転車でG‐2大隊へ行け。

新しい地図ができているはずだ。自分たちの行く先を知っておくのはいいことだろう、そうじゃないか、ゴールドバーグ？」

「はい、軍曹」

「そうだ、それがおれたちの言葉だ。友だちから学ぶんだぞ、アーチャー。さて、それでは……」

迫撃砲だ。

最初はポンという空虚で馬鹿げた音がする。例のピンポン銃に似た音だ。次に笛のような音。それが低い音であれば、たぶん生き延びられる。やかましいものであれば、たぶん無理だろう。だが、恐怖と不安でアドレナリンがあふれ出している状態では、どちらなのか判断するのは難しい。

「飛び降りるぞ」と叫んで、マッキニーが二人のうえに落ちてきた。どうやら他のたこつぼには不信心者がいたらしいが、ここには被害がなかった。いちおう、今日のところは。

18 レストラン

タイン少佐はいつもの彼らしくなく、早くから神経を尖らせていた。彼は大柄な男で、もとはニューヨーク市警の警官だった。野心も身体同様、大きかった。彼は選挙に出馬して、市の騒々しい地区ウェストサイドで〝おれはニグロを統制（コントロール）する〟政策（彼のスタッフのあいだでは、〝おれはニガーの頭に一発（コンク）くらわす〟政策と呼ばれた）を訴えて、市会議員に当選した。だが、議員になるや、彼はもっと上流の悪党たち――土地持ちのアイルランド系紳士階級、政界・法曹界・証券業界の大物、新聞関係者――と出会い、現金や職など恩恵を与えたり受け取ったりする能力を発揮した。警棒の扱い方もへたではなかったが、そちらのほうが彼の本領だった。

彼は毒を含んだ野心に冒された。戦争が始まると、彼は真剣に観察して、最も少ないリスクで最も栄誉を手に入れる方法を見きわめようとした。そうして見つけたのが戦略事務局（OSS）だった。ニューヨークのアイルランド系住民の最高位にある第六九歩兵連隊司令官ウィリアム・ドノヴァンのリーダーシップのもと、多くの名士が集結するその組織に、タインはありとあらゆる手づるを使ってもぐりこもうとした。決して人に好かれるタイプではなかったが、なんとか入局できると、一年間メリーランド州カトクティン山脈で、敵前線の背後に降下させるために集められたフランス語のできるアイヴィーリーグの優男（やさおとこ）たちに射撃技術と近接格闘術を教えた。その間もロビー活動を継続し、電話をかけ、手紙を書き、ロデオ会場の娼婦（しょうふ）のようにこびへつらうことで、ついに誰もが望んでいるグローヴナー七〇番地の任務を手に入れ、自分の〝現実社会の経験〟が役立つはずの作戦部に配属された。

彼はフランスで任務に就いてドイツ兵を殺し、マキとの連絡将校も務めたパーティ大好き、パラシュート大好きのタフガイであるという噂が根強く消えなかった。同じく、彼がワイルド・ビル・ドノヴァンのお気に入りで、いつでもこの大立て者本人と連絡がとれるという噂も。そうした噂の発信元は彼自身で、まったくのでたらめだった。警官をしていたときにかなりの回数、黒人の頭をぶん殴ったり、ハーレムでポン引きを撃ったりしたことはあるが、相手は誰ひとり灰緑色（フェルトグラウ）の軍服は着ていなかった。おまけに、彼がドノヴァンを見たのは二、三度で、セント・パトリックス・デーにドノヴァンが第六九歩兵連隊の退役軍人の先頭を走るリムジンに乗っているときだけだった。

いま彼は、ミリーとともにレストランに向かうタクシーのなかにいた。そして〝ファック〟という言葉を必要としない、気の利いた話をひねり出そうと懸命に頭を働かせていた。

「V‐1(ドゥードル)がぼくらのうえに落ちてこないことを心底願うね」とタインは言って、多少大げさではあるが、腹の底から大声で笑った。「あのとんでもないもののおかげで何もかも台なしになってしまう。あれの困ったところは、でたらめに落ちてくることだ。どこがどこより安全ということがない。それに、スピットファイアがたまたま運よく撃ち落としても、最初に落ちるはずだったところよりもっとまずい場所で爆発することもあるからね」

〝ドゥードル〟は一九四四年七月のロンドンで時の話題になっていた。ドイツの無人ロケット弾のことで、フランスからロンドンめがけて発射される。命中精度は、お手玉をアンダーハンドで山なりに投げる程度だ。燃料が切れると空から落ちてくる仕組みで、地上で百八十キログラムの高性能爆薬が炸裂(さくれつ)する。行き着くところは風と運まかせ。運が良いのか悪いのかわからないが、エンジン音が聞こえ、それが唐突に途切れたとしても、まだ遮蔽物の陰に隠れる時間はあると主張する者もいる。それでもロンドン全域に諦観(ていかん)が広がっていた。その報復兵器‐1(フェアゲルトゥングスヴァッフェ・アイン)に自分の名前が刻まれたら、もうあきらめるほかない、と。

「ぼくに優秀な兵隊を一分隊あずけて、あちらに行かせるべきだよ」と、タインは言った。「ナチの基地をお休みさせてやるには、トミーガンとTNT火薬の処方が一番だからね。ワイルド・ビルも許可してくれるだろう」

「ドイツ人も、フランク・タイン少佐を怒らせたとわかれば、すぐにもロケット弾を撃つのをやめるでしょうね」と、ミリーが言った。タインは彼女が自分をからかっているのに気づいた。

「そうだな」と、タインは言った。「少し大きな口をたたきすぎたな。でも、あちらの基地をどうにかすべきだと思う。空爆でも急襲でも何でもいいが。大佐にいくつかプランを送っておいたよ。ドノヴァン将軍にもコピーが行くようにして。まあ、きみは先刻承知のことだが」

「大佐は読むわよ。明日のファイルの一番うえに置いておくわ」と言ったが、実際はすでにゴミ箱に放りこんであった。もう燃やされているだろう。もしかしたら、いま吸っているこの淀んだ空気にもその灰が交じっているかもしれない。

タクシーは暗い劇場街に入り、豪華な店構えの前に停まった。「着きましたぜ、長官殿」と、運転手が言った。

「あら」と、ミリー。「〈シンプソンズ〉ね。素敵だわ、フランク」

タインは丸めた束から抜き出したパリパリの札で支払ってから、急いでミリーの側のドアを開けに走った。

「切符を手に入れるのは楽ではなかったよ」と、彼は言った。「平民用の店じゃないからね。ドノヴァン将軍の名前を使わせてもらって、ようやく来れたんだ」実際は、タインの部署のスタッフに、欧州連合国派遣軍最高司令部所属の二つ星の将軍を父に持つ者がいて（「でなければ、あんなやつがこの部署に入れるはずがないさ」）、その男が父親に連絡し、父親が上院議員か何かに連絡し……。その先はフランクのあずかり知らぬ領域だった。

「ここはロンドンのウォルドーフ・アストリアだよ」とタインは言ったが、それは間違いだ。ウォルドーフはホテルであって、なかにレストランがあるが、シンプソンズは純粋なレストランで、ホテルとは何の関係もない。

タインは即座に、ミリーはそのもったいぶった表現の間違いを見抜いたはずだと気づいた。それでも何も言い返してこないので、このまま続ければ自分はさらにぼろを出すことになる。まだ警察にいて、歩いて巡回勤務をしているときなら、こんな夜は誰かの頭をどやしつけたくなっただろう。怒りを鎮めるだけのために。

タインはミリーの腕をとり、二人は外に立つ制服姿の従業員の前を通り過ぎ、まるでボジー卿（アルフレッド・ダグラス卿。詩人・ジャーナリスト。オスカー・ワイルドの愛人として知られる）の名付け親を出迎えたような給仕長の挨拶を受けた。案内された部屋は、つやのあるオーク材、シャンデリア、湾曲した曇りガラスの天井と、多くの手間と金がかかっていた。壁には古い絵画が飾られていたが、どれも馬と将軍の絵で、どれがどれなのか見分けるのが難しい。それでも、どこを取っても最高の血統、最上の美的感覚が見てとれる。まるで、ドイツの電撃戦の最中に大英帝国が身を隠しに来た場所のように思えた。

二人は奇妙なカップルだった。彼女はヴォーグ誌の表紙から抜け出てきたようで、シルクのドレスはただ、そのしなやかな骨格、心安まる優美さ、弱みを見せない冷静さを協調しているだけだった。一方、彼のほうは胸に小さなリボンを何本か付けたクラスAの軍服姿のずんぐりしたアメリカ人で、パトロール警官らしい馬のひずめのような重い足音を立てて弾むように歩く。美女と野獣か？　王女と悪漢か？　細身の女と三人目の夫（シンシナティ出身の金持ち）か？　そんな感じだ。

テーブルにつくと、タインはまた場違いなジョークを試してみた。「ここの屋根は〝ドゥードル〟を防ぐにはあんまり向いてないみたいだな、そう思わないか？」彼は笑い声を上げて、部屋を覆っている曇りガラスを指さした。

「ドイツ人も私たちの邪魔をするほど無作法ではないと思うわ」と、ミリーが言った。「少なくとも一部の人はまだマナーを守っているはずよ」

遠くで雷鳴のような音が地面に落ちてくるのが聞こえた。イズリントンの方角らしい。

「ね、ちゃんと外してくれたでしょ」と言って、ミリーは微笑んだ。

「ミリー、今宵をぼくと過ごすのを承知してくれてうれしいよ」

「フランク、私はとても楽しみにしてたのよ」

「きみはぼくを無視していたような印象を持っていた。あの、〝ジェド〟たちがあっちへ飛んだ日以来」

あのときはひどくきまりの悪い思いをさせられた。彼は自分がかかわったことに誇りを抱いており、彼女のほうは突然、普通とは言えないほど彼にざっくばらんな態度をとるようになった。それで彼はミリーを作戦部のあるフロアに連れて行き、一緒に〝ジェド〟部隊の標的を全部記したフランスの大きな地図と、ラジオの実況で放送された実際の戦闘に関する公式発表をもとに地図に刺された数十本のピンの配置を眺めた。ミリーはうっとりと見とれているようだった。

タインは自分を大物に見せるために小さな嘘をついた。

「これを見てごらん」と言って、彼は小さな街――実際は、チュールだったが――を指さした。街のそばを川が流れ、小さな橋が渡してある。誰かが橋のところに〝ケイシー〟とクレヨンで書きこんでいた。「おそらく、第二SS装甲師団ダス・ライヒはこの道を通るはずだ。知ってるだろうが、ティーガー戦車その他がまっすぐノルマンディーに向かっている。だから、こちらはこの橋を吹き飛ばさなければならない。問題は、チーム・ケイシーはブレン軽機関銃(ブレンガン)を持っておらず、作戦中にドイツ軍がトラックでやって来ると考えられる点なんだ。ステン短機関銃やトンプソン・サブマシンガンではトラックを止められない。そこでぼくは、あの地域でブレンガンを持っている集団を探した。アカの連中が持っているのがわかったので通信部へ行き、短波で彼らと連絡をとり、ブレンガンを持つことが味方にとってどれほど重要かを話して聞かせた。そういう事情なんだよ。もし今夜、何が起きるにせよ、それはチーム・ケイシーがブレンガンの支援を受けることになったからなんだ！」

「ああ、フランク」と、ミリーは言った。「なんてすばらしいの」と、タインの腕にふれた。彼女にふれられたのは、これが初めてだった。身体を走った電気は社会の敵ナンバーワン、ディリンジャーを揚げ物にできるほどだった。

そこでタインは〝お祝いの〟ナイトキャップを飲みにオフィスに来ないかと彼女を誘った。建物全体で〝ジェド〟騒ぎが起きていたが、彼の狭苦しい部屋には誰もおらず、薄暗かった。タインは〝一発やる〟のを望んでいたわけではない。ミリーのような素敵な娘とは。ただし、彼女に寄り添うか、もしかして彼女を近くに引き寄せられるか、彼女の香りを嗅げるか、彼女のうなじに鼻をこすりつけられるか、勇気を奮い起こせるかを知りたかった。いまは一九四〇年代だから、たとえ舌を入れられなくても、キスができれば天にも昇る心地だ。彼女は嫌になるほど美しいし、彼女の父親は嫌になるほど金持ちなのだから。

ライ・ウィスキーをグラス一杯。混ぜ物のない米国製品で、このときのために闇市場で買っておいたものだ。何度も視線を交わす。彼女のランプのように大きな目――神秘的で澄んだ茶色の目。まばたきせず、誘うように見つめ、だんだん興が乗ってくると……タインは気が遠くなった。

「ただ、ちょっと説明しておきたかったんだ。何が起きたのか、自分でもよくわからない。たぶん、〝ジェド〟部隊の指揮をとることの重圧のせいだろう。それとも、わがチームの任務がついに始まり、今夜がその夜であるという興奮のせいか。でなければ、血圧のために理性を失いかけていたのか。きみがぼくに悪感情を持ったんじゃなければいいんだが」

「フランク、何を根拠にそう思ったの？」と、ミリーは尋ねた。

「つまり……電話では話をしてくれないみたいだし。大佐に何かを届けにオフィスに行ったときも、とてもビジネスライクだった。まあ、そう感じただけだがね」

「フランク、いまはとても大変なときなのよ」

飲み物が運ばれてきた。タインはジェムソン・アイリッシュ・ウィスキーのストレート、ミリーはマティーニだったが、ミリーはひと口すっただけで、あとは口をつけなかった。

「上陸以来とても忙しくなった。今夜だって、少し罪の意識を感じているのよ。大佐の面会の約束、会議、視察。スケジュール調整と運転手の手配、ときには宿舎のことも――全部、手配しなければならない。それに、パーティ。あの人の仕事はパーティに出て、この組織を宣伝することよ。ご存じのとおり、あの人の組織運営はおそまつなの。私が全部きちんと動かしていかなければならない。彼の主催するパーティのリストにも目を配らなければならないし……」

「なぜか、ぼくは一度もリストに載ったことがない」

「フランク、これは仕事なのよ。遊びじゃないの」

「そうなんだろうな」

「いずれにしろ仕事が最優先。おたがい、そんなことは承知のはずよ。そういう事情は理解してほしいわ」

「でも……しょっちゅう、きみとリーツのことが耳に入るよ。人の口に戸は立てられないからね。どうなんだい、きみはあいつと会っているのかい?」

「あら、いやだわ、フランク! どこからそんなことを思いついたの? あの人が帰ってきたあと、大佐と一緒に見舞いに行って、親しくなった。何度か一人で見舞いにも行ったわ。フランク、あの人はヒーローだけど、それをひけらかしていない。むしろ、チーム・ケイシーがあんなふうになったことで動揺していた。誇るどころではなく!」

「まあ、やつにはそれほど誇れることはないだろうな。あいつのせいで大混乱になったんだから。チームのメンバーは殺されたし。みんな言っているけど、ほんとうの手柄を立てたのはベイジルなんとかという英国人らしい。だいたい、ぼくがブレンガンを手に入れてやらなければ何も起きなかったはずだよ。大佐はもっと彼に宣伝活動をやらせるべきだ。ぼくらの組織にはヒーローが必要で、リーツはヒーローのバスにたまたま乗り合わせた幸運な男なんだから。ほんとうに何があったかを知っている人間はみんなそう言っている」

「フランク、リーツ中尉を悪く言うのはやめてほしいわ。彼はとても立派な若者よ。アメフトのヒーローでもあるし。彼は自分の義務を果たそうとしているだけ。戦争が終わったら、外科医になるつもりらしい。いい大学に入ったし……」

「ぼくはただ、あいつのまわりで輝いている光に、きみが目をくらませないでほしいだけだ。チーム・ケイシーが橋に与えた損害の写真を見たけど、たいしたことはなかった。あれではドイツ人に大きな損失を与えたとは言えないな」

それは嘘だった。タインは偵察写真など見ていなかった。誰もそんなものは見ていない。写真はまだ第八航空軍の損害査定チームが評価を始めたばかりで、トップシークレットになっている。とはいえ、ドイツの工業地帯――彼らのパンでありバターであるもの――に与えた損害の戦略偵察のほうがはるかに優先されていたので、橋の写真の評価に手がつけられたのは、戦後の一九五六年になってからだった。査定チームの仕事ののろさは評判が悪かったが、彼らの考え方からすれば、それは誰か別の組織の人間が爆破したちっぽけな橋でしかなかったのだ。

「フランクったら！　ねえ、話題を変えましょう」

「ミリー、ぼくがきみにとってどんな存在なのか訊きたいんだ。知らずにはいられないんだ。頭がおかしくなりそうなんだ！　どうなんだい、ぼくにチャンスはあるのか？　きみに恋している男が山ほどいるのはわかってるし、ぼくはそのリストのずっと下のほうにいるんだろう。だけど、ぼくにもチャンスを与えてほしい。戦争が終わったら、ぼくは大物になる。きみが誇りにできる人間になる。ぼくには野心がある。きみが……」

「フランク、お願い。私たちには、ほんとうに〝戦争が終わったあと〟にならなければ、〝戦争が終わったあと〟なんて考えられない。戦争以外のことは全部忘れなければならないの」

「わかった、わかった、きみの言うとおりだ。でも、ぼくはいつもきみのそばにいるからね。欲しいものがあったら、何でも言ってくれ。ナイロン・ストッキングでも、ランジェリーでも、香水でも何でも。ぼくにはそういうものが……」

「あら、オードブルよ！　おいしそう。ねえ、フランク、いただきましょう。おなかがぺこぺこだわ。でも、食事がすんだらオフィスまで送ってちょうだいね。まだ仕事が残っているから」

タインは笑みを浮かべながら思った――リーツの野郎はおれの手でなぶり殺しにしてやるぞ。

19 会議

大佐は午前十一時に戻る約束だった。彼の話では、欧州連合国派遣軍最高司令部と第一軍から高級将校を連れてくるが、心配はいらない、襟にがらくたをいっぱいくっつけたメッセンジャー・ボーイにすぎないという。だが、進展を求めているのは誰しも同じで、大佐は三五一室の活動が二週間の成果を見せてくれるのを期待していた。

どう見せればいいのかについては、スワガーに秘策があった。地図を全部、壁に貼って覆いで隠し、時間的順序に沿って見せていくのだ。馬鹿にもいろいろ種類があるから、ひと目で何もかも理解しようとする者がいて、何もかも一緒くたにし、全体をめちゃくちゃにしてしまうのを恐れたのだ。売りこみの秘訣は、明瞭、かつ迅速に解説を行い、徐々にサスペンスを高めてクライマックスへ向かい、一つの結論に導いていくことだ。言い換えれば、一つの物語でなければならない。

「士官にはシンプルに説明する必要がある」と、スワガーは言った。

だがそのとき、セバスチャンと目が合った。内密の情報がある、という意味だ。スワガーはリーッに言った。「中尉、上の階に行って、フェンウィック中尉と一緒に客をここへ案内してくれ」

フェンウィック中尉と一緒にいられる時間を無駄にするわけがないリーッは、即座にうなずいて、部屋を出て行った。

「いいぞ、セバスチャン、ニワトリを飲みこんだ猫みたいな顔だな。話してくれ」

「少佐」と、セバスチャンは言った。「これはかなり根拠のある話なのですが、作戦部のタイン少佐が〝三五一室に関して激しい論争が起きている〟という内容の痛烈な批判の回状を大佐に提出し、そのコピーが欧州連合国派遣軍最高司令部の情報室と、最終的にはEストリート――つまりワシントンのEストリート本部のボス中のボス、ミスター・OSSことドノヴァン将軍に回されたようです。私が聞いたのは、大佐と本国への電信を担当する通信室に文書を送付したタイン本人の要約だけですが。それを、私がまた要約してお伝えします。タインが言うには、三五一室は二週間近くにわたって情報と人力を無駄に使っており、利用可能な素材はいっさい生産しておらず、今後も何も生み出さないように思われる。そればかりかグローヴナー七〇番地にそれが存在すること自体が混乱のもととなり、OSS〝本来の〟業務を阻害している、ということです。タインの考えでは、三五一室はただちに大幅な縮小を行い、作戦部の管轄下に置かれるべきだ。なぜならこの活動は明らかに作戦の実行を意図するものであるから、直接自分に報告させる必要がある。三五一室がいま持っている自由裁量はすぐにも取り上げなければならない。また、少佐、つまりあなたの階級についても明確にすべきで、少佐が実は海兵隊の下士官であるという噂が真実であるなら、少佐をただちに陸軍でそれに匹敵するE・7まで降級させ、共通の軍隊儀礼に基づいて全士官にその旨を伝える必要がある、という内容のようです」

「その馬鹿の名前をもう一度教えてくれるか？」

「えーと、作戦部の外様の少佐です。実務をやらせてもらえない副大統領みたいな人物です。ただあちこちに顔を出して引っかきまわし、自分の出世に利用しようとしている。〝ジェド〟作戦の黒幕であるとふれまわっているようですが、みんな、それが嘘であるのは知っています。もとニューヨーク市警の警官で、アイルランド系にコネがあるとも自称してます。ドノヴァンも自分の話なら聞くと言ってますが」

「なんでそいつは、おれに尻を見せるような真似をするんだ？」

「あなたではなく、リーツ中尉にです。タインは救いようのない男で、フェンウィック中尉をものにできると考え、自分がねんごろになれないのに、彼女がリーツ中尉の恋人であるのをみんなが知っているのに我慢できないのです」

「ここは高校なのか？」

「そんなものなのです。私が返信を書いて、あなたの署名で送りましょうか？　急いで対処したほうがいいのでは？」

「いや、一度泣き虫のレッテルを貼られたら、あとはいくら騒いでも無視されるだけだ。いまやらなければならないのは、近道を見つけてプランを推し進めることだ。見つけたものを少し大げさに吹聴して、次の段階に進もう。そうすればそのゴキブリ男をつぶしてやる方法も見つかるだろう。そんな馬鹿げたゲームをするのは気が進まないが、おまえがたこつぼに行かずにビルのなかで仕事をしたいなら、そうせざるを得ないな」

「わかりました」

「よくやったぞ、セバスチャン。誰が自分をこけにしようとしているかを知っているのは、どんな場合もいいことだ。これでおまえも、第一レンジャー大隊に異動するまで、二週間はロンドンにいられることになったぞ」

「はい、少佐、ありがとうございます」

リーツとブルース大佐が欧州連合国派遣軍最高司令部の二人の去勢馬を連れて姿を見せた。二人とも部屋の温度よりは数度、体温が低いように見えた。戦闘を指揮するタイプではなく、どちらも顔色の青白い三十代の男で、片方は頭が禿げていて、もう片方はもっと禿げていた。同じような縁なしメガネをかけ、まったくの無表情だった。

スワガーは以前、農夫がむっつりとした顔つきの妻とともにゴシック風の農家の前に立っている有名な絵を見たことがある。時期も場所もすっかり忘れたが、なぜかその記憶が頭のなかを軽やかに飛びまわった。

「ステーシー准将だ、欧州連合国派遣軍最高司令部G‐2」と、一人が言った。

「マクベイン大佐だ、第一軍G‐2」と、もう一人が言った。ふたりともよく似ていて、見分けがつきにくかった。握手やその他、礼儀というものは禁止されていたので、スワガーは二人に西側の壁の前に置かれた椅子に座るよううながした。二人は腰を下ろした。

「お二人に、この会に興味を持っていただき、時間を割いた価値があればよいと願っています」

「いいから先に進んでくれ、少佐」

スワガーは自分の考えるスナイパーの特徴から話し始め、反論を待ち構えたが、何も返ってこなかったので話を続けた。

「というわけで、次に壁に貼った六枚の地図にご注目ください。これに覆いをしたのは、時間的順序に従って見ていただきたいからです。そのほうが混乱せずにすみます」

返事はなかった。

「伍長」とスワガーが言うと、セバスチャンが最初の一枚の覆いを外した。

「この地図は、戦域内で単発の銃弾によって殺された戦死者全員の記録を表したものです」と、スワガーは説明した。「期間は第一軍がこの地域に進攻した六月八日から二日前までで、遺体処理の書式1から拾ったものです。これを見れば、あなたがたが深刻なスナイパー問題を抱えていることがわかります」

二人は――ブルース大佐はその後ろに座っていた――目の前に突きつけられた大虐殺の痕跡を真剣な顔つきで見つめた。それは、第一軍が現在戦っているノルマンディー半島の地図だった。紫色の点の悪夢、渦を巻き、混沌とした攻撃の記録。その間、ドイツ人の刈り取り人はあらゆるものを――長いのも短いのも、長身も短身も、善人も悪人も、なまけ者も知恵者も――まるで産業のような戦争遂行能力の暴力的気まぐれによって収穫していったのだ。

「これを見れば、われわれがすでに知っていることが裏付けられます。いたるところにスナイパーがいる。戦線にいても彼らがいる。偵察中にも彼らがいる。昼も夜も彼らがいる。戦線から後退しても彼らがいるのです。われわれの計算では、この数週間のあいだにスナイパーのせいで千五百以上の死者を出しています」

「そういうことは全部、われわれも戦死者報告書で見て知っているよ、少佐。われわれの関心は、昼の戦死者ではなく、夜間のスナイパー問題にある。先を続けてくれ」

と、禿げ頭の一人が感情を交えずに言った。だがスワガーは、二人がそれぞれにメモをとっているのに好感を抱いた。どうやら彼らはお偉いさんの使い走りでも、ドア開け係でも、イエスマンでもないらしい。言うなれば、かたぶつだ。

「了解です。われわれの関心もそこに絞られています。これからそれを見ていきます。伍長、進めてくれ」

若者が移動して、二枚目の地図から覆いを外した。

「この緑色の点は、われわれが昼間・非指揮官としたカテゴリーに入る戦域内の死者を表しています。つまりE‐3の上等兵以下の階級で、いわゆるGI・ジョーと呼ばれる兵士です」

地図は、人食いウナギに襲われたような惨状だった。湾曲して並んでいる緑色の点が地図上の記号や名称を覆い隠してしまいそうで、爬虫類の体型を思わせる形態が田園地帯(ボカージュ)をゆっくり横に前進している。

「お気づきでしょうが、戦死者のパターンは週単位で、わが軍の戦線の形状のパターンに追随しています。これはわが軍の兵士が自分の陣地で撃たれたことを意味します。そして、戦線がゆっくり移動するにつれて、狙撃場所も動いています。点が密集しているところは、わが軍が停滞を余儀(よぎ)なくされた場所です。ですから、狙撃対象は当然、上等兵から二等兵までが多くなります。

これは、大隊レベルにおける精密射撃手の堅実な配置を行っていることを示しています。ドイツ軍はやるべきことを心得ていて、昼間に標的と出会う機会の最も多い場所に腕利きの射撃手を配置しています」

次の地図。こちらは点の密度が前ほどではないが、ほとんど同じ線に沿った軌道がついている。

「指揮官レベル、つまりE‐5の三等軍曹以上で、これも昼間の死者です。特に疑問はありません。なぜなら、このクラスの者は経験を積んでおり、ただ地面に這いつくばって生け垣から様子をうかがっているだけではすまない責任を負っていますから。何か質問は？」

何もなかった。

「いいでしょう、では夜間に移りましょう」

スワガーがうなずくと、四枚目の地図の覆いが取られた。四枚目にはウナギは出てこなかった。地形いっぱいに点がでたらめに散っており、ひどく密集している箇所はなく、いくつか飛び地のように本体から外れたものもある。

「暗くなったあとの非指揮官です。ここで〝暗さ〟を定義しておきましょう。われわれは、そちらの気象学者の計算に基づいて、真の日の出の十五分前までと、真の日の入りの十五分あとを〝暗い〟時間と定義しました。ですから、これらは歩兵による夜間偵察中の死になるわけです。軍曹なり少尉なりが分隊を率いてドイツ軍の配置を確認しに行く。ときには銃撃戦に発展することもあるので、われわれはこの地図の死者をスナイパーの関わるものではなく、銃撃戦の死者と考えています。この場合の銃撃は無計画なものです。撤退時に撃たれる者もいれば、接近する最中に撃たれる者もいる。攻撃的な偵察を仕掛ければ、そうなるのです。仕掛けなければ状況がわからないから、まとめて撃たれて、損害がもっと大きくなるはずです」

「夜間の戦死者を時間ごとに分けて、地域別に分類することは思いつかなかったのかね、少佐？」

「思いつきました。とても、興味深い結果が出ています。まもなく、そのことにふれます」

「すばらしい」

セバスチャンが五枚目の地図をむき出しにした。そのうえに密に打たれた点は深くて暗い赤だった。身体から噴き出して酸素にふれる前の血の色だ。点は米軍の戦線の先に、何本かの巻きひげ状になって伸びている。高度に系統だって行われた大虐殺の印だ。

「大当たり(ビンゴ)です」と、スワガー。「このカテゴリーは、指揮官と夜間。軍曹や下級士官など、偵察隊を率いていて撃たれた者です。ほぼ全員、頭を撃たれているのは、興味深い発見と言えるでしょう。ほとんどが後頭部、それも耳を通る横線と頭部中央を通る縦線のあいだを四五度の角度で撃たれている。これは推奨されている狙撃手法ですが、訓練と実戦経験を積み重ねている者でなければ実行は困難です」

一瞬、スワガーの頭のなかを死んでいったたくさんの若い指揮官の姿がよぎった。

「これが意味するところはおわかりでしょう。ドイツが何らかの暗視技術を持っているのではないかと、味方の部隊を恐れさせています。彼らは闇のなかでも見えるのだ、と。それがほんとうかどうかは問題ではない。その噂がたちまち小隊内に広がり、その結果、偵察が消極的なものになったり、スナイパーがいなくてもパニックを引き起こしやすくなったりする危険があります。あまり遠くまで足を伸ばしたがらなくなり、大急ぎで引き返しがちになる。大局的に見れば、それが敵の戦略なのです」

「それが第一軍全体に見られている」と、マクベイン大佐が言った。「もう一歩踏み出させることができなくなった。兵士たちにすれば、もう一歩は死だからだ。続けてくれ、少佐」

「もう少し微視的に分隊レベルで見れば、狙撃は夜間の偵察を無効にするためのものです。そうした破壊的な手段で指揮官が殺されるのを見た兵士はパニックを起こしてちりぢりになる。BARやM1ガーランドといった火力の優位はたちまち失われる。兵士たちはさまよい歩き、ある者はドイツの支配地域に迷いこみ、ある者は敵が洪水を起こした土地に入って溺れてしまう。戻れても、精神的な打撃を受けて、しばらくは役に立たなくなる場合もある」

「それがいたるところで起きている」と、マクベイン大佐が言った。「ブラッドレー将軍は〝スナイパー病〟と呼んでいる」

「では、何が問題なのか？　暗視技術を飛躍的に改良して、闇のなかでも階級章が見えるのか？　ドイツ人はどうやって偵察隊の指揮官を特定し、殺しているのだろうか？　どうやってこちらの部隊をそれほどすばやく、かつ的確に見つけられるのか？　情報が漏れて、それを利用しているのか？　あるいは、こちらの兵士の行動パターンを読む能力を発達させて、それほど的確な予想を立てられるようになったのか？　それに、なぜいつも四五度の角度で銃弾を撃ちこむのか？　なぜ、そういう撃ち方を好むのか？　それに、敵はどうやってその場から撤収しているのか？　だいたい、相手は誰なのだ？　一人の人間なのか？　分隊なのか？　特殊部隊なのか？　無線の傍受かスパイ活動、空中偵察によって、その正体を突きとめられるのか？　爆撃か急襲をかけられる敵の本部が存在するのか？　もしあるなら、私は喜んでチームを編成します。リーツ中尉も参加してくれるでしょう。だがいまのところは、書類の追跡がまだ残っている。敵のファイルに近づける情報源はないのでしょうか？　もしかしたら、ロシア人ならできるかもしれない」

「彼らが情報をくれるとは思えないな」と、ブルース大佐が言った。「同盟国ではあるが、そういう同盟はしていないからね」

「同様の〝指揮官の死〟を他の戦域と比較したかね、少佐？」と、マクベインが質問した。「これもまた、戦争だからという答えになるのじゃないかね？　結局のところ、スナイパーはみんな、指揮官を狙うように訓練を受けているのだから」

「私はたまたまガダルカナルやブーゲンヴィル、タラワで、こうした作戦行動に関する知識をいくらか身につけました。海兵隊もスナイパー問題を抱えていましたが、今度のように殺された者の階級を誰も公表しなかったのは、そういったパターンが存在しなかったからです。さらに言えば、夜間の狙撃行動はなかった。あの戦闘では、戦死者が軍の階級別人数の分布を反映していたからです。軍曹より二等兵が、中尉より軍曹が、大佐より中尉が、将軍より大佐が多く死に、将軍の戦死者はいなかった」

二人の高級将校は三つの島における海兵隊の戦いについては何も言わなかった。

「では、最後の地図を。ここにいくつか答えがあると考えています」

ところが妙だった。それは前と同じ地図だ。

何かの冗談か？

いや、ちょっと待て。交ざってはいるが、ピンの色が違う。緑色がほとんどで、わずかに赤がある。まるでクリスマスのメイシー百貨店のショウウィンドウのような華麗さだ。

「あいにく、この地図についてはきみの解説が必要だな」と、ブルース大佐が言った。

「これはリーッ中尉のアイデアです。彼が見つけたのです。本人に説明させましょう。リーッ？」

「わかりました」と言って、薄闇のなかからリーッが姿を現した。これは彼のアイデアではなかった。こうしたことは全部、スワガーが考えたものだった。だが、彼はこの会合を自分の独演会にしたくなかった。自分を破滅させようとする、別の種類の戦争を仕掛けられているのだから。

「思いついたのは、夜間偵察隊の指揮官の死を時間ごとに特定してみたらどうかということでした。つまり、日没の時刻から日の出の時刻まで、一時間ごとに違う色のピンで表すのです。きっとたくさんのピンが必要だろうと予想しました。ところがやってみると、二色のピンだけで事足りました。夜明けの薄明かりの緑、日没の薄明かりの赤だけです。その二つの時間帯にほとんどの狙撃が行われています。真夜中については、どうやらドイツ人もわれわれと同じで、暗闇を神秘的なものと考えているようです」

「現時点でそこから推測できるのは、今度の件に暗視装置の新技術は導入されていない点です」と、スワガーが言った。「確かに薄明かりで狙撃を行っていますが、小さな標的に対して特殊な射撃を行えるだけの光はあるわけです。標的が適当な姿勢になるのを待つ余裕もある。胴体を狙うのが一番楽な方法で、世界中の軍隊でそうしろと教えていますが、ドイツ人たちはそうではない特殊な射撃をするために普通より時間をかけています。その理由については、推測するしかありませんが」

と言って、スワガーは間を置いた。

「では、少佐」と、准将が口を開いた。「推測してみてくれ。われわれがここに来たのはそのためなのだから」

「おそらく、大きめの独立した部隊のなかに小さい機動部隊があるのだと思います。機動部隊はごく単純なやり方で配置され、他の部隊とはいっさい連動せず、通常ならドイツ軍がとる緻密な戦術も用いない。ただ、あちらへ、こちらへと移動するだけです。その部隊が北へ移動したときは、数日のあいだに北部地域で夜間の狙撃の犠牲者が数多く出ることでそれがわかります。続いて南へ移動すれば、そちらで狙撃が頻発する。彼らは誰にも所在を知らせていない。ドイツ国防軍の慣例に反して、独自に行動しています。私は、最上層部から行動の自由を保障された親衛隊ではないかと考えています」

「部隊はどれぐらいの規模だ？」

「夜間の狙撃はひと晩で十二件以上は起きていませんから、最大で十二人の優秀なスナイパー部隊なのでしょう。特殊な訓練を受け、特殊な戦術、特殊な能力を身につけている。偵察部隊の指揮官をターゲットにしています。それをすれば、恐怖と麻痺状態を広げられるのを知っている。第一軍の兵士たちをちびらせ、道で動けなくしているのはその連中なのです」

「わかった」と、マクベイン大佐が言った。「だが、そいつらは誰なんだ?」

20　みぞれ

「おまえが行け」と、アーチャーが言った。

「いや、おまえが行け」と、ゴールドバーグ。

「二人とも行くんだ、道化ども」と、マッキニー軍曹が言った。

ヒエッ。やるしかない。直接指令だ。

アーチャーはぶるっと身体を揺すった。そこはGIシャベルで土を掘り、根を断ち切ってできた生け垣の穴で、地面を覆っていた植物に数時間かけて銃剣を容赦なく振るっているとぽっかり空間が開いた。

アーチャーはじめじめしたトンネルからまばゆい光のなかへ出た。周囲を取り巻く野菜の宇宙から注がれる緑が日差しに明るさを添えている。先を見ると、十数人の戦友が日差しのなかに落ち着かなげにひざまずき、他の者を待っている。全体で、大ざっぱな散兵線（個別に行動する少人数の分隊が横に広がった状態）ができている。まだ銃撃はされていない。ドイツ軍は百メートルほど先で、射程内に標的が群がってくるのを待っているのかもしれない。あるいは、前夜のうちに撤退したのか。味方は全員、身を強(こわ)ばらせ、自分のことだけ考えていた。

「うぐ、あああ!」ゴールドバーグの身動きがとれなくなった。

なぜか水筒がなかば外れ、フック一つで戦闘用サスペンダーに引っかかっている状態になっていた。しかも水筒は、木の根が輪になったところにもしっかり引っかかっている。

アーチャーがライフルの床尾でつつくと、水筒が根から外れた。ゴールドバーグは身をよじって、なんとかいましめを逃れた。

ゴールドバーグは誰でも納得するような歩兵ではとうていなかった。ひどくやせていたので、どんなベルトも吊り革もいくらきつく締めてもたるみが出てしまう。戦闘用サスペンダーには弾薬ベルトを吊しているのだが、革の弾薬入れに入った挿弾子(クリップ)、塹壕掘削用具、救急用品、手榴弾の重みで、彼の細い腰のまわりをぐるぐるまわって位置が定まらない。ときにはシャベルが前に行ったり、後ろに行ったりと、まるで風まかせ。M41フィールドジャケットも身体に合っておらず、先の尖った大きな襟やポケットの垂れ蓋、いやにたくさん付いているボタン——一見、オリーブグリーンのズートスーツ(一九四〇年代初期に流行した極端にだぶついたスーツ)の上着に見える——がさらに問題を複雑にし、布地が集まってはいけないところに集まってあちこちに襞(ひだ)をつくり、右へ左へと揺れ、長すぎる袖をたくし上げてもすぐに落ちて指先を隠し、ますます混乱の度合いを増す助けをした。キャンバス地のゲートルはブーツを覆い隠して、なかに石や砂利が入るのを防ぐためのものだが、脚にぴったり巻けないので（a）その役割を果たせず、（b）安全を守れないでいた。そのため、ゲートルは勝手にねじれ、皺くちゃになった。ゴールドバーグはトイレットロールをたるみに差しこんで固定していたが、そのうちロールはつぶれて効果がなくなった。さらに、分隊のさまざまな戦友が助けの手を差し伸べてくれたが、ヘルメットの内帽（ライナー）はどうやっても彼の頭にぴったりはまってくれなかった。そのせいでライナーを覆う鋼鉄の本体（シェル）は頭の特定の方向を向けという指示を無視して、でたらめに回転し、ときには正しく顔の正面を向くこともあるが、真後ろを向くこともあり、だいたいはその中間に留まっている場合が多い。ライフルは大きすぎてゴールドバーグの白い手に余るように見え、動きをさらにぎこちなくし、身長百六十八センチ、体重五十三キロの身体と比べてみると、彼に支給されたのはライフルのオペレーティング・ロッドの働きを見せるためにつくられた、基礎訓練用の巨大模型なのではないかと思わせた。そばかすだらけのほっそりとした顔の青白さと、とびきり知的で、とびきり感じやすい目を膨張させている針金縁のＧＩメガネの拡大力が、これは全部、間違い探しパズルなんだよと主張しているようだった。彼はいつも息を切らしていた。そう、どこかに到着したときはいつも。だから田園地帯（ボカージュ）で、ミユーラー大佐（オーバースト）麾下（きか）の第七軍（アルメー）第八四軍団（アルメーコーア）第三五三歩兵（インファンテリー）師団を攻撃しようとする彼を発見しても、冗談事にしか見えなかった。そこにいたところで、何かの役に立つとは思えなかった。

「くそっ、進むんだ」と、背後から軍曹が叫んだ。「これはピクニックじゃないんだぞ」

「知ってたか?」と、ゴールドバーグがアーチャーに言う。「おれはピクニックだと思ってたぜ」

二人は自分を励まし、地面にひざまずいた兵士のいい加減な隊列に加わった。その後ろからさらに何人か、同じ分隊の隊員が転がり出てきた。それを監視するのが、ターザンのマッキニー軍曹だ。死んだマルフォの代わりに小隊と分隊に入った新顔だが、この戦争の新顔ではない。

自分の仕事をしているだけなのだから、勝手にやらせておけばいい。彼は戦列のちょうど真ん中まで走り、列から数メートル前へ出た。トミー短機関銃を持っており、手榴弾も装着しているらしい。クールな下士官らしく文字盤を手首の内側に回した時計を確認する。

軍曹にはプランがあった。据え付けられたドイツ軍の機関銃の前に、無分別に突っこむような真似はしない。彼は小隊一のライフル擲弾兵に、0300時に生け垣を通り抜け、できるだけ身体を平たくして草のなかを五十メートルほど匍匐前進するよう指示していた。擲弾兵が持つ仕掛けは米軍の制式採用銃のなかで最も注目を浴び、米陸軍公式目録の上位に取り上げられているもので、三〇口径のM１９０９空包弾を装塡したM1ガーランド・ライフルの銃口に、M1手榴弾発射用アダプター（二十二ミリ）を取り付け、四本の金属スプリングで手榴弾サイズのものの抜け止めをするM1手榴弾装置を差しこみ、レバー抑制室にピンを抜いてレバーを固定したマーク2破砕性手榴弾を挿入したものである。うまく機能すれば（だいたいがうまくいくのだが）、空包の圧力が手榴弾装置を銃口からはじき出し、装置と手榴弾本体が分離し、同時に安全レバーが外れた状態で胸くそ悪いろくでなしに向かって飛んでいくことになる。着地して一、二秒たつと、手榴弾のヒューズがそろそろパーティの時間だと手榴弾の装薬に伝える。そしてあたりにあるものが大量に吹き飛び、うまくいけばドイツ軍の機関銃も一、二挺消えてくれる。

マッキニーのプランでは、身長百六十センチ、ペンシルヴェニア州ピッツバーグ出身の異常なほど怖いもの知らずのポーランド系アメリカ人ブリコヴィッツが、〇七三〇時の攻撃開始予定まで、適当な場所で目を半開きにしてうつ伏せで待つことになっていた。理屈上、英雄ブリコヴィッツの生死は偽装がうまくいくかどうかにかかっていた。ドイツ人は雑草やさまざまな種類の花と木にごまかされて、ブリコヴィッツを発見できないはずだった。小隊が全員位置につき、前進を始めれば、ドイツ軍が持っているなかで一番重量のある芝刈り機——MG42なる機関銃を撃ってくるだろう。ゴールドバーグがポピュラー・メカニック誌で見たと主張しているが、その芝刈り機は一分間に五千発の弾丸を発射するという。その銃口炎が見えたら、ブリコヴィッツはやにわに身を起こし、幾何学と放物線に関するすぐれた直感力を利用して、銃口炎に向かって手榴弾を放つ。それでうまくいくはずだった。最大の強みを失い、薄く広がった陣形のドイツ軍は間違いなく撤退するだろう。

「いいプランだ」と、アーチャーは言った。

「おれのプランのほうがましだ」と、ゴールドバーグ。「このままロンドンへ戻って、睡眠不足を取り戻し、シャワーをたっぷり浴びてビールを飲みに出かける」

「ビールも飲めないくせに」と、アーチャー。

「このプランのためには」と、ゴールドバーグ。「飲めるように訓練するさ」

「味方の迫撃砲が砲撃を始めるぞ」と、マッキニーが言った。「準備しろ」

確かに空模様は一〇〇パーセント雨ならぬ、破壊に変わっていた。空はぼんやりとした黒い弧で満たされた。砲弾は目に見えないほどの速度が出ないのでそうなるのだ。空に向かって上っていくと、やがて上昇することに関心を失って落ちてくる。そして、百メートル先で起爆する。

やかましかった。恐ろしかった。びくっとさせ、ぞっとさせ、そのうえ、心の底からおびえさせる。砲弾が落ちて炸裂するたびに、熱いエネルギーと鋼鉄と口臭が吐き出され、破壊がおよぶ範囲の円錐形のなかでは新たなルールづくりの騒動が始まる。なんという音！　耳が痛み、熱い突風が顔に小枝を吹きつけてきても、身をよじってたじろがずにはいられない。煙と破片が順序正しく固まって飛び出してきたが、やがてかたちが崩れ、ばらばらになって灰色のもやになってあたり一帯を漂い始めた。その臭いは、まるで誰かがヒトラーの靴下を燃やしているかのようだった。何かの断片――土埃、燃えかす、砲弾の破片、砕けた枝、それに（願わくは）ドイツ兵の大腿骨――が地面に伏せている男たちに激しくぶつかってきた。遠くの生け垣が怒り狂った天気の新しい前線に飲みこまれるように見えた。音があまり大きかったので、鼓膜を指先でコツコツと叩かれているような気がした。ミッドタウンのヴァン・バース・ホテルにあるブーン・ブーン・ルームからシンコペーションと卑猥なダンスとナイロンストッキングの女たちを取り除いたもののようだった。ブーン、ブーンと引き延ばされた反響音だけが聞こえる。

「行くぞ」と、軍曹が叫んだ。

「取り残されるよりはましだな」と、笑みも血の気もなく漂白されたような唇で、ゴールドバーグが言った。ここで死ぬのと、パンツに漏らすのを両方心配しながら。

「懺悔(ざんげ)するのを忘れていた」と、彼はアーチャーに言った。

「おまえはカトリックじゃないぞ」アーチャーが説明のつもりでそう言った。

「いまさらそう言われてもな」と、ゴールドバーグ。

二人の高IQ兵士は立ち上がり、背中を丸めたみじめな姿で悪夢の歩行を始めた。行き先が敵の陣地なのか、ただの藪なのかわからないまま。

これは攻撃だった。なんでこんなことになったんだ？　誰が命じたのだ？　何の利益があるのか？　こんな移動がほんとうに必要なのか？　誰にもそれはわからない。一番納得のいく説明は、軍隊なら――軍隊で居続けるなら――自分たちが何者かを忘れないためにときおり攻撃を仕掛けるというものだ。だがこれは、テキサス州の三つの郡を合わせた長さのある戦線を横切って、数千もの兵士が走って行くわけではない。どちらかと言えば小規模な攻撃で、一中隊、四つの小隊が動きを合わせ、迫撃砲の砲火、バズーカ砲、軽機関銃、ライフル擲弾発射装置といった付属物を持って、隣接する四つの田園地帯(ボカージュ)を横切るものである。これが始まれば当然騒音が生じ、騒音は煙の発生を意味し、煙の発生は混乱の始まりであり、混乱は危険を生じ、危険は死を意味する。だからと言って、拒否できる者などいるだろうか？　なにしろみんなが口をそろえてこう言うではないか。これは戦争なんだ、と。

部隊の第一線は突撃とはほど遠いが、それでもまっすぐ前を見て、マッキニー軍曹のご宣託を待ちながら、流されるように前進を始めた。やがてマッキニーは足を止め、トンプソン・サブマシンガンを肩の高さまで持ち上げると、一掃射した。煙に向かって撃ち、命中させた。何か生の肉でできたものにも命中させたのだろうか？　それは定かでなかった。おそらくこの小さな戦争劇場で、喜ばせるのが難しい観衆に自分の力を見せつけただけなのだろう。確かに彼は、演技する役者っぽく見えた。

「おれたちも撃つべきかな？」と、ゴールドバーグが言った。

「何を？」

「わからない。ゴミでも」

「おれには煙しか見えないが、まあ、どうでもいい」

アーチャーはM1ガーランド・ライフルを脇に引き寄せ、肘(ひじ)を押しつけて固定すると、トリガーガードの前部にある安全装置を外してトリガーを引いた。突然、シュッと音を立てて、熱せられた真鍮の空薬莢が一度ならず銃からはじき出されたが、アーチャーには八回もトリガーを引いた感覚がなかった。反動はなかったし、煙も見えない。経験としては、印象はゼロに等しい。

空になった八発入りクリップが日曜日の朝食のトーストのように飛び出し、ライフルは撃つのをやめた。

つまり自分は確かに八発撃ったわけだが、あまりに稀なことなので、細部がほとんど記憶に残っていない。ライフルはずっと所持していたけれど、この七カ月で実際に使ったことは一度もなかった。まだ使えるんだと思うとうれしくて声がはずんだ。

「来いよ、ゲイリー。あそこの連中をやっちまおうぜ！」

だがむろん、ゴールドバーグは安全装置の外し方を知らなかった。なんとか外したはいいが、何かねばねばしたものがべったりくっついていて、トリガーを引けなかった。

「すぐに一発お見舞いしてやるさ！　たぶん、やつらが気がつかないうちに」と、ゴールドバーグは戦友に言った。

ドイツ人も攻撃されていることにようやく気づいたらしい。彼らも迫撃砲を持っているようだった。田園地帯(ボカージュ)のさまざまな場所で芝と草の噴水が上がり、悪魔のため息のような風が放たれた。あたりの空気がハチドリの羽音に似た音に満たされる。兵士が一人倒れ、別の一人が駆け寄る。すぐにもう一人が倒れた。

「さあ、来い、こんちくしょう！」と、前方でひと声怒鳴ると、マッキニーが突進した。ヒロイズムが彼の本分なのだ。それと比べて熱意に欠け、ヒーローでもない二人の二等兵は、恐怖（後退しよう！）と恥辱（前進しよう！）のあいだの戦いに駆り立てられて、消極的にも積極的にも見える足どりで走った。少なくともアーチャーは再装塡のドラマ——新しい三〇口径弾八発入りのエンブロック・クリップを取り出し、銃尾（ブリーチ）に差しこみ親指で強く押しこむと、ボルトが前方にカチンと戻る――を演じていた。迫撃砲の破片のシャワーを浴びながら歩いているあいだにそれをするのは容易ではなかった。こうした新しい現象が、打楽器の交響曲にそれぞれの貢献を付け加える。音があまりにも大きいので、何か考えることを思いついても、自分が考えていることが聞こえない。ゴールドバーグの場合、彼は自分が偽物であるように感じていた。白人のアメリカ人プロテスタント（ワスプ）の謎めいた危険な儀式の真っただなかにいるユダヤ人なのだ、と。

　機関銃の射撃が始まった。その警戒すべき事態の発展を知らせるのは、生け垣から唐突に浮き上がった緑の光のしずくで、弧を描きながらこちらに近づいてくる。それはまるでネオンを反射するみぞれのようで、光の大きなかたまりそれ自体が死を意味することは想像もできない。ショーの幕開けと同時に別の騒音も始まる。今度はチェーンソー対ラジエーターの戦いのような音で、ドイツ人が一分間に五千発――いや、八百発だったか――の弾をこちらに撃ち尽くすあいだ続いた。やがて誰かがヒトラーの靴下を燃やし始める。あたりは騒音に包まれ、分類不能の視覚的幻影に満たされる。さまざまな色と速度の正体不明のもの、純粋な熱の火花と断片、燃えるチョウチョが飛び交っている。

　くそっ、鼓膜が破れそうだ！　兵士が身を伏せて待っていると、なんと銃撃が止まった。そこで、兵士は動き出した。怖じ気づいているやつはいなかったかって？　いたさ、みんな、救いようがないほど怖じ気づいていた。それでも彼らは動き出した。前へ、前へ、三十五人がよろめくように進む。

ほとんどの者が生け垣まで達して、そのなかにもぐりこみ、またしても頭上を浮遊し始めた輝く糸のようなものを無視して、密生した葉のあいだから前方を覗き見ようとした。

アーチャーは田園地帯（ボカージュ）の反対端に人間のかたちをしたものが消えていこうとしているのを感じたが、十分な明るさがなかったのでライフルの標的にすることはできなかった。隣にいるゴールドバーグは息を切らしていて射撃どころではなかった。呼吸がいまの彼のテーマだった。

「恐れ入ったよ」と、彼は言った。「おれたちがやり通せたなんて信じられるか？」

「ゲイリー、さあ、おまえの安全装置を解除できるかどうかやらせてみてくれ」と言って、アーチャーはライフルを手に取ったが、泥や埃、その他もろもろで封をされた安全装置を前方に押し出すのは、スーパーマンの力でも足りなかっただろう。残念ながら、熱いM1ガーランドを手にしたゴールドバーグの姿を目にする期待はかなえられそうもない。

「気をつけて扱えよ。何か狙うとき以外は、トリガーから指を放しておけ」

マッキニー軍曹が味方の戦列を点検しにきた。

「いいぞ、おまえら、よくやった。身を低くしておけよ。命令が出るまで備えを固めておけ。おまえたち、大丈夫だな？　ゴールドバーグ、いい仕事ぶりだった。でかい連中に交ざってここにいるのを見てうれしかったぞ。アーチャー、相棒の面倒をみてやれな。こいつには助けが必要になるかもしれない。武器をきちんとしておくんだぞ」

アーチャーが、救いようのないほどこんがらがったゴールドバーグの吊り革を整え終えると、二人はまた彼らだけのささやかなゲームに戻った。

「マッキニーはどれぐらいクールだ？」

「ここまでは最高にクールだった」と、ゴールドバーグ。「マルフォよりクールだな」

〝クール〟とは、華やかさと有能さの両方を併せ持つ、その人間固有の賞賛すべき性質を意味する言葉で、ジャックとゲイリーの私的戦争語録だけに載っており、他の人間には教えないことになっていた。ゴールドバーグがその言葉を一九四三年に行ったハーレム・ジャズ探訪の際に黒人のミュージシャンの会話から拾ってくると、アーチャーはすぐに飛びついて、二人で一緒に書いた戯曲で使った。他の誰も使ったことのない言葉だった。

「戦争の神になる資格があるぐらいクールかな？」

それがクールの最高形態だった。二人もまだ、それほどクールな人間に会ったことがない。

「神に近いと思う。あと少しだ。神クラスであるのは間違いない。まだそこまでは行ってなくても、二級神というか、半神というか。おまえも、ドイツの曳光弾が彼を避けて飛んでたのを見ただろう？ 彼の力を感じとったんだ」

「もしかしたらオリュンポスの神で、おれたちを生き延びさせてくれるかもしれない」

「それはどうかな。だが、誰にもわからないことだ」

何分か過ぎた。タバコをすっている者もいた。背後の草原では、衛生兵が負傷者の面倒をみていた。日はまだ出ていた。靴下は燃えていたが、臭いはだいぶ弱まっていた。パチン、ポン、カチカチという歩兵の小型武器の音が背景音を提供していたが、ほとんどは遠くから聞こえた。全部が映画の世界のようだったが、そうではなかった。ゴールドバーグとアーチャーのいる位置からでは、誰が撃たれたのか、誰が重傷なのかはわからなかった。ほんとうに死んだ者もいるのだろうか？

通達が戦列を順番に回ってきた。「伝えろ」という命令で、兵士から兵士へ、また兵士へと。

「引き上げるぞ。もとの陣地に戻る。五分後、迫撃砲の援護が始まってからだ。渡すぞ」

アーチャーは通達をゴールドバーグに伝えた。それをゴールドバーグが次の兵士に……

「いいぞ、ジャック」と、ゴールドバーグが言った。「教えてくれ。ここまで来たのは何のためだったんだ?」

何でも知っているアーチャーでさえ、その答えを思いつかなかった。

21　ドイツ空軍

「もしドイツ人が新技術を使ってないのなら、やつらは何を使っているんだ？」と、ステーシー准将が質問した。

「人間です」と、スワガーが答えた。「ある種の人間たちです」

ロンドンのまばゆい日。遠くの空で、いまでは意味のなくなった防空気球が風をいっぱいに受けて、ケーブルの許す範囲をあちらに行ったり、こちらに行ったりと、音楽の伴奏に乗るように漂っている。窓から見える木々の葉は初夏の薄い緑色で、そよ風に身を震わせてきらめいていた。まだ飛行機雲をつくるほどの高度には達していないドイツへ向かう爆撃機群が、日差しを浴びて輝きを放つ。弱めてあるのは間違いないのに、通りの車のクラクションやエンジン音が三階にある三五一室までは届いてきた。

「私には確信は持てないが……」と、准将が口を開いたとたん、スワガーは相手の言葉をさえぎった。エチケットより、情報に関心があるのはわかっていたからだ。

「人並みの視力を持つ人間を何百万か集めれば、そのなかには必ず並外れて視力のいい者が一定数いるはずです。野球選手のテッド・ウィリアムズがいい例です。彼はボールがピッチャーの手を離れたとたん、ボールの回転を読み取れたそうです。そうやって四割の打率を上げたんです」

「ではきみは、ドイツ側が四割打者の分隊をつくり上げたと考えているのだね。そういう人間は簡単に見つからないんじゃないかな」

「探す場所がわかっていれば、そう難しくないかもしれません」と、スワガーは言った。

「続けてくれ、少佐。実に興味深い」

「私が思うに、ドイツ人は視覚的な必要条件を設定するところから始めたのでしょう。必要なのは、誰もが盲目に近い状態にある、夜明けや夕暮れの弱い光でも目の利く人間でした」

「それなら通常の視力検査で見つけられるだろう。だが、視力検査では度胸があるかどうかは見分けられない。そういう人間をどこで見つけるんだ？　そんなに多くはいないはずだ」

「そのとおり。だから、その二つを併せ持つものとして、私は元戦闘機パイロットの分隊を考えました。五千メートルの高度を時速五百五十キロで飛びながら人狩りをするためには、高い視認能力が必要です。さらに、方向偏差、落差、偏流といった射撃手の原則も理解していないとならない。ですが、おっしゃるとおり、度胸は絶対に必要です。それにもう一つ、精神力です。これは楽な仕事ではない。ほとんどの場合、単独の任務で、何か手違いが起きても誰も救い出してはくれないから、回復力と高度の適応力の持ち主でなければならない。戦闘機のパイロットと夜明けのスナイパーには多くの共通点があります」

「確かにそうだな」

「私は、負傷した戦闘機のパイロットだと考えています。戦闘機のような複雑なものをうまく飛ばすためには、多くの精緻な技術が不可欠です。反射神経と冷静沈着という資質はもちろんだが。銃撃、重いやけど、低空からのパラシュート降下による脚の骨折——そうしたものが原因で操縦能力を奪われることはよくあります。そこで、第一次世界大戦のエース・パイロット、〝レッド・バロン〟フォン・リヒトホーフェン中尉の後継者を、最後に敵弾を受けるまでにソ連の五十機のヤクを撃墜した東部戦線から西部戦線に移動させ、彼の持ついくつかの才能をもとに、きわめて危険なスナイパーに仕立てあげるという寸法です。そこではもう、火に包まれた操縦席で十五種類もの計器板を見る能力や反射神経を使う必要はありませんが、おそらく撃墜したのと同じ数の五十人の敵をたちまち撃ち殺すことになるでしょう」

「そのことで何がわかるんだ？　どんな役に立つのかね？」

「第一に、戦術の問題があります。ドイツの戦闘機乗りの原則をじっくり見ていきましょう。どんな攻撃をするか？　どういう傾向があるか？　もしそれが彼らの訓練の核心であるなら、プレッシャーがかかったときにはそこへ戻るはずです。それを見つければ、彼らの動きを予想する助けになるでしょう」

「すばらしい」と、准将が言った。「上官にそのことを伝えて、きみが空対空の戦闘に経験豊富な者と話す機会をつくってあげよう。彼らなら、空でドイツ人が何をするかわかっているだろう」

「ええ、とても助かります。ですが、もう一つ切り口があります。いわゆる、官僚制度です。今度のことは偶然ではなく、高度に組織化された構造のなかで生まれたもので、そういう機構では記録の保存、規律、厳密さ、労苦、首尾一貫性などを誇りにします。つまり、足跡を残すのです。目標を実現するためには、誰かがどこかへ行き、その提案をし、支援を要請し、組織的な編成を行う必要がある。深く考え抜き、層を一枚一枚積み重ねていくためには、必要なものが何かわかっているだけでなく、機構のなかでどう実現に持っていくか、その方法を知る者が不可欠になる。上級幹部、ということになるでしょう」

「一人の人物なのか」

「私には、このコンセプトを考え出し、才能のたまり場がどこにあるかを知っており、影響力を発揮して人を動かし、エース・スナイパーの部隊を集結させた一人の人物がいるのが見えます。その足跡が必ず残っている。ですから、部隊の名称、ないしは作戦上の暗号名、人力の要請記録、適切な人間を集めるための旅行命令、予算などをたどれるはずです。前にも申したとおり、そういった部隊はドイツの軍事組織のなかでもナチ親衛隊(SS)の管轄下に入るのが自然ではないかと思います」

「SSは」と、ステーシー准将が言った。「ドイツの悪だくみの大半を中心になってやっている連中だ」

「ですが、ある意味、新しい組織でもあるのでは?」と、スワガーが訊き返した。「つまり、伝統や政治、対立、容易に消えない怨恨(えんこん)などに縛られていない。だから、何事もすばやく仕掛けられる」

「確かにそうだな」と、ステーシー。

「われわれはSS内に高位の情報源を持っていない」と、ブルース大佐が言った。「管理が徹底し、ヒムラーは治安については狂信的だ。だが、無線の傍受記録はある」

「わが軍の分析官に、もう一度違う視点でその傍受記録を見直させることをお勧めします。戦闘機パイロットの異動、眼鏡照準具と高精度ライフルの取得、戦線近くの射撃練習場建設、上級指導官のスナイパー学校からノルマンディーへの配置転換など、その種の情報すべてを洗い直すべきです。私はドイツ空軍とSS本部のあいだに異例の通信がなかったかを調べてみます。それと同時に、リーツを何カ所かの戦闘機基地に送って、ドイツ空軍の原則に関してわが軍のエース・パイロットの話を聞いてこさせます」

「わたしはこの件を欧州連合国派遣軍最高司令部に伝えて、事を進められるように全員で圧力をかける」と、ステーシー准将が言った。

「リーツ中尉、旅の支度をしろ」

22 馬車

食事も装備もふんだんに与えられたOSSの各部門に勤務するアメリカ人が、戦争が終わるまでと、近くにあるパブを占拠していた。〈馬車(コーチ&ホーシーズ)〉という名の店で、関心のある者であれば（スワガーは関心がなかった）グローヴナーから数ブロック離れたメイフェア地区の端境(はざかい)にあるチューダー様式を模倣した建物であるのを知っている。もし関心があれば（スワガーにはなかった）チューダー様式に、特徴的なダークウッドの筋交(すじか)いに支えられた白の化粧漆喰(しっくい)、切妻屋根、木製の屋根板、この地区では現在休業中のデパートの他には見られないシェイクスピア風の雰囲気は、ヴィヴィアン・リーが買い物をするほどメイフェア地区がシックだった時代を思い出させたことだろう。

スワガーが気にしていたのは、そこへの行き方——リーツがリパブリックP-47サンダーボルトの英雄たちに会いに地方へ行っていたので、セバスチャンに教えてもらった——だけで、住所はブルトン・ストリート五番地だった。

店に入ると、『ハムレット』の封切り上映はやっておらず、明らかにアメリカ人とわかる人々が二十人ほど散らばって、タバコの煙が太平洋のさざ波のように漂うなか、身を乗り出したり、何かに寄りかかったりしながら、杯を合わせ、ビールをあおり、夢中になってしゃべり合っている。ヤンキーという種属に口を閉じておかせるのは困難だから、その騒音たるや大変なもので、まして別のヤンキーが会話の主導権を争ってとうとうとまくしたてるので、その場の音は大きなカフェテリアのバックルームで皿の砕き合いをすればかくやと思えるほどだった。

スワガーに注意を向ける者は一人もいなかった。ここでは、ただの米軍士官の一人にすぎない。彼はカウンターに空いたスペースを見つけて割りこんだ。一人だけいる英国人のバーテンが急いで近づいてきた。彼はアメリカ人に慣れており、隠語もほとんど使えるようになっていた。

「ご注文は?」

「この国のビールを知らないんだ。ぴりっとするのがいい。きみが選んでくれ」

「わかりました。兵科記章を付けてないんですね。その意味はわかっています。ご来店に感謝して、最初の一杯は店のおごりです」

「連合国同士で協力し合わなければな。では、持ってきてくれ。たぶん、もう少し頼みたいこともあるので」

「仰せのとおりに」

もしスワガーが目を留めていれば、この場所が持つ中世後期の雰囲気に感銘を受けたことだろう。チカチカとまたたくランタンに照らされた、大きくて複雑なつくりの部屋は控え壁や羽目板などが全部木でできており、ウォルナット材の輝きを放っていた。盾やイノシシの頭、交差した幅広の剣、舵輪(だりん)、その他騎士の時代を連想させるものが、昨日まで二つ三つ飾ってあったと言われても信じられた。当然、好みよりぬるかったが、スワガーは、バーテンがすべらせてきたビールを味見した。

「知ったかぶりをするわけじゃないですが、少佐、でも私はアメリカ人の訛りのエキスパートなのです。あなたの出身地を当ててみましょうか?」

「やってみたまえ」と、スワガーは言った。

「そうですね、南部であるのは間違いない。でも、テキサス州ではない。あそこはもっと訛りが強くて、ゆっくりしゃべりますからね。となると中西部、もう少しせばめれば、ノースカロライナからテネシー、アーカンソーへ続くベルト地帯になるでしょう。そのなかから選べば、アーカンソー州ですね。味わいのあるしゃべり方で、他より押しつけがましくない」

「ブルー・アイという町だよ」と、スワガーは言った。「リトル・ロックとホット・

スプリングスの西で、オクラホマとの州境に近いところにある。お見事だ」

「ありがとうございます」

「では、それほど優秀なきみだから、ニューヨーク訛りは聞きとれるだろうね」

バーテンはぐるりと目玉を回してみせた。

「あの人たちはまるで、ＩＲＡが郵便局に爆弾を仕掛ける計画を立てているような話し方をします」

「そう、そのとおり。アイルランド系だ、本物のアイルランド系だよ」

「私はアイルランド人を支持していません。と言って、敵対しているわけでもない。でも、あの人たちはほんとうにやかましいし、押しつけがましいしゃべり方をする。アメリカに彼らのボスたちがいるのですか？」

「どうやら、本人はそう思っているらしいね」

「まったくね」

「今夜、彼らの集まりはあるかな？」

「いつものようにね。奥の大きなテーブルを使います」

「きっと、なかで最もやかましいのがタイン少佐だろうね」

「彼らの指揮官（スクワドロン・リーダー）（スクワドロン・リーダーは、英国では〝空軍少佐〟の意味）のようですね。あなたの肩越しに姿が見えますよ。壁際にいて、上着を脱いでいます。でかい腹だ。ショウガ色の髪がごま塩になりかけている。ジャガイモ袋みたいな顔で、いつもと同じく夕方の髭剃りが必要ですが、剃ってはいませんね。人一倍、声が大きい。他の人たちは彼の騒々しい声に魅了されているようです」

「ありがとう。私はこの会話を穏やかに終わらせて、次にタイン少佐と少しビジネスをするつもりだ」

リーツは、つい最近まで英国空軍ボクステッド基地だった、米陸軍航空軍の駐屯地AAF - 150にある第五六戦闘航空群士官クラブのテーブルにいた。

壁の裏側には、中央に第五六戦闘航空群の記章を描いた大きなペンキ塗りの板が掲げられていた。記章は、オレンジ色の盾に稲妻を描いたブルーの山形紋を組み合わせ、下に謎めいたラテン語で〝稲妻に注意せよ(カーヴェ・トニトルム)〟という一文が書かれている。その記章を囲んで何列にもわたって小さな鉤(かぎ)十字が並んでいる。おびただしい数だったが、まだ余白を全部埋めてはいなかった。タバコとバーボン・ウィスキーをリーツに勧めた二人の男も、鉤十字の数を増やすのに大いに貢献していた。

二人は、いくらか皺がよっていたが、まだ光沢を失っていない茶色の革ジャンパーを着ていた。まだ新しいもので、使い始めて数カ月というところか。その下から、何年も着古して洗濯を繰り返したために先史時代のライオンの皮膚のようにでこぼこになった、オープンネックのカーキ色のシャツが覗いている。彼らは室内でも〝国王の権利〟だとでも言わんばかりに規則を無視して、士官帽をかぶっていた。帽子は無線のヘッドフォンに圧迫されて、かたちがなくなるほどつぶれている。それ以外は特に目についたことはなかった。

そこは薄暗い部屋で、煙と革ジャンパーの男たちで息苦しかった。革のジャンパーは言うまでもなく、陸軍航空軍のタイプA・2飛行用上着で、これまではエリート戦闘機乗りの象徴だったが、その見た目の格好良さに惹かれ、手に入る場所を鵜の目鷹の目で探している者も少なくなかった。ロンドンの闇市では二百ドルで売られていた。

「ところで中尉、きみが襟に兵科記章を付けていないのに気づいたんだが、それはどういう意味だね？」

「彼はきみにその理由を話せないんだよ」と、もう一人が言った。その顔つきから見て、感情を表に出さない、どちらかと言えば退屈な人間のようだ。「トップ・シークレットなんだ。彼はスパイと働いているんだよ」

「そんなところです」

「では、先へ進もうじゃないか。きみのささやかな勲章の列のなかに、飾り環の付いたブルーの板に銀のライフルが描かれたものがあるが、それは何なんだね？」

「戦闘歩兵章と呼ばれるものです」

「じゃあ、きみは撃たれたことがあるのか?」

「あなたがたとは比べものにならない程度ですが」

「さっき先任将校が紹介してくれたとき、きみは脚を引きずっていた。撃たれた傷なのか?」と、明らかに人間的な要素を持っていると見えるほうの男が言った。

「そうです」

「いきさつを話してくれるか?」と、無表情なほうが訊いた。おそらくそのボールベアリングのような色の目には、彼の夢が詰まっているのだろう。

二人はチャンピオンだった。片方は活発で話し好きだが、もう一方は戦争省が地下に隠していると噂される飛び抜けた頭脳の持ち主の同類だ。

「たいして話すことはありません。私はチームの一員として上陸の夜にノルマンディーに降下しました。橋を爆破して、ドイツの援軍の到着を遅らせるのが目的でした。橋は爆破しましたが、何人かとても良い人間が生き延びられなかった。私は幸運でした」

「きみのファースト・ネームは?」

「ジムです」

「よろしい、ジム、陸軍航空軍は陸軍ではない。われわれは階級などたまたま手に入っただけのもので、重きを置かない。おれはガビーだ。こいつはボブ。じゃあ、きみが何を欲しがっているのか聞かせてもらおうか」

スワガーは小さなテーブルの空席を見つけた。ほどなく、女性のバーテンが彼に気づいて近づいてきた。

「何になさいます？」

「ジェムソンを。ボトルで。それに、ショット・グラスを二つ」

「それはまた。ずいぶん高くつきますよ。通常の切符では払えません」

「これを取っておけ。余ったら、きみにやる」

スワガーは百ドル手渡した。女性バーテンは色っぽい目つきでスワガーを見た。彼はそうではなくても、現金は女性バーテンにとって大きな意味を持っていた。もしかしたら、子供に肉を買って帰れるかもしれない。彼女はにっこりと笑って、標準的な英国人らしい乱杭歯（らんぐいば）を見せてから戻っていった。スワガーはキャメルに火をつけ、一服すって味を楽しんだ。店は適度のざわめきに包まれていた。ここなら落ち着ける。

女性バーテンがボトルを持って戻ってくると、栓を抜き、ショットグラスについだ。

「もう一つ頼みがある」と、スワガーが言った。「あの大テーブルに行ってほしい」

「いまいましいアイルランド人たちのところ？」

「そうだ。壁際にいるあの大男を……」

「タイン少佐、だったわね」

「正解だ。彼に、スワガー少佐が一杯おごると伝えてほしい」

「あの人にジェムソンの味がわかるとは思えない。賭けてもいいわ」

「私もわからないほうに賭けるよ」

スワガーが見ていると、バーテンはタインのそばに行き、身をかがめて何かささやいた。タインがスワガーのほうに目を向けた。姿を見るのはこれが初めてだった。タインはうなずいた。スワガーが愛想よくうなずき返す。タインがごろつき一味に何か言うと、どっと笑い声があがった。どうやら、なかなかのコメディアンらしい。

タインはおもむろに立ち上がって歩き出した。重力で垂れた大きな腹がゆらゆらと揺れる。たっぷり肉のついた大男で、赤ら顔に無精髭、傾いだ獅子鼻。ひと目でアイルランド系とわかる顔立ちで、ショウガ色の髪はまだ海の泡のように巻いていたが、すでに冬の北方へ向かっている状態だ。

スワガーはにっこりと笑って立ち上がった。

「少佐」と、彼は言った。「招きに応じてくれて、感謝する」

「喜んで従うよ。いったい、何の話だね?」

「いくつかの問題について話ができればと思ってね」

「もちろんだ」と、タインは言った。「話し合えば事をすっきりできて、楽しめるからな。友だちでいて、酒を飲み交わし、ロンドンを満喫する」

「私の目指すところも同じだ。どうだろう、なぜ私があなたの嫌いな人物リストに載ったのか教えてもらえないかな？」と言って、スワガーはタインのグラスにジェムソンを注いだ。

「おれは十五年間ニューヨークで警官をやっていた」と、タインが言った。「パトロール勤務で歩きまわった。トム・デューイの時代だ」

「ヒーロー地方検事の頃だね？」

「ヒーローなんかくそくらえさ。どいつもこいつも同じで、自分のことしか考えない政治屋だ。顔が売れるなら何でもする。それはともかく、やつは特別捜査班の大物だった。組織犯罪撲滅、殺人結社（マーダー・インク）撲滅、麻薬売買撲滅、売春撲滅。どの班も自分の気に入りの人物を責任者にした。彼らは誰にも報告の義務がなく、集合室に来ることもなく、パトロール警官とは何の関わりも持たなかった。パトロール警官よりはるかに優秀なはずだった。ところが蓋を開けてみると、やつらは何もしなかった。使った金に見合った仕事もせず、誰も逮捕しなかったし、ごろつきどもを引っ張ることもなかった。レプキ・バカルター（ユダヤ系ギャングで、マーダー・インクの社長。アメリカのギャングのボスで死刑になった最初で最後の人物）が電気椅子に座ったのは、あいつがレプキ・バカルターだったからで、トム・デューイの手柄ではなかった。だからきみが三五一室でやっているような、ドアの外にMPが立ち、ブルースと直通回線を持ち、使い放題の予算がある〝特別捜査班〟ごっこのことを耳にするたびに、それがどれだけ馬鹿げたものであるかを思い出してしまうのだ」

「では、なぜそんなものを自分の管理下に置きたがっているんだね？」

「ああ、知ってたのか。回状を見たんだな。あれは機密扱いのはずなんだが」

「噂を聞いたんだ」

「いいかね、きみ。個人的な恨みは何もないからな。あのビルのなかでどんなふうに事が進むのか、ようやくわかったところなんだ」

「では、あんたを喜ばせるためには私に何ができるだろう？　敵対する代わりに、われわれを応援してもらうためにできることは？」

　アイルランド人はジェムソンを一杯注ぐと、ひと息に飲みほし、もう一杯ついだ。

「きみがグローヴナー七〇番地でこれほど輝いて（ゴールデン）いられるのは、そばにゴールデン・ボーイがいるからだ。〝ヒーロー〟だよ。リーツのことだ。みんながやつを、ＯＳＳのジョン・ウェインだと思っている。だが、やつはそうではない。おれは写真を見たんだ。橋は完全に吹き飛ばされたわけではなく、ちょっとねじれた程度だ。扶壁が一つ崩れただけだった。あれなら、ＳＳ装甲擲弾兵も九日目の夜には修復を終え、戦車を戦線に送りこめる。じゃあ、なぜリーツは銀星章と戦闘歩兵章を手に入れ、娘たちがそろって彼に恋をするようになったのか？　簡単な話さ。おれのような人間が、こ

の〝ジェドバラ〟作戦とやらを全部お膳立てしてやったからだ」──それが嘘である

のを、この男は自覚しているのか？　それとも真実だと思いこんでいるのか？――

「おれたちには何のご褒美もない。ゴールデン・ボーイも秘密部隊も、誰にも報告してないからだ。ひどい話じゃないか、少佐。グローヴナー七〇番地にいる全員がそのことに反感を抱いている。もしきみがキャリアを大切にしたいなら、この問題にどう対処したらよいか、よく考えたほうがいいぞ」

「私はどこから始めればいいのだね？」と、スワガーが尋ねた。

「リーツを異動させることからだ。ワシントンDC郊外のブルーリッジ山脈に訓練基地がある。おれもそこでしばらく過ごしたことがある。やつはそこで、射撃術や戦闘指揮、偵察、無線通信を教えればいい。ここにいるよりはよほど役に立つ。やつにとっても、そっちのほうがいいだろう。やつはスターになれる。ジョン・ウェインになれる。噂でもちきりになるだろう」

「なるほど」と、スワガー。

「次に、ブルースのところへ行け。あの人に、誰か幹部職員に仕事を見てもらうほうが気分が楽になると言え。戦場の経験を持つ者に」

「あんたは戦争の経験があるのかね？」

「それを話せば長くなる。自分のやるべきことはよくわかってるから、心配するな。

三五一室で何をやっているにしろ、それを作戦部の管轄に移して、副部長のおれが直接管理する。何が重要で、何がそうでないか、おれが判断してやる。重要なことがわかれば、ブルースに伝える。大佐もいろいろ考えなくてはならないから、細かいことで煩わせるのはやめよう。あの人は軍人というより、本来は政治家だからな。そのあと、情報を欧州連合国派遣軍最高司令部に持っていって、発表を行う。やり方はちゃんと心得ている。あそこはほんとに悪夢の世界だからな。きみが行ったら、どうしていいかわからなくなるんじゃないかな。野心満々の中佐か何かが突然現れ、きみの業績を自分の手柄にして、褒美を全部持っていってしまうんだ。そいつが陸軍士官学校出なら、お友だちがそいつのやりやすいように地固めしてくれる。そういうことが常に起きている。きみもおれみたいに、コツってやつを習い覚える必要がある」

「政治は絡まないと約束してもらっている」

「きみが以前何をやっていたのかは知らんが、すべてが政治なのだよ。いいかね、おれはきみが海兵隊の軍曹でしかないのを知っている。だが、その件については見て見ぬふりをしている。きみがおれと同じチームでプレイするなら、いまの階級のままでいられるようにしてやる。きみはおれのスタッフになれるかもしれない。きみは信用できる男のようだから、力を合わせれば、おたがいの利益になるはずだ」

タインはもう一杯グラスに酒を注いだ。ボトルの中身は四分の一になっていた。

「いいウィスキーだ」と、タインが言った。

「実は」と、スワガーが言った。「私にはもう一つ別の提案がある。それを説明するから、何か思いついたら言ってくれ」

「いいとも、お安いご用だ」

「おれたちが出会ったドイツの飛行士については、悪く言うことなど一つもないな」と、ボブが言った。「勇敢だし、機知に富んでるし、よく訓練されていて、強い決意を持っている。腕は最高で、勝ち負けは戦術には何の関係もなく、ただ経験と運、それにジャグのほうがメッサーシュミットＢｆ１０９よりいくらか性能がいいという理由だけだ」

ジャグの正式名称はＰ‐47サンダーボルトで、巨大なエンジンを載せた鋼鉄の筒は流線形をつくるためではなく、ただひたすら強力なパワーを出すために設計された。大きな四枚ブレードのプロペラと、プラット・アンド・ホイットニーＲ‐２８００二重星型(ダブル・ワスプ)エンジンを駆使して時速四百キロで空を飛ぶ。エンジン全開の急降下の際には時速六百五十キロ近く出したこともある。強靭な機体で撃墜するのは難しいし、それを飛ばしている男たちは敵に近づき、くっつきそうなほどの距離でドイツ機に八基の機関砲の五〇口径弾を浴びせる。空には煙の染みぐらいしか残らない。対抗するメッサーシュミット109や味方のP‐51マスタングと比べると——どちらもサメを思わせるかたちをしている——P‐47は街育ちの太った子供のように見える。パイロットはエンジンのうえに取り付けられた小さなプラスチックのドームのなかに座っているので、近づいてくる戦闘機形の物体を三六〇度捕捉することが可能になる。機体の設計は鈍くさいが、現時点では最も速度の出る航空機だ。それは空を食って生きている。

「では、あなたがたは……」

「きみの助けとなりそうなことを思いついたよ」と、頭脳機械の隣の人なつっこい男が言った。どことなく、ウィスコンシン州のバーテンのような風情だ。

「イエス、サー」

「おれはガビーで、サーじゃない。もうひと口飲め。これは命令だ」

と言って、ガビーは自分の冗談に笑い声をあげた。リーツはもうひと口、バーボンをすすり、味わった。それでも自分が、ジョー・ディマジオとテッド・ウィリアムズの前に座った少年ほどには楽しい気分になれなかった。

「彼らは、きみたちのスナイパー理論に合致しそうな特性を持っている」と、ボブが言った。「一つは、彼らは進んで爆撃機の流れ（第二次世界大戦中盤から英国空軍がドイツの工業地帯爆撃のために使った戦術。数百から数千機を密集して網を突破した）のなかに入って戦っている。それはとても危険な場所だ。いたるところに、動いて絶えず位置を変えている飛行機がいて、しかもわれわれのP・47が追尾して撃ち落とそうと狙っている。これほど居心地の悪い状況はめったにない。おれはこれが、居心地の悪い場所でじっとしていなければならないスナイパーと共通すると思う。どちらにも必要なのは、似たような集中力だ。弱虫野郎には必要のない力だ。神経が過敏すぎる者は飛行学校で落第になるし、ときには何でもできるああいう連中でさえ五十回も出撃すると怖じ気づき、帰休させられて静かに過ごす場合もある。そうやって自殺したり、他人を殺したりしなくてすんでいる」

「度胸ですね」と、リーツは言った。「われわれは、それを共通点のリストの上位に置いている」

「共通点の二つ目は」と、ガビーが先を続けた。「ヒーローか死者かの二つに一つ、という点だ。その中間はない。戦闘機パイロットが負傷のために帰休することはめったにない。乗機を撃たれれば炎上する。外へ飛び出せても――いつもそうできるわけじゃない――捕虜収容所行きだ。発見次第射殺、が適用されなければだが」

「それもスナイパーの特性です」と、リーツは言った。「たまにはあるが、いつも捕虜になるわけではない。決して容赦しないことが自分たちの仕事だから、自分たちも容赦されないことはよくわかっている。それに、自分の隠れ場所――そう、木や教会の屋根、丘など——から逃げ出せないこともわかっている。動くに動けないのを。だから、その事実を受け入れる。パイロットと同様に」

「よし」と、ボブが言った。「もう一つある。おれはそれを戦術選択と呼んでいる。こっちの爆撃機(ビッグ・バード)に対して、ドイツ人は十二時の方向、つまり真正面から攻撃をかける。爆撃機にまっすぐ突っこめば、報復銃撃の危険を減らせるのを知っているからだ。B-17(フォート)の上部銃塔は真下を狙うことはできないし、Gモデルで採用された機首銃塔は見映えがいいが、付けた目的はおもに志気を上げるためだ。銃を操作するのは航法士で、航法士は銃の後ろにはおらず、機体内部の爆撃手の後ろにいる。銃の操作は自動追従(サーヴォ)メカニズムが行っている。機首銃塔が撃ち落としたドイツ機など、一度も聞いたことがない」

「でも、そのことの何がスナイパーと共通するのか、よく……」

「十二時方向の攻撃にはもう一つ理由がある。コックピットを一番狙いやすい角度だからだ。脳を撃たれればその動物が死ぬのを知っているのだ。パイロットがいなければ、飛行機も存在しない。脳への一撃がすべてを決める。なぜなら、〝フォート〟に山と銃弾を撃ちこんでも〝恐れを知らぬフォスディック〟(ディック・トレーシーのパロディ・コミックの主人公)みたいに穴だらけになるだけで、浮かんだままだ。操縦している人間を殺して、初めて墜落する。フォートが落ちていく光景は、他にちょっとないほど痛ましい。パラシュートに頼れば、たまには助かることもあるかもしれないが、だいたいがそうはいかない」

「おそらく元パイロットのスナイパーは」と、ガビーが言った。「フォート殺しの手法を選ぶだろう。それが戦術的選択だ。それで共通点が生じる。人間の後頭部がコックピットに当たる。それを撃つように訓練されてきたから、地上で明るさが乏しい場合は、その訓練に立ち戻る可能性が高い」

「実にすばらしい」と、リーツが言った。

「他の要素——視力や、偏向、弾道、速度といった射撃技術に関する知識——もぴったり一致する」と、ガビー。

「まったく」と、ボブが言った。「それをでたらめだと言うやつは、情けないかぎりだな」

「いいかね、おれはこうやって処理するつもりだ」と、スワガーは言った。「一緒にここを出て、素敵な路地に入り、ボクサーのように打ち合いの構えをとるというのはどうだろう。ちなみに言っておけば、おれは太平洋艦隊で三度ライトヘビー級のチャンピオンになっている。一九三九年にはマニラ湾に停泊中の戦艦アリゾナの甲板で、二千の水兵と海兵隊員を前に最後の試合をした。十五ラウンドだ。長くて辛い夜の試合だった。相手は黒人の調理兵で、優れたファイターだった。きみとは違う」

タインはあえぐように息を吸いこんだ。

「だから、おれがきみの口にパンチを入れれば、きみの糞にはひと月のあいだ、歯が交じることになる」と言って、スワガーはにやりとした。タインの顔から血の気が引いた。まるで頸動脈を断ち切られ、血がどんどん流れ出しているような感じだった。生気のない白さが顔に広がっていった。

スワガーは、前にいる大男に自分の傷だらけの手が震えていないことを見せつけるように、もう一本タバコに火をつけた。そうしながらも相手にしっかりと目を据えて、大男が視線の力で溶けていくのを見守った。

「き、きみは大変な間違いをしているぞ」と、しばらくして、ようやくタインが言い返した。

「そうは思わんね。思っているのは、たったいま、自分はまだバッジを付けていると思っているが、実は出っ腹以外の何も身につけていない警官を踏んづけてやったということだけだ」

「おれにそんな口をたたける身分じゃないだろう」

「たたけるんだよ、でぶ。いつでも好きなときにな」

「おれには友人がいる、コネがあるんだ……もしいまのことが表に出たら、おまえはおしまいだ。ただの脅しじゃない、ほんとうにおしまいだぞ」

「話せばいいさ。おまえの友人はきっと、こわもての元警官タインがなんでまた、アーカンソーから来た田舎者に脅されて三枚もパンツを濡らしたのか首をひねるだろうな」

「おれは……おれは……おれは」

「おまえは……おまえは……おまえは……大嘘つきだ。いいか、おれにはおまえのOSSでの履歴を手に入れられる友人がいる。おまえは一度も作戦行動をしたことがないんだ、アイルランド野郎。ドイツ人には、吐いた唾が届く距離まで近づいたことがない。榴弾砲の届く距離までもな。おまえはいつも、ドイツ人とのあいだには大洋と海峡をはさむようにしている。おれは常々、戦闘に関して嘘をつくやつは最低のクズだと考えている。これまでもたくさんの善良な若者が、おまえのようなおべっか使いで、陰謀家で、欲深なサルが好き勝手をするために死んでいったのを見てきた。おまえがもしおれの部下にまたちょっかいを出したら、切り刻んでシチューにしてやるからな。まずは、そのだぶついた身体をどっかに持って行け。おれはボトルを空ける。このテーブルにつくのを許されるのは、度胸のある男だけだ」

23 テレビ

アーチャーとゴールドバーグは大切な議論を行っていた。同時に、大切な穴も掘っていた。航空写真によればドイツ軍は以前の陣地に戻っていなかったので、全分隊が征服によって得た権利とドイツの無関心のおかげで百メートルほど東へ前進して次の生け垣に達した。もっとも防備強化によって権利を得ないかぎり、その状態がいつまで維持されるかは定かでなかった。

それで、この穴である。二人の二等兵にすれば、生け垣の端から端までを自分たちのたこつぼにあてがわれたような気がした。穴を維持するためには、まず掘らなければならない。二人の若者はどちらも、歩兵暮らしのこの部分を楽しめなかった。もっとも、歩兵生活の他の部分も好きなわけではなかったが。

米軍兵士一人一人に持たされたモデル1910T型ハンドル掘削具は、ほとんど役立たずだ。実用的なシャベルではなく、短すぎるし軽すぎる。てこの力が使えないのだ。おもな使用目的はフランスのリンゴを空中に投げ上げ、落ちてきたところを一撃して粉々に砕くことで、これはよい暇つぶしになる。道具というよりレクリエーション器具と言ったほうがよく、最大のダメージは地面ではなく、使っている人間の腰に来る。地面に突き刺し、ひねって抜き、すくっても、取れるのはせいぜいスプーン一杯の土だけ。どう見ても、陸軍がこれを設計して採用したのは、誰かが兵隊にも腰があることを発見する以前としか考えられない。しかも使うのがコメディ作家と工学部の学生という、肉体労働全般に不慣れな者であればダメージはさらに大きくなる。そのせいで二人の穴掘りの進行速度はおよそ建設的とは言い難かったが、その間に戦列全体で、兵士たちが自分用の穴を掘り、前方の生け垣を狙って撃てるように泥の壁に切れこみを入れ終えていた。前方の生け垣も、いまの生け垣も、さっきの生け垣もそっくりで見分けがつかなかったが。〝銃弾の庭〟は果てしなく続くのだ。

もっとも穴掘りの時間もまったくの無駄ではなく、二人が未来を語る時間になった。「ぼくが言いたいのは、次に大ブームになるのがそれだってことだよ」と、スプーン一杯の土を掘りながら、ゴールドバーグが言った。「ただ肝心なのは、スタート時点からそれに関わらなければならないことだ。いったんでき上がってしまえば、コネを使ってもぐりこむしかなくなる。ぼくのコネと言えば、叔父のマックスだけだ。タクシーの運転手で、コメディアンのフレッド・アレンをブロンクスまで乗せたことがあるらしい」

「ゲイリー」と言って、アーチャーはその世界の現状を辛抱強く説明してやった。

「アメリカ人は毎晩ラジオをつけて、ニュース、音楽、コメディ、ドラマを聴く。『ギャング・バスターズ』に『ディック・トレーシー』『それいけ!ゴールドバーグ家』『ボブ・ホープ・ショー』、オーソン・ウェルズの『ザ・マーキュリー・シアター・オン・ジ・エア』——それだけで十分に楽しんでいる。みんな、音だけの劇場が好きなんだ。変化は望んでいない。映像が必要なら映画に行くさ。彼らにとって映像は、三メートル五十センチから四メートルの大きさの人間がたまにカラーで出てきて、歯がハブキャップで、目が石油タンクの大きさになるもののことだ。それが生活のリズムになっている。それが彼らの慣れ親しんだもので、彼らの愛するものなんだ。ラジオに映像が付いた程度のショーを見るために金を使うものか。なんと、身長二十センチ程度の人間だろう、それもぼやけた白黒映像だ。なぜそんなことをしなければならない? 何か役に立つことでもあるのか?」

「ジャック、もう大きなネットワークがテレビ関係者に大金を注ぎこんでいるそうだ。大ブームになると賭けているんだ。百万の兵士が復員してくるし……」

「おれたちは別だな。なぜって、死ぬからさ」

「むろん、そうだな。でも、死ぬ死なないの話は省略しよう。気が滅入るから。一九四八年のニューヨークへ飛ぶんだ。テレビの起こした奇跡。そこで何より必要とされるものは一つ……」

「胸の大きなご婦人たちさ」

「それ以外のものだよ。よせよ、胸の大きなご婦人なら、誰でも欲しがっているよ。そうじゃなく、必要とされるのは作家だ。ご婦人が何をしゃべるか、誰かが考えなければならないだろう。〝ねえ、私の胸を見ないでよ！〟ばかり言っているわけにはいかないからね」

「それで十分じゃないのかい？」

「十分じゃない。寸劇、台詞、小話、コマーシャルへのつなぎ、ジョークが必要だ。なかでもジョークは欠かせない。人気が出れば出るほど、ジョークが必要になる」

「そうやってゲイリー・ゴールドバーグは一流になるわけだな」

「ああ、それに……」

「よし、十分休憩。一服しろ」と、〝神〟軍曹のマッキニーが大声をあげて戦列を歩いてきた。「だが、おまえら、二人の天才は頼むから早く穴を掘り上げてくれ。アーチャー、弾帯にどうやって水筒を縛りつけるか、相棒に教えてやれるか？」

「こいつは学ぶ気がないんです」と、アーチャーは言ったが、軍曹はもう行ってしまい、次の兵隊のところへ、さらに次へと進んでいた。

そこで二人は仕方なく穴掘りに没頭し、やがて二人を守ってくれるだけの深さまで掘り下げた。

ところが突然、マッキニーが引き返してきた。

「よし、ピエロども、一時休業だ。部隊長から無線が入った。おまえらを大隊本部の野営地へ戻してほしいそうだ」

「ぼくらを？」と、自分たちが誰かの注意を引いたことに驚いて、アーチャーは言った。

「そうだ。シャワーを浴び、髭を剃り、よく寝ておけ。こんなみじめな穴じゃなく、テントでな。クソも地面じゃなく、トイレでできるぞ。きれいな服に着替えろよ。部隊長は明日、おまえらにスマートな服装でいてほしいそうだ」

「明日、何があるんです？」

「ライフ誌の〝今年のGI〟の撮影じゃないのか？」と、ゴールドバーグが言った。

「いずれそのうち、おまえのへらず口を笑えなくなる日が来る。そのときのおまえは小汚い小川に浮かんでいるだろうよ。いや、なぜかは知らんが、どこかのやり手の情報部員がおまえたちと話しに来るそうだ。アーチャー、相棒の吊り革がちゃんとしてるかどうか確かめておけよ」

第2部　最前線で

24 ミルトン・ホール

その日、リーツがサンダーボルトの神たちと会う旅から戻ると、セバスチャンが運転して、彼とスワガーをロンドンから北へ一時間半の距離にある、ＯＳＳと英国の特殊作戦局(SOE)が〝ジェド〟・チームを編成して訓練したミルトン・ホールへ連れて行った。まだ出撃していない〝ジェド〟・チームもいて、いまだに目を惹く存在だった。

現地に着くと、二人は以前リーツが数カ月寝泊まりしたことのある凝った造りの大邸宅の地下備品室で必要なものを調達した。支給してもらったのは空挺隊員向けの戦闘装備で、これは通常のＧＩ用装備よりいくらか派手に見える。空挺隊員は侵攻軍のなかで最も気どっている連中だからだ。

唯一のトラブルは小火器室で起きた。二人とも以前使ったことがあったので、トンプソン・サブマシンガンを入手するつもりだった。ところが担当下士官の態度は冷ややかだった。彼はトンプソンを、それも最近、軍専用として作られたＭ１Ａ１を、たとえＯＳＳ司令部の要求でも〝ジェド〟の隊員でない者に支給したくなかったのだ。

担当下士官はしつこく、代わりにＵＤ‐Ｍ42を持たせようとした。それはトンプソンの代替を想定した九ミリ弾仕様の短機関銃で、軍が制式採用しなかったので、最初に生産された製品は投げ売り同然でＯＳＳに譲渡された。見たところまるで玩具で、あまりにも華奢なので戦闘が始まる前にばらばらに壊れてしまいそうだった。そのうえスワガーは、ミッキーマウス口径と呼ばれる九ミリ弾はボーイズ・クラブが使うもので、とても戦争では使えないと考えていた。

「トンプソンを」と、リーツが言った。「Ｍ1Ａ1だ、Ｍ１９２８ではなく」

しばらくやり合ったのちに、担当下士官はしぶしぶ二人にトンプソンを渡した。どちらも来歴を物語る傷があちこちに付いていた。他に三十発入りの弾倉を十本、レミントンランドＭ１９１１Ａ１拳銃と弾倉二本、タンカーズ・ショルダーホルスター、四五口径ＡＣＰ弾五箱を支給された。

「飛行場に行くあいだに弾倉に弾を詰めよう」と、スワガーが言った。

スワガーにすれば、車の後部座席で大きな銃を膝に置き、四五口径弾を長い弾倉に親指で押しこんでいると、久しぶりに故郷へ帰ったような気分だった。彼はトンプソンとともに一九三四年から戦い続け、代々の型式でそれぞれ多くの血を流してきた。最初にコルトが製造したＭ１９２１はロイヤルブルーの輝きを放ち、乱暴に扱うのがためらわれるほど美しかった。ＦＢＩ捜査官や海兵隊員、ギャングに好まれたのは、映画製作者と同じ理由だった。とても扱いやすかったからだ。誰が何を真似てつくったのか、結局明らかにならなかった。次に使ったのが、仕上がりもだいぶ劣るし、洗練されていないM1928。そしていまはそっけない戦時の便宜主義の産物、M1A1が主流を占める。華やかさを剝ぎとったことで、さらに魅力を増した一例だ。リン酸塩皮膜処理した灰色の表面は安っぽい輝きをすべて失い、代わりに頑丈で、信頼性があり、製造が容易な造りになった。それはまさに、軍曹が自分の小隊の部下に求める資質だった。前世代から続くピストル型グリップと並ぶ特徴的な垂直のフォアグリップもしかり。位置についても、実用的なフォアストックが銃身の下に付いている。照門は穴を開けただけの鋼板で、ボルトのノブは上面でなく側面にあり、以前は優美なかたちをしていた銃口制退器（マズル・コンペンセイター）はブタの鼻そっくりに変わっている。

それは別にどうでもよかった。肝心なのは、鋼鉄とウォルナット材でつくられた角や平面、曲面、流線形などが、意図的ではなく、おそらくは偶然によって洗練され、純粋な古典主義へ向かうアール・デコ調の構成を持ったことである。その美しさによって、人間と銃のあいだに言葉のいらない私的な関係が築かれた。その実用性によって、銃は雄弁にもなる。重くて、頑丈で、信頼できた。スワガーは一度ならずそれを使って、自分、あるいは別の人間の命を救ってきた。失望させられたことは一度もなく、常に害を加えてくる相手を迅速、かつ正確に破壊する。それを持たずに戦争へ行くことなど考えられなかった。

飛行機——平和な時代の名称(ノム・デュ・タン・ドゥ・ペ)はDC‐3だが、いまはC‐47と呼ばれており、コックピット真下の濃緑の地のうえに巨大な白い文字でCUと書かれている——は、ひと目見てDデイの過酷な夜をかろうじて生き延びたことがわかる代物だった。尾輪のうえにふんぞり返る機体と、喧嘩腰に突き出した機首。機体と尾部、主翼に黒と白のストライプで戦闘服が描かれている。その目的は身元を明らかにして、味方の戦闘機に撃ち落とされないようにするためだ。とはいえ、ドイツ人がそれでごまかされるわけもなく、たびたび機体を切り裂かれ、穴だらけにされていた。

だがCUは傷だらけの機体から騒音をまき散らしながらも、まだ十代の機長の操縦で目的地に到着した。二人がデュー＝ジュモーに降り立ったときは午後もなかばを過ぎていた。そこはノルマンディー半島につくられた数十カ所の急ごしらえの飛行場の一つで、畑をブルドーザーで平らにしてから、数百メートルにわたって鋼板を敷きつめただけのものだった。

地上の風景には特に驚かされなかった。二人とも戦争がみすぼらしいものであるのを知っていた。どこであれ、戦争が手をふれた場所には無秩序と破壊、壊れて捨てられた装備、何もすることがないらしい無気力な人々の群れが残される。数少ない熱心なヒーローたちがこの混乱状態を把握して立て直そうしているが、いたるところに、さらにその先に、そしてもっと先にもガラクタが転がっているだけだった。それは二人も予期していて、デュー＝ジュモーで待っていたのもまさにそんな風景だった。

二人が急ぎ足で飛行機を降りて、荷物を降ろすTシャツ姿の男たちの邪魔にならないように立っていると、まもなく第一軍の情報将校を乗せたジープが迎えに来た。情報将校はただちに、二人の宿泊所がある第一軍の本部に向かって出発した。

「お二人ともお疲れでしょう」と、壊れた戦車をよけて、ぬかるみにジープを走らせながら、情報将校が言った。戦車は砲塔のもげたもの、外殻の焼け落ちたもの、怒った子供に放られたように逆さまになったものとさまざまで、金属製の遺骸はドイツのかアメリカのか見分けがつかなかった。道路は、ジャングルで見られる太くてねじれた蔓のような電話線で区切られていた。樹木の残骸に引っかかって垂れ下がったもの、路面にただうねうねと延びているものが何十本もある。まるで使い古した機械のような無愛想な歩兵の一団が車両を道路脇に移動させていたが、その積み荷には関心がないようだった。一刻も早く自分たちのいるべき場所に着いて、眠りたいだけらしい。ときおり道をやって来るシャーマン戦車の車列を避けるために、情報将校は車を脇に寄せなければならなかった。戦車は咳きこむように土埃を巻き上げ、消費されたガソリンの泡を吐き出し、耐え難いほどの騒音を立てて通り過ぎていく。音は大理石の階段を転がり落ちるラジエーターのようだった。そうしているあいだも、遠くでは砲弾が落ち、小火器が弾けるような音を発し、建物が燃え、人々がうずくまり、座りこみ、這いまわり、死んでいた。ヒーローになるのも臆病者になるのも紙一重で、ときには同じ人間が五分間のあいだに両方になることさえあった。

「われわれは大丈夫だ」と、スワガーが言った。「ちょっと確認に来ただけだからな。だがきみは、これから会う人間の名前と所属先、それにどこへ行き、どこから戻ったか移動の記録を持っているはずだが」

「それは用意してあります。ただご承知のように、部隊は地域の状況に応じて常に移動していますので、行き当たりばったりでやるしかないかもしれません」

「それはできると思う。捕虜にしたドイツ人スナイパーの尋問という私の要請は実現しそうかね？」

「まだ調べがついていません。ただ、ここの状況は混沌としていますし、スナイパーを捕らえたとしても、すぐに自分たちのやったことを白状するはずもない。拷問か処刑を覚悟しているはずです」

「われわれは拷問や処刑をするためにここに来たのではない」と、スワガーが言った。「情報が欲しいだけだ」

第一軍本部の士官用食堂はテントの列と列の交差点を左に曲がって、右の三番目のテントだった。当然のことながらジメジメしているが、他より大きなテントで、料理の並んだ棚が頭上の電球で照らされ、かび臭いキャンバスのにおいが料理のにおいを消し去っていた。料理のにおいが嗅げればもっと幸福な気分になれただろう。料理は典型的な米軍の野戦食で、コーンビーフ、缶詰のトウモロコシ、スプーン一杯の水っぽいマッシュポテトに、薄めたミルクかコーヒーか粉末のレモネード。少なくとも、兵隊たちがこれから持たされるK戦闘糧食（レーション）とは違い、ほどほどに温かいし、塩も利いている。

二人は他の者と離れて座ったが、しばらくすると後ろから知っている人物が声をかけてきた。第一軍の情報将校（S2）で、グローヴナー七〇番地でのブリーフィングに参加したマクベイン大佐だった。二人が立ち上がろうとすると、大佐はそのままでいいとしぐさで示した。交戦地帯では、ふだん必要とされる儀礼も無視されるのが普通なのだ。

「将軍から、スナイパー問題に関するきみの分析は第一級の仕事だと伝えるようにとのことだ」

「ありがとうございます」と、スワガーは言った。

言うまでもなく将軍――新聞はこの第一軍司令官を〝米軍兵士（GI）の将軍〟に仕立て上げていたが――は、佐官級以下の本物のGIを忌（い）み嫌っていることで広く知られていた。彼は仕事に取り憑かれた技術者で、自分のテントとその周辺から外へ出ることはなく、世界とはマクベインを含む大佐グループを通じてつながっていた。

「次の段階でも同程度の質が維持されるのを希望している」

「ベストを尽くします」

「何か障害があれば、コールサイン、マスター・2・アルファに連絡をくれ。これはG・2レベル（米陸軍の師団レベル以上の情報将校のこと）の扱いだ。メッセージがわれわれに届き次第、障害は取り除かれる」

「ありがたいですね」

「食事を楽しんでくれ。士官クラブでビールを一、二杯やってから少し休め。〇四三〇時に運転手が迎えに行く。マクロイ上級曹長だ。軍の古株で、あらゆること、あらゆる人間を知っている」

「わかりました」

それだけだった。第一軍は司令官にならって、わずか数語ですべてが片づくのだ。

士官用バーはいまいたテントから二つほど先のテント通りの反対側にあり、別の交差点にも近かった。テーブルと椅子が並んでいるだけで、お世辞にも魅力的とは言い難く、ただのテントのなかという感じだった。客は少なかったが、タバコの煙が充満し、近くのトイレのにおいがきつかった。スワガーとリーツはすぐにそこを見つけて、それぞれビールを注文した。

「明日の用意はできているな、リーツ？」

「ええ」

「よろしい、リーツ」と、スワガーは言った。「普通なら、部下がおれのことを何と言おうと、どう思おうと気にすることはない。副官と親密になりすぎるのはリーダーとして失格だ。だが、これは二人のあいだだけの話だし、おれはきみの技術と熱意を頼りにしているから、その方針を曲げることにする。どうやら、おれたちのあら探しをしているやつがいるらしいので、この仕事に関することは何でも知っておきたい。なにも、きみのおしゃべりが恋しくなったわけでも、きみのガールフレンドとの別れ話を聞きたいわけではない。どうだね、きみはドイツ空軍の戦闘機パイロットがスナイパーだという説が大嘘であるのに気づいたか？」

25 機密

〝密／機密／機密／機密／機密／機密／機――〟

5JUL44

宛先（あてさき）――

モーリス・バックマスター少佐

セクション長

セクションF

特殊作戦統制官

ベイカー・ストリート六四番地

メリルボーン、ロンドン

発信者――
デイヴィッド・ブルース大佐
ロンドン支局指揮官
米国戦略事務局
グローヴナー七〇番地
メイフェア、ロンドン

バックへ

きみがこのメモと要請を押しつけがましいものと思わないでくれることを望む。われわれはここグローヴナー七〇番地で、きみがどれほど勤勉に働いているかを聞いているし、戦争が二十四時間勤務の仕事であることも理解している。同時に、われわれが直面する状況に関するきみの価値ある忠告も大いに尊重している。いままた同様の助力を、特に二つ目の助力を希望する。先頃、私はまた新たにやるべきことを抱えてしまったのだが、それはFセクションがこれまで大きな成功を収めてきた領域なのだ。どうかきみと――もしかしたらきみのミス・アトキンスとも――非公式にランチでも、ドリンクでも、ディナーでも、そちらの都合のよいかたちで数日中に会って話をしたい。どんなアドバイスも歓迎する。新たな指令は、ルーズヴェルト大統領に最も近い補佐官、ミスター・ホプキンズから直接下されたものだ。彼は大統領と話ができるから、大統領の代理として出した指令ではないかと思う。それとは別に、この件にはルーズヴェルト夫人も関わっている気がする。彼女の関心を反映しているし、もしかしたら彼女の盲点も反映しているかもしれない。ミスター・ホプキンズがワシントンのドノヴァン将軍に送り、将軍がそれを全支局長に送付した。だから、われわれはこれを進軍命令と受け止めなければならない。

ミスター・ホプキンズが提案しているのは、女性を作戦に組み入れることだ。単なる無線の通信士ではなく、実際に現場で働く工作員として。当然そこには、敵機関への潜入、他の工作員や抵抗運動の指揮、計画立案と実行、場合によっては殺人も含まれる。それ以上の悪行も！　女性が男の持たない技術や才能を持っていることは否定できないし、特定の状況では任務の難問に関する女性の判断や解釈が的を射ていることもわかっている。

しかしながら、おそらく私がうわべだけではない清教徒であり、たまたま十歳の娘の父親であるからかもしれない。私はオードリーを――他の娘でも――そういった危険な、男女を同列に扱う状況に送りこみたくはない。どうにも受け入れ難い。

だから、もし貴君が……

タイプライターに影が落ちた。ミリーがふと目を上げると、フランク・タイン少佐のできれば目にしたくない巨体がのしかかるように立っていた。いつもの略式のアイク・ジャケットではなく、正式なクラスAの軍服に身を包み、ありったけの三つの勲章を全部胸に付けていた。

「タイン少佐。あら、驚きましたわ」

「すまない、こっそり入ったわけではないんだ。ドアが開いていたから……」

それは木曜日の午後遅くの出来事だった。ミリーは一人でオフィスにいて、このタイプを打ち終えても、本日の軍事報告書を謄写版で印刷して各部門の長に送り、大佐の週末の予定を見直し、彼の旅行の手配をする仕事が控えていた。

「ご心配なく」と、ミリーは言った。「このタイプはまもなく仕上がりますから」

「おれは大佐に渡したいものがあって来たんだ。すぐに見てもらいたいんでね。以前のおれの文書みたいに、書類ケースに入れられたまま……」

「あら、フランク、馬鹿なことを言わないで。あなたの連絡メモは他の人のと同じように、すぐに大佐のボックスに入れているわ。彼が優先順位を決めているのよ。あなたに返事がないのなら、それは彼の関心がもっと重要なものに向いているだけだわ」

「いずれにしろ、おれは大佐に直接手渡したい」

「大佐は今朝スコットランドに出かけました。訓練生と地元の警官がもめ事を起こしたの。酔って殴り合いをしたらしいわ。かなり根深い悪感情が生まれたみたい。それで誰かが、ブルース大佐の外交的手腕に頼ってきたのね」

「ああ、なるほど。それじゃあ、これは欧州連合国派遣軍最高司令部に持って行こう。あそこなら、すぐに法律に則って動いてくれるだろう」

「法律と何の関係があるの?」

「法によれば、軍事機関はこのなかにあるものに二十四時間以内に回答する必要がある」

と言って、タインはマニラ封筒を差し出した。封筒の隅には重々しい印章が押されていて、それが米国下院議会の公式文書であることを示していた。

「フランク、こんなもの、まったく必要ない。あなたにはほんとうにがっかりしたわ、フランク」

「ミリー、きみのボーイフレンド、リーツと言ったかな? やつにお別れのキスをする準備をしておけよ。あいつはいずれビルマに行くことになる」

26 話し合い

「彼らが言うには……」と、リーツが切り出した。

「彼らが言ったのはこうだろう」と、スワガーが口をはさんだ。「戦闘機パイロットとスナイパーの共通点はうわべだけのものだ。何の意味もない」

「そんな感じでした」と、この展開をどう考えればいいのか答えを見つけようとしながら、リーツは言った。戦闘機パイロット説がでたらめであるのをスワガーが知っていたことに、まったく気づいていなかった。

「スナイパーは静止することに慣らされている」と、スワガーは言った。「単純だが、精密な動きをする。だがそれでも、とてもかすかな動き——一度きりの指の震えやかすかな呼吸の乱れのせいで、狙いを外すことがある。それで自分の居場所を知られ、命まで落とすことになる」

「ええ、わかります。彼らもそれを言いたかったのかもしれない」

少佐はキャメルに火をつけ、一服して味わうと、煙の雲を吐き出した。煙は淀んだ空気を漂い、他の者の吐き出した煙と入り交じってキャンバスのなかに閉じこめられた。

「戦闘機のパイロットは」と、スワガーは先を続けた。「いたるところに目を向けている人間だ。三六〇度監視して、どう動くかを計算しなければならない。近くにいる物体――敵であれ味方であれ、時速六百キロで三次元の空間を動きまわるものとどう関わるかを判断し、自分の行く方角を決める必要がある。そのうえに、十五種類の計器、二十一個の表示灯、三十五個のスイッチに目を配る。そうだ、敵がこちらを狙って撃ってくるのも、まわりを取り囲む巨大な飛行機も忘れてはならない。対空砲火のことはもう言ったかな？　地球の引力のことは？　広い天蓋に比べてあまりにも小さい照門のことは？　座り続けていることで起きるこむらがえり、高高度の寒さ、マスクのうっとうしさ、酸素漏れの心配のことは？」

「彼らはもっと親切に説明してくれましたよ」

「彼らが思いつかなかったことも付け加えておこう。これは三次元と二次元の違いなのだ。戦闘機パイロットは空間のなかにいて、スナイパーは空間のうえにいる。戦闘機パイロットは、他の者が上へ下へ横へ機を操るなかで、上へ下へ横へと機を操る必要がある。だから、いま起きていることだけでなく、次に何がどこで起きるか、五秒後、十秒後にどうなっているかが重要になる。それに対してスナイパーは地球と呼ばれるテーブルに乗っていて、上も下もたいして意味がない。高さの単位は数メートルであって、何千メートルではない。集中し、自分を最小化しなければならない。パイロットのほうは自分自身の、それに周囲のすべての者の動きのリズムに気を配る必要がある。天気のことは言い忘れたようだな。雲、太陽の位置、その他もろもろのことを」

「あなたが本を書けるほどこのテーマに詳しいとは知りませんでした」

「最初からそれを知っているのに、なぜおれはこの説をお偉いさんたちに売りこみ、きみに無駄足をさせたのか？」

「おっしゃるとおり、それが次に質問すべき問題のようですね」

「リーツ、おれがきみに何かをするように言って送り出すときは、必ず理由がある。だが、その理由を言えない場合もある。きみに正しくないことを信じてほしい場合だ。おれ自身のためではなく、きみのためにそうしたほうがよいと思ったときだ。もし前もってパイロット＝スナイパー説がでっち上げであるのを打ち明けていたら、サンダーボルト乗りの連中はすぐにきみの真意を見抜いただろう。きみが自分の言葉を信じていたから、彼らはきみを信じるしかなかった」

「なるほど、それはわかります」

「そこで、〝なぜ〟という疑問が生じる。よく話を聞いて、おれに別の選択肢があったのなら指摘してくれ」

リーツは身を乗り出した。

「端的に言えば、二つにまとめられる。まず一つ。あのビルの情報漏れがひどいことは、きみもおれも知っている。まるでひびの入った下水管みたいに、機密がダダ漏れだ。あそこにいる頭のいい連中は、おしゃべりをし、口論し、策略をめぐらせ、タバコをすい、走りまわり、パーティに出かけている。三分の一が共産主義者、三分の一がFBI、残りの三分の一がただの官職あさりの平服で、これが最悪だ。ああいう連中は、こっちにそいつを放り出せる権限がないかぎり信用できない。おれは誰一人……失礼、おれたち以外には考えていることを知られたくない。おれには考えていることがある。といっても、スナイパーが戦闘機パイロットだということではない。きみには話してもよかったが、あのときのきみはその説の裏付けをとりに行くことになっていた。だから、おれは秘密を自分の胸に収め、この馬鹿げたパイロット説をお偉いさんには信じてもらえる筋の通った話に仕立てて提出した。いったん提出すれば、おれは裸の王様で、一人として服を着ていないことを指摘する度胸を持ったやつはいなくなるからだ。やつらはおれの話を信じたがっているから」

「なるほど」

「この説を売りこむために、きみに無駄足をさせた。そのおかげで、立派なお墨付きを得られた。だから、もしこのことが何らかのルートでドイツ人に知られたら、やつらはおれたちの馬鹿さ加減を大笑いするだろう。〝こいつらは何もわかっていない。アメリカ人は馬鹿ぞろいだ。見てろよ、夜間偵察隊の指揮官を殺して、ノルマンディー戦線を何カ月も足止めしてやる〟と言ってな」

「理由は二つあると言いましたね」

「そうだ。おれはある人物に対抗して動かなければならなかった。激しく、速く動いてそいつの弱点をつき、愚かな行為に走らせる必要があった。どんなものでもいい、そいつを排除できれば」

「タインのことですね」

「当たりだ」

「あいつはぼくに含むところがある。アイルランド系の悪いところを全部持っているやつだ。ドノヴァンという名前のボスを持つには好都合だけど」

「気にすべきではないんだろうが、そうはいかない。そんなふうに世界は動いているんだから。それがリアルポリティクスだと、誰かが教えてくれた」

「二日前にあなたが欧州連合国派遣軍最高司令部の通信部に現れ、ワシントンの海軍別館宛てに無線テレタイプで機密情報を送信したと聞きましたが、それが理由なんですね？」

「そうかもしれないし、そうじゃないかもしれない。もしきみが知らなければならなくなったら、ちゃんと話してやる。これだけは言っておこう。きみにはあのビルの外にいてほしかった。タイミングはたまたまとはいえ、完璧だった。あそこにいなければ、きみが責められることはない。何が起きてもきみとは関係ない。〝リーツがタインを追い払ったんだ。タインがフェンウィック嬢にお熱を上げていたから。リーツはフェンウィック戦争に勝ったんだ〟とは誰にも言えなくなるだろう。馬鹿げた噂を出まわらせたくない。おしゃべりや憶測のタネを提供して、おれたちに関する決定がなされるときにそれが判断材料になるのはごめんだ」

「ミリーとぼくが問題になっていたとは知らなかった」

「問題にしているのはタインだけだ。だから、あいつを追い払った」

「あなたは関わらないほうがいい」

「もしきみの頭を狙っているやつがいるなら、すぐに排除する。明日では遅すぎるんだ。きみだって、にっちもさっちも行かなくなってから、振り返ってこう言いたくはないだろう。〝くそっ、あのとき手を打っておけばよかった〟と」

「だからって……」

「だから、何でもないことだ。きみはすぐに休め。〇四三〇時には出発するのだから。ここ数日は楽ではないぞ。きみには休んで準備をととのえてほしい。馬鹿げたほら話は別にして、おれたちは戦争をしなけりゃならないんだから。ふざけた新聞にそう出ていたよ。それより何より、明日は雨になりそうだぞ」

27 カレン

カレンは美人ではなかった。

一番よく写っている写真は、一九二〇年代前半のフロックコートを着たお気に入りの兄の隣に立ち、腕を組んでかすかに笑みを浮かべているものだが、それでも彼女の何かが美しさを拒んでいるように見えた。

彼は何度もその写真のことを考えた。フロックコートには当時の流行の襞飾りが付いていて、カレンでさえ流行を追った服装をしていた。ドレスと合わせた白いリネンのバケットハットをかぶってクールさを追求していたが、農場の過酷な気候のなかでその試みは成功していなかった。

それでも、レンズからの距離と、隣に立つ男がいることで生じた彼女の心からの喜び――二人のあいだの距離に関係なく、いつも変わることがなかった――が、顔の造作をわかりにくくしていた。カレンは人生の難所に差しかかった、衰退する田舎の主婦（ハウスフラウ）か乳しぼり女のように見えた。

他の写真や他の記憶のほうが、彼女の性格をもっと正しく表していた。

〝なぜ、ああ、なぜおれはきみを失ったのだろう？　ああ、なぜきみを追い払ってしまったのだろう？〟

その悲しみがいつまでも消えずに残っていた。どうしてあんなことが？　彼女は彼を愛していた。だから彼は気ままな欲求にまかせて、その愛を破壊した。酒、男同士の付き合い、仕事より遊びを優先させる気質、人間関係の最も重要な領域で自制心を発揮できない弱点。

すべてが過ぎ去った。永遠に。何も戻ってはこない。終わり、幕引き、完了。この愚か者め。

狩人は首をゆっくり、だが力強く振って、頭から過去を追い払い、目の前の現在と向き合おうとした。

空気に雨のにおいがする。まもなく降るだろう。地形がぼんやり見えるが、まだ光は差していない。七月を目前にした暖かさだ。あるいは、もう七月なのか。よくわからない。野菜と花、それに牛の糞のにおい。少し風が吹いているが、気にするほどではない。前に雨裂が見える。というより、草地のくぼみと言ったほうがいいか。それほど深くはないが、間違いなく獣の本能がそこで休めと指示する場所である。

もうすぐ獣がやって来る。すでに耳はその音を聞きとっている。それは本来、夜行性の動物ではなく、闇を恐れ、そのなかではぎこちない動きになり、間違った判断をし、かすかな音でもパニックを起こしそうになる。

それに、今夜は特別だ。例のプランが準備され、例の罠が仕掛けられている。いつもの狩りではない。この地形でしか実現しない特殊なものなのだ。失敗して、計画を台なしにすることは許されない。

それなのに、まだカレンのことが頭を離れない。今夜はなぜか特に心が痛む。魂を腐らせるたぐいの痛みだ。もし時間を巻き戻して、些細なことでもあの頃と別のやり方をすれば、あんな結果にはならなかったのだろうか。

カレンは禁欲主義者の顔をしていた。彼女が実際に禁欲主義者だったからだが、彼には彼女が書いたものを読み通す忍耐力がなかった。たとえあったとしても、何の意味もなかっただろう。彼の心はあんなふうには働かないからだ。カレンの際立った頬骨は、昔なら〝良い生まれ育ち〟とか〝名家〟の証しと言われたものだ。目は鋭かった。何も見逃さず、何かに視線を据えると、それを本気で、正確に記憶した。それが何にせよ、一度何かを見つめると、長々と時間をかけてその微妙な陰影を評価し、形と色合いを覚え、日差しがそのうえでどんなふうに躍るか、風がどんな変化をもたらすか（あるいは何ももたらさないか）を眺める。あわてて判断を下すことはなく、間違った判断もしなかった。ただ一つのことを除いては。

〝なぜきみは、おれと結婚したんだ？〟

二人は若かった。第一次世界大戦と一九一八年のインフルエンザ大流行は終わった。いたるところが春のように見えたが、死にゆく古いヨーロッパではまだ腐った死体の悪臭が漂い、戦前と同じ老人たちが頭蓋骨の山と延々と続く墓石に囲まれて、鉄の意志と拳（こぶし）と自己欺瞞（ぎまん）で国家を支配し続けていた。彼もカレンも生まれながらに冒険好き（アドベンチャラス）だったが、二人の考える〝冒険〟は意味が別だった。

彼女にとっての冒険は、学ぶこと、見ること、経験すること、正確に記録することだった。冒険は彼女の芸術志向の燃料となっていた。彼女には自分の持っているものを完全に機能させ、表現するために誘因が必要だった。

一方、彼の冒険は征服であり、支配であり、富だった。それはあらゆるもの、特に自然を服従させることを意味した。対象は農業全般、それと生き方に学ぶべき点があり、またその死は管理されなければならない大型獣などだ。大きなものが音もなく崩れ落ち、地面にぶつかって土埃の雲を巻き上げるのを見ると、彼は生きている実感を持てた。それは原始的な何かを意味した。村の長老がたき火を囲んで歌う賛歌、腹を満たして寝床に行く子供たち、そして女房との媾合（ファック）。

彼には戻る村も、養うべき子供もなかったが、それはどうでもよかった。戻ったところで、彼女と絶対にファックできないことも。

それが運命なのだ。二人の行く道は別々の方向へ分かれ、歳月が過ぎるほどにずれは広がっていった。二人で共有した喜びも別のものに変質した。それは憎しみではなかったし、嫌悪でさえなかったが、少なくともおたがいの生き方に無関心になった。そんな乾ききった土壌では、何であれ、長続きするはずがなかった。

音がした。

あれが来ている。その音で、彼は現実に戻った。身をよじって射撃体勢に入ってから、常時、正確な時間に合わせてある時計を確認した。よし、まもなく夜明けだ。東の空に日が差し始めている。まだ暗くてぼんやりとしているが、魔法の数分間が近づきつつある。

何とは特定できないけれど、動きがあるのを感じた。そしていつものように、うなったりうめいたりする音が続く。無器用に手探りで進み、止まったかと思うと、また意味不明の速歩（はやあし）。やりたくないことを無理にやらされている感じだ。

前方二百五十メートルにはぽっかりと空間が開けている。その風景の構成要素の一部が、よろめきながら無我夢中で休憩場所を、安全と信じられる場所を目指しているのが見えた。獣は休もうとしている。どんな生物も、あちこちに散らばって快適な場所を探しあて、様々な姿勢を試してから、ようやくそこに落ち着くのだ。

ほんのちょっぴりの太陽。一億五千万キロ彼方（かなた）にある星の一端が木々の梢（こずえ）のうえに現れたのに彼は気づいたが、低いところにいる獣には見えていないだろう。全体が姿を現す前の貴重な数分のあいだに染み出してくる光にも気づかないはずだ。

照準眼鏡を使おう。いつもどおりいくつか微細な調整を行うと、身体とライフルと目と指が協調し、一体となって安定した構造ができあがる。この技術全体をおおもとで支えている静かな興奮が湧きあがるのを感じながら、呼吸をととのえた。

拡大された世界のなかに、ターゲットがいるのが見分けられた。少しうつむいているが、あれは頭だ。何かを調べているのか、考えているのか、あるいはもしかしたら、祈っているのか。

さらに明るくなった。これで十分だ。ターゲットの頭が持ち上がり、スコープ内の三本の線(レチクル)のなかにぴたりと収まる。意志を持っていなくてもかまわない。この段階では意志は抑制され、教化された純粋な本能に取って代わる。トリガーはひとりでに動いたように発砲し、ライフルが跳ね――といってもごくわずかで、精密につくられたカートリッジのおかげだ――すぐにもとに戻る。銃口炎はあっという間に消え、銃声が反響して、木々や葉や下生えに覆われた小川の堤のなかを広がっていった。ターゲットが、身を二つに折って倒れるのが見えた。まるで革命で打ち倒された銅像のように。

アメリカの若造どもはパニックを起こしていた。そうなるのはわかっていた。指揮官——軍曹か、中尉か、少佐か?——の死は彼らを浮き足立たせた。彼らはたちまち姿を消した。おそらく本能に駆り立てられて草原を駆け抜け、いくらかは身を隠せる川床を目指しているのだろう。そこに集まった彼らを副指揮官が落ち着かせて、新たな方針が立てられるはずだ。

その時間を利用して、ドイツ軍は機関銃を設置する。彼は前もってその場所を見つけておいた。設置されるのはＭＧ42。一回の掃射で事足りるはずだ。

28　雨

降り出した雨はなかなかやまなかった。例年どおり今年も四日ほど天気が荒れ、雨が降り続いた。世界は湿地となり、陸地でもなく、かといって水没したわけでもない緑の沼地に姿を変えた。飛行機は飛ばなくなり、船も岸近くで難破するのを避けるために沖合に停泊した。偵察活動はほとんど中止された。

いまいましいドイツ人は、もちろんこの天候をこちらより楽に耐えているだろう。彼らにはたっぷり準備する時間があったし、戦争勤勉家(ビーバー)の習性で常に精巧な道具をつくり続けていたから、防水性を強化したちゃんと機能する雨具を身につけ、この雨を天の賜物(たまもの)、戦争の一時休暇と見なしているはずだ。またしても敵の衣類考案者は、衣装デザインでアメリカ人を凌駕(りょうが)したのだ。少し前まで彼らがこの展開をほくそ笑んでいたとしたら、いま頃はもう歓喜と無上の幸福に酔いしれ、心地よいぬくもりに浸(ひた)っているにちがいない。

リーツとスワガーにすれば、戦線へおもむき、スナイパーの魔手を逃れた者たちの事情聴取をするツアーが、いまは泥——というより、かき混ぜられた茶色のセメントのようだ——と、アメリカ製のちゃちな雨具のもたらす試練の旅に変じていた。ゴム引きのポンチョはあまりに貧弱な造りだったから、振り向いたり、立ち上がったり、それを着こもうとしたりすると、あたり一帯にしずくをまき散らした。スナップを外して脱ごうとすると、今度はどういうわけか水を集める漏斗(ろうと)ができ上がって、本来は守るはずのシャツの襟もとに冷たい水がどっと流れこんでくる始末だった。

少なくとも、銃だけは乾いていた。トンプソン・サブマシンガンは緑のキャンバス地のファスナー付きキャリーバッグに入れてあった。銃自体が変わったかたちをしているので、バッグは巨大な人間が巨大な歩道で踏みつぶした巨大な虫のように見えた。バッグは後部座席の運転席側のくぼみに置かれており、リーツはそのそばを離れず、荷物を守るように道中ずっと片手をそのうえに載せていた。もしかしたらこの場面こそ、戦争という一大事業を最も効率的に眺められるときなのかもしれない。銃は、それを使う可能性のある人間より良い状態に置かれ、人間はみじめに背中を丸めて、ジープのプラスチシン製の曇った窓の外に展開される戦時の哀れな光景を眺めているのだ。

ハンドルを握る小柄で喧嘩っ早い年配の曹長マクロイ——石でさんざん叩かれたような肌が骨にぴったり貼りついている顔の男——をもってしても、ゆっくりとしか進めず、ときにはまったく動けなくなることさえあった。彼らの前のすべての道路で、偉大な戦争の機械たちが泥にはまりこんだり、スリップして溝に落ちたり、土と雨の重さで動けなくなったりして立ち往生し、ノルマンディーの前線を地下鉄職員がストライキを始めた火曜日のラッシュアワーのタイムズ・スクエアに変えていた。すばやくどこかにたどり着ける者は一人もおらず、ときにはのろのろと進むか、あるいはじっと止まって待つしかなかった。

「よいしょ!」ジープを降りて、後部の片側を懸命に押しているリーツがかけ声をかけた。スワガー少佐はもう一方の側にいる。タイヤのすべらない乾いた地面まで車を動かせば何とかなるのでは、と一縷(いちる)の望みを抱いて。幸運は訪れなかった。リーツは足をすべらせ、いたるところに入りこみ、染み出しているフランスの軟泥に膝をついた。

「頑張れ、リーツ」と、スワガーが声をかけた。天候の悪さをあまり気にしていないそぶりだ。「もう一度やってみよう」そのあと運転手に、「曹長、もうすぐ準備できる。中尉が泥から自分の尻を引っ張り出したらな」と呼びかける。

「まったくこの尻ときたら」と、リーツが言い訳する。「今日、何回尻餅(しりもち)をついたやら。痛くてたまらんよ」

なぜかタイヤがほんのわずか回り、二人に勢いよく湿った泥を浴びせかけると、ジープは前に飛び出した。二人はあわてて乗りこみ、キャンバス地の日除けの下に身体を押しこんだが、日除けはいかにも粗雑な設計と造りで、冷たい雨が細い流れになって落ちてくる。どこへ身を置いても、ひと筋かふた筋、必ず乗客の首元に入りこむ。そのあいだも、曇ったウィンドシールドでワイパーが鈍い動きで左右に振れていた。その姿はまるで浅瀬で溺れた点火栓が、悲鳴を上げているようで、いつ何時止まってもおかしくなかった。

「まずまずですね、少佐」と、年配の曹長が言った。「あと二、三キロで第四歩兵師団です。今夜はそこに泊まったほうがいい。夜になると道路がまったく使いものにならないから」

「となると、第九師団へは明日急いで行かなければならないし、第八軍団はその翌日になりますね」と、リーツが言った。「もし雨がやんでも、道路には残骸が残っているし」

「わかった」と、スワガーがむっつりと言った。「暗いなかでシャーマン戦車に踏みつぶされるのはごめんだからな。そんなことになったら、得をするのはドイツ軍だけだ。それとタイン少佐もだが」

前日、伝達係が第七軍団のテント村まで二人を追いかけてきて、二通の機密無線通信文を渡して行った。

一通目はブッシー・パークにある欧州連合国派遣軍最高司令部本部内の情報担当G・2所属の、豊富なコネを持つ悪名高き〝大佐〟セバスチャンが送ってきたものだった。

「あの男が口先を使って入れないドアが、英国に存在するんだろうか？」と首をひねって、リーツが開封した。

〝拝啓〟と始まっている。

タインがグローヴナー七〇番地に下院の圧力を持ちこんできた／NYの政治屋数人がOSSの悪党一味と予算超過と目に見える成果がないことの説明責任を追及する権限を彼に与えた／ブルース大佐は米国議会から貴君らを守ることに追われている

セバスチャン

「タインは思った以上にはた迷惑な男だな」と、スワガーは言った。

「こんなことがやつにできるんだろうか？」と、リーツがいぶかった。

「おれたちが止めなければな」と、少し間を置いて、スワガーは言った。セバスチャンの最初の通信文が届いてから三時間ほどして、当然のことながら、ブルース大佐本人からの通信が到着した。同じく差し迫った危険を警告したあと、次のような心配そうな忠告で締めくくられていた。〝私にできることはすべてやるがアイクでさえ下院の権威には抵抗できないだろう〟

「われわれはどうしたらいいのだろう？」と、リーツが尋ねた。

「自分の仕事をするだけだ」と、スワガーは言った。

「二、三日中にも、大きな収穫が得られるといいのですが」と、リーツは言った。

それはとてもありそうになかった。これまでに見つかったのは、期待していた情報の金脈とはほど遠かった。スナイパー攻撃から生き延びた者の記憶は混乱し、矛盾していることが多かった。彼らは事が起きた場所を特定できなかった。特定できても雨が痕跡をすべて消し去っていた。薬莢を洗い流し、あらかじめセットしてあった射撃地点の葉叢を違うかたちに変えてしまった。どこから弾が飛んできたのか、言い当てられる者は一人もいなかった。

経緯は全部同じだった。軍曹か少尉の頭が突然、闇から飛んできた銃弾で吹き飛ばされる。弾はどれもヘルメットの縁の下に命中していた。それに続く、指揮官を失った偵察部隊のパニック、混乱、みじめな逃走。

ときには、兵士のほとんど、あるいは全員が帰還したが、わずかしか戻らないときも少なくなかった。いま出まわっている噂では、指揮官を倒したスナイパーと結託した敵の機関銃隊が、兵士が逃げこみそうな場所をあらかじめ見つけてＭＧ42を設置し、分隊全員を仕留めているという話だった。

「やつらがそんな気の利いたことをやるのは初めてじゃないか」と、スワガーが言った。「他の部隊と同調して行動している。あいつらも学んでいるんだな」

そう言って、しばらく間を置いた。

「ということは……もしかしたら……やつらは前線に非常に優秀な情報員を置いているのかもしれない」

リーツは何も言わなかった。考えが浮かばなかったからだ。この状況を重く受け止めてはいるが、やるべきことは何も思いつかないというように黙ってうなずいた。

部下に刺激を与えて考えさせるために、スワガーはこう言った。「欧州連合国派遣軍最高司令部にドイツのスパイがいる可能性は？」二人は第四師団本部のテントに寝場所を見つけたところだった。強い雨が降りしきり、冷たい風のせいで凍えるほどのみじめな夜になっていた。分別ある者は全員、毛布にくるまって眠っていた。

「これは推測ですが」と、ようやくリーツが口を開いた。「このレベルでは、それはないでしょうね。分隊による偵察計画はすべて即興で行われます。部隊指揮官が地図を見て、副官と相談してどの中隊を偵察に出すかを決め、中隊の指揮官がどの小隊を、小隊の指揮官がどの分隊を出すか決める。同時に二つ出す場合もあるし、分隊を合体させることもある。あるいは、翌朝遅くまで眠れるし、前線の穴のなかで震えているより面白いからと偵察任務を進んで志願する兵隊を送ることもあるが」

「続けてくれ」

「だから、立案から実行までほんの数時間しかないし、情報が中隊から外に出ることはない。おそらく、最高司令部も把握していないでしょう。まさかアイゼンハワー将軍が、第四歩兵師団の第三大隊、B中隊、第二小隊、第三分隊が地図にも名前が載っていない小川まで行き、川沿いに二キロ歩いてから、夜間に戦車隊の再編成が行われているかどうかを見るために、オールド・マクドナルド・ロードに監視所を設置したことまで知る必要はないですからね。第三分隊は仕事を終えて〇六〇〇時に帰還、その時点で情報の価値はゼロになる。それを利用するためには、B中隊にいる人間が情報を入手し、すばやく秘密通信で前線の反対側のドイツ軍に通報しなければならないし、ドイツ側も大急ぎで準備をととのえる必要がある」

「確かにそのとおりだ」と、少佐が言った。

「時間が足りないし」と、リーツは言った。「それに、事はいたるところで起きているのだから、敵はノルマンディーにいるすべての小隊にスパイを潜ませなければならない。それは馬鹿げている。無線の傍受に決まっています。やつらはどうにかして防衛区域内の命令を傍受して、その情報を夜間専門のスナイパー部隊に知らせているんだ。もしかしたら、新技術を使っているのかもしれない」

「もしそうなら、本来の目的以外のことは忘れたほうがよさそうだ。おれたちはスパイを捕まえに来ているわけではない。無線の盗み聞きのことなど何も知らないし。帰ったら関係部門に知らせてやるぐらいしかできない。いまは、目の前にあることだけに集中しよう」

翌日、彼らの目の前にあったのは、九つの死体だった。そう、噂は正しかった。小隊指揮官マクマーチソン少尉率いる分隊は全滅していた。その午後、迫撃砲要員に二つの三〇口径機関銃隊、バズーカ二本の威力偵察隊が派遣されて、死体を回収した。その際、短い小競り合いが起きたが、味方に深刻な傷を負った者はいなかった。もしかしたら敵側にはいくらか損害があったかもしれないが、確認はできなかった。

リーツとスワガーがそこに着くまでに——二人はいったん第七軍団の防衛区域と第四歩兵師団の作戦区域まで戻らなければならなかった——九つの死体にはポンチョがかけられていた。遺体処理部隊の隊員が数名来て、九人が大地へ戻る旅の次の段階の準備をしていたが、いまは平穏が戻っていた。雨もようやく上がり、弱々しい太陽の弱々しい光が弱々しい雲のすき間から差していた。世界には泥があふれ出し、水たまりと足跡とタイヤ跡がぬかるみのなかでたわむれている。

中隊指揮官のメルヴィル大尉が二人を出迎えた。

「あなた方は情報(G-2)の専門家ですか?」

「われわれはまだ専門家ではない」と、スワガーが答えた。「これがどうして起きたのか、その意味を探っている段階だ。たぶん、この連中が何か語ってくれるだろう」

「では、彼らをテントに入れるまで待ってください。部下に、あなたがたが死体をつつきまわすのを見せたくない。士気に影響します」

「いいとも、大尉」と、スワガー。「見苦しい振る舞いはしない。傷を見るだけだ。きみのところの軍曹に、われわれが死体を見るときだけポンチョを剝がし、終わったらもとへ戻させてくれ。手早くやるから」

大尉は納得し、その提案を喜んでいるようだった。

手間はそれほどかからなかった。死体は服を脱がされ、下着姿にされていた。軍隊の長い歴史のなかで、再使用できる軍服と装備を付けたまま戦死者を埋葬する軍はこれまでなかった。服と装備は本部テントの裏に置いてあった。スワガーとリーツは大尉と副官が見守るなか、名前を知らない軍曹に手伝わせて仕事を進めた。

軍曹が一つずつポンチョのスナップを外してなかばまで開き、死者の身体をむき出しにした。みんな若かった。ほとんどが目をつぶり、安らかな顔で死んでいた。傷は胸や腹に高速弾を受けたもので、ラズベリー・シャーベットの染みに似たものが下着を汚している以外は小さな痕があるだけだった。ドイツの八ミリ・モーゼル弾は高速だから、小さな射入口から刺し傷程度の射出口まで一気に貫通し、出血は多量だが、途中の骨や内臓をそれほど大きく破壊しない場合が多い。

スワガーは、「モーゼルだな。よし、次」と言っただけで、列を移動して最後のマクマーチソン少尉の死体まで進んだ。

それだけが違った。背後から頭を撃ち抜かれていた。頭蓋骨を貫通する銃弾は圧力のうねりを生じさせ、その圧力が反対側の顔から噴出する際に銃弾だけではなしえない破壊を行う。その顔を直視するのは楽ではなかった。顔が模様替えされ、一つ一つのパーツがねじれて他のパーツとの関連がなくなり、場所では見分けられず、かたちで判断するしかなくなっていた。開いた穴から何とも名づけようのない色の、おぞましいかたまりと骨の破片が顔を覗かせている。片方の目は完全に失われ、どれもおかしな色のぼろ切れと小球、筋肉のヌードルに変わっており、残っている目からは生気も意味も流れ出ていた。

「これはじっくり見させてもらう」スワガーは大尉にそう叫んでから、軍曹に向かって、「頭を持ち上げてくれ」と言った。

軍曹が指示どおりにすると、スワガーは身をかがめて死体の髪を押し分けた。射入口は見たところ十セント硬貨程度の大きさで、黒っぽく、ひと房の髪で隠れてしまうほど小さかった。もしそうしたければ、何かペンのような細いものを突っこんで脳を探ることもできる。スワガーはさらに身を乗り出して、近くからじっくり観察した。

「リーツ、見てくれ」

リーツは目を凝らしたが、予想していたものしか見えなかった。数本の血の細流が若い士官の髪のなかへ入りこみ、角度を変えて傷口まで続いている。その方向が示しているのは、それが射入口であって、射出口ではないことだ。

「何が見える？」と、スワガーが尋ねる。

「間違いなく射入口です」

「おれの目が悪くなっているようなら、そう言ってくれ。この穴は予想していたより直径が小さくないか？　八ミリ・モーゼル弾より小さいように思えるのだが。八ミリ弾はコンマ三二四口径で、われわれの三〇口径、つまりコンマ三〇八口径より少し大きい。おれの目には、もう少し小さくて、六ミリないしは七ミリに見える。ジャップの七・七ミリ、つまりコンマ三一二口径より小さくて、英国のコンマ三〇三口径に近い。ジャップの七・七ミリはさんざん見てきたが」と言ったが、スワガーはタラワ島で自分の胸に命中した一発のことは口にしなかった。「もう少しでかかった。それとも、おれの想像だろうか？　きみにはそんなふうに見えないか？」

「そう言われたので、ぼくもそういう目で見てみました。ええ、あり得ますね。確かめるにはカリパス（コンパス型の計測器）が要るけれど」

「頭蓋骨から金属破片を取り出すこともできる」と、スワガーが言った。「それをF

BIのスペクトル分析にかけて、八ミリ・モーゼル弾の金属成分かどうかを確かめてみればいい。もし違ったら、どうなる？　だが、おれたちはFBIじゃないし、ピンセットもスペクトル分析器も実験室も持っていない。他にも……」

「少佐」と、軍曹が言った。「差し出がましいかと思いますが、M1三〇口径弾を弾痕に差しこんでみたらどうでしょう？　おおよその口径がわかるんじゃないでしょうか。大ざっぱですが、適当な指標になると思います」

「いい考えだな、軍曹。なんでいつも軍曹たちが解答を見つけるんだろうな、リーツ？　きみはそのわけを知っているか？」

「この世界の真の貴族であれば、当然では？」

「あるいは、ただの工場長かもしれんがな。M1のカートリッジを持って来てくれ。ひと休みしろ、軍曹。持ってるなら一服しろ。持ってなければ、おれのを一本わけてやる」

タバコをすい終わり、カートリッジが届いたので、四人の男――大尉と副官が加わっていた――はスワガーが実験を行うのを見守った。スワガーは死んだ少尉に対する敬意から、慎重な手つきでそれを行った。

ガーランド・ライフルやBAR、水冷式、空冷式両方のブローニング機関銃で使われる米国製三〇口径弾、正確に言えばコンマ三〇八口径は、弾の射入口に一致しなかった。無理に押しこめば入るかもしれないが、ほんの少し大きすぎて、銃弾の先端のふくらんでいるところ――スワガーだけはそれが仮帽（オシーヴ）と呼ばれているのを知っていたが、他の者はただ弾の一番太いところと言っていた――のすぐ前で引っかかった。

「それで何がわかるのですか？」と、大尉が尋ねた。

「使われたのが、新規に開発されたカートリッジであることだ。おそらく、性能の良いものなのだろう。弾道学的な理由で選んだのか、使い慣れたものだから選んだのか、あるいは官僚機構か供給連鎖（サプライ・チェーン）の観点で選んだのか。三〇口径以下のカートリッジを本格的な戦闘で使う軍隊は、これまで見たことがない」

「害獣用の弾ではないですか？」と、副官が言った。「私はペンシルヴェニアの出身ですが、故郷（くに）のハンターはウッドチャック狩りに高速弾のカスタム・カートリッジ（ワイルドキャット）を使っています。二二・二五〇口径や二二口径ホーネット、それにP・O・アックリー氏（オレゴン州出身の銃工。第二次世界大戦後に米国最大の銃器注文製造会社を設立する）が〝二二口径耳割り騒音あおり弾（イアースプリッティン・ラウデンブーマー）〟と名づけたものまで使われていました。高速で、弾道の低落量が低く、反動が少なく、長距離用スコープを付ければきわめて正確な射撃が可能です。まさに、スナイパーに必要な要素ばかりです。もしかしたら、やつはウッドチャック狩りのハンターだったのかもしれない」

「実に優れた推理だ」と、スワガーは言った。「だが、この穴はそういった弾より大きいことを忘れてはいけない。おそらくコンマ二四〇ぐらいだろう。コンマ二六四かもしれない。二七〇口径の可能性もある。ジャック・オコナーの大型エルク狩りかもしれないぞ？（オコナーはアリゾナ州出身の著名な作家・ハンター。ウィンチェスターの二七〇口径弾を愛用した）」

誰も返事をしなかった。

29　地図

ゴールドバーグとアーチャーにすれば、雨がちな天候は戦時の歩兵業務では稀な時間を提供してくれた。週末の休みだ。まあ、もしかしたらいまは週末ではないのかもしれないが。曜日にまったく自信がなくなり、ましていま何月なのかさっぱりわからない。ところで、まだ一九四四年なのだろうか？　それでも休みが士気に与える効果に変わりはない。さまざまな事情が重なって、第一軍Ｇ‐２のエースたちの到着が遅れると知らせがあったときも、大尉は二人を前線に送り返したくなかった。それは過度なまでの思いやり、それも二人に対してではなく、自分自身への思いやりのためだった。彼は、自分の推薦したＧＩたちが軍発行の雑誌『ヤンク』のカバーから抜け出したような姿で現れれば、今度来る重要人物たちも感銘を受けるだろうと考えた。それに数日間、戦列に戻しても二人をへこたれさせるだけで、敵が攻撃してくる可能性が低いいま、二人がいてもいなくても戦略に何の影響もおよぼさないことがわかっていた。大尉は彼らを見栄えよくして、ビル・モールディンの戦争漫画に出てくる冴えない、疲れ顔の下士官ウィリーとジョーのようには見えないようにしたかった。そう、ジャックとゲイリーはきちんとした身なりで髭も剃った、小ぎれいな姿でいなければならない。だから大尉は二人に無意味な室内作業を割り当て、毎晩軍曹に、彼らが軍服をきちんと掛けているか、軍靴の泥を落としたか、髭をきれいに剃ったかをチェックさせた。二人のおもな仕事は身のまわりの衛生に気をつけることだった。

だから、有名人たちがようやく到着したとき、大尉はがっかりした。二人とも、服装も装備も濡れそぼった空挺隊員そのもので、それぞれがトミーガンとショルダー・ホルスターに差した四五口径を持ち歩き、着ている緑のヘリンボーン柄の綾織りはたっぷり雨を吸ったために、衣類というより食料品の袋のように見えた。もし大隊の情報将校である、ホーソーン研究家のビンガム少佐が——護衛か付き添いか知らないが——一緒に付いてこなければ、身元を疑ったところだ。

プロフェッショナルらしい簡潔な紹介が行われたあと、彼らはあとで二等兵たちが出頭することになっているG‐2のテントに案内された。二人は泥水を跳ね散らかしながら歩いた。もともとびしょ濡れだったから、まったく支障はなかった。

「スワガー少佐」と、ビンガムが言った。「大尉と私に同席してほしいかね？　そのほうが彼らも気が楽かもしれない」

「親切な申し出をすまない。だが私は、彼らがきみたちに話さなかったことを引き出さなければならない。人間は、そう見せかけている以上に多くのことを知っているものだから。もしかしたら、自分が知っていると気づいていないことも知っているかもしれない」

「わかった」と、ビンガム少佐が言った。

「きみたち二人のどちらでも、彼らのことで疑問を持ったことはないかね？」と、スワガーは尋ねた。

「彼らに陸軍特別研修プログラム（ASTP）を受けさせようとは思いませんね」と、大尉が言った。「ええ、確かに頭のいい連中ですが、軍に役立つ頭のよさではないのです。想像力が豊かすぎるし、こちらのたくらみを見破る鋭さも度が過ぎる。気の利いた台詞がすぐに口をついて出てくる。私には、武器をなくしたことが警戒信号に思える。彼らの話は信じていいと思いますが。マルフォが死んでパニックを起こし、どこへ逃げたかさっぱりわからないという話を。もともと兵隊向きではないから、翌日までライフルをなくしたことに気づかなかったのもうなずけます。でも、果たしてあの二人の両方がそんなふうだったのかはわからない」

「私は彼らが、ＡＳＴＰの必要な典型的な兵隊だと思った。抽象的なことではとても頭が回るが、実用的なシャベルの使い方などは覚えられない」と、ビンガム少佐が言った。「彼らはあの戦域を第五〇三大隊のティーガー戦車が通過したのに目を留めている。情報では、どうやら英国軍の正面に向かったらしい——英国軍がうまく対処してくれたのであればいいのだが。二人はなぜか無事に帰還してきた。彼らはわれわれのために戦争に勝つ一〇パーセントの兵隊ではなく、戦争に勝つことに文句をたれる一〇パーセントの兵隊に入ると思う」

「連中がここへ来たのは〝テレビの奇跡〟の最新情報を得るためにちがいない」と、アーチャーが言った。「それとも、ラジオ・ビジョンだったかな？ テレ・ラジオか？ あるいは原子(アトム)ビジョンか？」

「ジャック、ティーガー戦車のやつらとバナナを食った件じゃないのか？」

「そんなこと、知ってるわけないだろう。ドイツ陸軍第六師団、第五〇三重戦車大隊か何か知らないが、そこにスパイを送りこんでなければ」

「もう一度教えてくれ。ぼくらは何も間違ったことはしてないよな？」

「何も。正しいことをしたんだ。戦車を見つけたんだ。そうだよ、用件は戦車のことだ。どんなカムフラージュだったか、どこへ向かっていたか、どの道路を通っていたか……」

「ライフルのことは？」

「あの話でぼろは出ないさ。あれで通すんだ。マルフォがやられて、ぼくらは野ウサギみたいに逃げ出した。狂ったように六時間走り続けた。そのうち敵がいなくなったことに気づいたが、自分たちがどこにいるのか、敵がどこにいるのかさっぱりわからなくなった。それ以外に何か話すことがあるか？」

「クルトのことは？」

「クルトはイギリスのクロムウェル戦車を吹き飛ばして、バナナを食うのに忙しくしてるさ。あくまでクールでいろ。クール、クール、クールだ」

頭のなかをクールにした二人は、なんとか少佐となんとか中尉のところへ連れて行かれた。そっちのほうがいかにもクールに見えた。髭は剃っていないが威厳があり、冷静そのもので、気持ちを一点に集中している。トミーガンをテントの隅に立てかけ、クールガイの着る空挺隊員用ジャケット、四五口径を差したショルダー・ホルスターを手の届くところに置いている。二人は戦争のギャングと言っても通る姿で、明らかにゴールドバーグやアーチャーを指揮するどじな連中とは別のカテゴリーに属する士官だった。それとは対照的に、二人の二等兵はセットで撮影中のミュージカル映画から抜け出た兵士のようだった。こざっぱりとして、皺のない軍服を着て、きれいに髭を剃っている。いったいこれは、どんな映画の一場面なのだ？

「弾はどこから飛んできたんだ、ゴールドバーグ？」と、前置きを手早くすませた少佐が早速質問してきた。

テントの仕切りのなかで二人きりになり、どちらもいまにも壊れそうな椅子に、いまにも壊れそうなテーブルをはさんで座っていると、ゴールドバーグはこの人物ももう一人の戦争の神だと思った。この男が怖かったが、同時に愛してもいた。バグジー(ベンジャミン・シーゲル。禁酒法時代のギャングで、ラスベガスのギャンブル産業確立にも関わった)を愛したように。バグジーのやり方とはまったく違ったが、言葉で言い表せないほどクールであるのは認めざるを得なかった。少佐の人となりも大いに満足のいくものだった。タバコをすい、耳を傾け、口をはさんだり話題を変えたりもせず、決して笑わず、眉もひそめず、熱心にメモをとっている。それでも、話はいつもある一点に戻ってくる。マルフォ軍曹の死の瞬間だ。

「後ろからです」

「何の後ろだね?」

「ああ、そうですね、雨裂っていうのかな。そこで小休止して、音を探るために何人か送り出したんです。二十メートルほどの長さだったと思います。よくあるくぼみとか低地ってやつですよ。小川のすぐ脇にあって、そこだけ木が生えていない。ぼくとジャックはその雨裂の一番端にいた。ジャックの報告を聞こうと、軍曹が近づいてきた。するとと、彼の頭が……」

「軍曹は立っていたのか?」

「ええ。立ち上がって移動しようとしたみたいです。そのときドカンと音がして、顔がなくなった」

「銃声は聞こえたんだな？」

「聞こえたと思います。いろんなことがいっせいに起きたものだから、よく覚えていないのですが。でも、発砲の音はしたはずです」

「大きかったか？　静かだったか？　近くだったか？　遠かったか？」

「遠かった気がしますが」

「きみは一週間前に田園地帯（ボカージュ）で攻撃を仕掛けてくるドイツのライフルの銃声を聞いている。それはモーゼルのK98だった。それと比べてどこが違っていた？」

「それよりは静かだったようです。でも、今度は前より遠かったから……でも、静かでした。モーゼルのような大きな銃声は聞こえなかった」

「そのときの周囲の明るさはどうだった？」

「真っ暗闇ではなかった。たぶん、太陽の光がいくらか差していたんでしょう。まだ昇ってはいなかったけれど、昇り始めかもしれない。直接日が差していなかったのは間違いありません」

「その闇のなかで、ドイツ人は見えたと思うかね？」

「思います。でも、よく考えてみると、まったくの闇だったかどうか確信がありません。物のかたちが少し見え出していた。遠くもいくらか見えるようになっていたと思います。そいつには……ええ、たぶんそいつにはぼくらが見えていたんだ」

「当日の日の出は英国の戦時時間で〇五四一時だった。それで間違いないか？」

「そのとおりです」

「さて、きみの報告書を読んで気づいたんだが、さっきの話のなかには出てこなかった興味深い現象がある。きみはくしゃみをし始めた」

おいおい！　ずいぶん細かく読んだんだな。よせよ、くしゃみのことを訊くために、はるばる遠い道のりを前線までやって来たのか！

「そのとおりです」

「理由に心当たりは？」

「えーと……」新しい質問だ。ゴールドバーグはそのことを忘れていた。すでに存在しない世界で起きた出来事のように感じた。その瞬間を頭のなかで再現しようとしたが、何も浮かんでこない。ただ、数秒かそこら止まらなくなったくしゃみの記憶だけだ。あとでアーチャーにからかわれて、腹を立てたことは覚えている。だが、それと何の関係があるのだ？

「わかりません」

「大きなくしゃみだったか？　小さなくしゃみだったか？　ハクション！　というや

つか？　それとも、クシュンと湿った感じか？　止められなかったのか？　続けざまか？　一度きりか？　何十回もか？」

「何秒間かです。一分は続きませんでした」

くしゃみとは！　いったい、何だって……

「ふだん、きみがくしゃみをする理由は？　体調の問題か？　喘息（ぜんそく）か？　アレルギーか？」

「そういったものでは……」

「他でくしゃみをしたときのことをよく考えてみろ」

ゴールドバーグは記憶を探った。シルヴィア・グロスマンとコニー・アイランドへ行ったときは？　十月のコロンブス・デーにイタリア系の子供たちに追いかけられたときは？　いやらしい本を探してタイムズ・スクウェアの本屋をこそこそはしごしたときは？　体育館か運動場での授業でバスケットをやったときは？　エベッツ・フィールドへドジャースの試合を観に行ったときは？

　そのときの思い出が頭に浮かんだ。スクラップブックから抜け出てきたようなセピア色で、魔法の空に立ち上る雲の下、金色の光を浴びながら果てしなく……いや、少なくともブロンクス全体に広がっていく緑のフィールド。ポップコーンとキャラメルコーン、白い制服を着た男たちが売り歩く茶色い壜のビールのにおいがよみがえってくる。通路のコンクリートがいやにべたべたしていたのを覚えている。何世代もの人々がガムやタバコを捨ててきたせいで、歩くと靴がくっつき、無理に剝がすとバリッと音がした。それが何とも超自然的な感じがしたものだ。まるで『白雪姫』の映画みたいにディズニーの人々に動かされているようだった。あのときの幸福な気分は忘れられない。誰も彼を殺そうとしていなかった。人間がそんなことをするとは夢にも思っていなかった。

「エベッツ・フィールドだな。とてもいい席が取れたんです。父親が上司からもらってきて。面白いゲームだった。ゲームが終わる頃に、本塁で交錯プレーがあった。返球とほぼ同時にランナーがすべりこみ、もうもうと土埃が上がった。そうしたら、なぜかわからないけど、ぼくはくしゃみを始めたんです。〝ゲイリー〟と、父親が言った。〝おまえ、今日一番のプレーを見逃したぞ！　ドジャースが勝ったんだ！〟。そのときが最後です」

「埃だ」と、少佐が言った。「土埃だ」

聴取が終わると、二人の二等兵は食堂へ行って食事をしろと指示された。そのあいだにG‐2の二人の大男は成果を話し合って議論してから、大隊の情報将校と中隊指揮官に報告を行った。

夕食には、かつては謎の動物の肉だったものが出てきた。ヌーかアイベックスの可能性がある。サヤインゲンは水にずっと浸かっていたのか、指でつかめないほどしんなりしていた。料理はどれもほんの少し温めてあったが、温め方がおざなりで、本物の熱源を使ったとは思えない。パウダーミルクとリンゴに、パイナップルのアップサイドダウン・ケーキだとの噂もあるが、パイナップルとケーキの見当たらない代物が供された。コーヒーは、本物のコーヒーの味を思い出させてくれなかった。

それと、興味深い議論。

アップサイドダウン・ケーキとコーヒーもどきのコーヒーを前に、本日の議論は次の重要な論点をめぐって交わされた——スワガーはどれぐらいクールか？

「マッキニーよりクールだろう？」

「はるかにな！」

「『バターン特命隊』のロバート・テイラーよりクールか？」

「ロバート・テイラーは五十人に一人のクールさだが」と、アーチャーが言った。

「スワガーはただただクールだ。明らかに、戦争の神にふさわしいクールさだ」

「戦争の神と言っても、どの神だい？　全部に当てはまるのか？」と、ゴールドバーグが応じる。

「ぼくは、軍神マルスその人だと思うな」

「いや、そうじゃないぜ」と、ゴールドバーグ。「マルスはパットンだ。どちらも将軍だからな。スワガーは別の戦争の神でなければならない」

「じゃあ、アキレスだ。アキレスは少佐だった。スワガーも少佐だ。見た目は少佐より軍曹みたいだけど、少佐なんだ」

「おれも賛成だ。でもアキレスは男だったかな？」

「男の神だ。半神だよ。どこかの偉い人間が母親代わりだった。魔法の水かなんかに漬けたんで、かかとを除いて不死身になった。それだけで十分、神の資格がある。それだけじゃなく、自分で人も殺している。その殺しについては、ヘクトール（トロイ戦争でアキレスに殺されたトロイ最大の勇士）に訊いてみろよ」

「おまえの言うとおりだ」と、ゴールドバーグが言った。「今度、彼に会ったときに訊いてみる」

「よし、おまえら」と、どこからともなく現れた見知らぬ軍曹が言った。「G-2がおまえたちをお呼びだ」

テントに入ると、軍曹が先に立って連結テント――テント、テント、テント！――に導いた。最初の聴取が行われた場所だ。二人の二等兵はかしこまって名乗り敬礼をしたが、少佐は黙って椅子が二つ用意されたテーブルを指さしただけだった。

「うまい食事だったか?」

「うまかったです」

「すばらしかった」と、ゴールドバーグが付け加えた。「最高でした! ですが、パイナップル・ケーキについて疑問があります。逆さま(アップサイドダウン)と呼ばれてますが、どうして逆さまだとわかるのでしょうか?」

「それは冗談と受けとめておこう」そう言って、スワガーは見られた者が燃え出してしまいそうな眼光でゴールドバーグをにらみつけた。

「そのとおりです」と、ゴールドバーグは言った。「申し訳ありません」

「まあ、おれも一度冗談を言ったことがある。確か一九三七年か三八年だった。気に入ってもらえたよ。そのうち、もう一つ言いたいと思っている。だが、そのときまでは冗談は必要ない。戦争は続いているんだ。気づいていなかったか?」

　その一瞬が千年も続くように思えた。

「まあ、いい」と、スワガーが言った。「取引しよう。おまえたちは士官用のバーへ行って、ビールを少し飲むのを許される。そのあと寝床に戻り、遅くまで寝てていい。それから熱いシャワーを浴び、うまい昼食をとる。そして本部テントへ行き、新しい装備をもらえ。大隊がおれの頼みに応じて、おまえたちのために特に取り寄せてくれたものがある。なかで最も大切なのは、ダクトテープだ。ダクトテープはおまえたちの新しい友人で、母親で、どこかに住んでいる従兄弟だ。おまえたちは手榴弾を二個与えられる。テープでレバーを固定し、ピンにも貼っておけ。手榴弾はズボンのポケットに入れるといい。それと、フックの付いたL型懐中電灯、TL-122のカーキ色のを支給される。電池をチェックしておけ。それから自分のピストル・ベルトにフックを引っかけ……それからどうするんだ、ゴールドバーグ？」

「テープで貼りつけます」

「わかってきたらしいな、ゴールドバーグ。M41フィールドジャケットは要らない、ヘルメットもヘルメットの内帽も要らない、弾帯も戦闘用サスペンダーも要らない。弾帯がなぜ要らないかと言えば、おまえたちはガーランド・ライフルを持っていかないからだ。失くすだけだからな。おまえたちはM3グリースガンと弾倉五本、五十発入りの箱を三つ与えられる。失くすんじゃないぞ、いいな？　グリースガンの弾倉用の吊り革ももらえる。弾倉のかたちと大きさに合わせてつくられた弾薬入れが付いている。それを肩に背負って、シャツにテープで貼りつけておけ。銃剣も持つことになるが、ピストル・ベルトに吊したら、テープで留めるんだ。そのベルトを締めたら、留め金にテープを巻け。銃剣にも巻いておけば、ガチャガチャ言わなくなる。水筒をもらったら、コップ代わりの蓋が飲むときに落ちないように付いている小さな鎖をテープで留めておけ。戦闘用ブーツの靴紐のバックルにもテープを巻きつけろ。ヘルメットの代わりには空挺隊員用のニット帽、A‐4のカーキ色のをかぶるんだ。冬用だからとても暖かい。耳まで引っ張りおろしておけ。ゴールドバーグ、眼鏡もテープで留めておけよ。そこまでしたら、おまえの身体はテープに埋まって見えるだろうな。言ってることはわかったな？」

二人の二等兵はうなずいた。

「グリースガンは扱えるか、ゴールドバーグ？」

「えー、狙って、トリガーを引く。それでいいんですよね？」

「いまのところはそれでいい。リーツ中尉がもう少し細かく教えてくれるはずだ。アーチャー、相棒に気を配れよ。うまくやれるようにしてやるんだぞ、わかったな？」

「わかりました」

「一八三〇時に中隊中庭に出頭せよ。前線までトラックで行く。暗くなったら、一九一五時頃に前線を出発。リーツ中尉が先導する。ゴールドバーグ、おまえがあとに続け。その後ろがアーチャーで、おれがしんがりだ。おしゃべり厳禁。タバコもガムもキャンディもなし。何も捨ててはいけない。できるだけ軽快に歩け。藪は斜めに突っ切る。咳、喘鳴（ぜいめい）、くしゃみも禁止。おならも、げっぷもするな。デートの最中だと思え。何か質問は？」

「あのー」と、アーチャー。「もしぼくらが、マルフォ軍曹の殺された場所に案内できると思っているのなら、それは無理な話というものです。暗かったし、進路を決めたのは軍曹で、ぼくらは指示に従っただけで……」

「陸軍特別研修プログラムを受けた賢いやつがマルフォの地図を見つけ出してきた。誰だかわかるか?」

30　ミスター・ヘッジパス

ロンドンのライムハウス・コーズウェイにあるチャイナタウンについて一つ言及すべきことがあるとしたら、これまでのところ破壊を免れている点だった。一九四〇年から四一年にあったドイツの空爆にも、三九年の市議会によるスラム一掃の取り組みにも耐えてきた。でたらめに投下される二百五十キロ爆弾と、市のブルドーザーがあちらのビル、こちらのビルとぺちゃんこにして歯並びのひどく悪い口のような姿にしてはいたが、二キロほどの場所にあるイースト・インディア・ドックの破壊の跡に比べれば、さしたる損害は受けていなかった。

そのタクシー運転手はこのあたりに馴染みがなかった。イーストエンドを出たり入ったりするのに、タクシーを使う人間はごく限られているからだ。だいたいが、地下鉄だけを使って行き来している。このあたりに限らず、運転手はオルドゲート・ポンプから東には来たことがないのだが、客のミスター・ヘッジパスは道案内をしてくれなかった。街灯はおおかた消えており、暗い通りをうろついている者も、祝杯を挙げている者もほとんどいなかった。ここは幽霊の街で、数えきれないほどあった中華レストランの多くが店を畳み、男たちは王冠を守るために使い捨て要員として戦争に行き、女たちは軍の小切手を頼りに暮らし、子供たちはかさぶただらけでぼろをまとい、くぼんだ大きな目をして配給カードを醜く奪い合う。彼らはキャンディのかけらのためなら何でもした。

「ここですか？」と、運転手が訊いた。

「そのようだな」と、ミスター・ヘッジパスが言った。彼が馬鹿げた軍服を着ていたのは、平服のアメリカ人のほうが軍服姿より人の記憶に残りやすいという法則に従ったからだった。実際の彼は中佐（ルテナント・カーネル）か何かだった。あるいは少佐（メジャー・カーネル）だったか？　それとも准佐（ルテナント・ブリガディア）か？　それはどうでもよかった。彼は戦時情報局（ＯＷＩ）のロンドン支局に勤めていた。そこでは軍の階級は冗談のタネになるぐらいで、まったく気にかける必要はなかった。彼の仕事は、ラジオ局が不必要なものを暴露しないように事前に原稿を検閲することだった。まるで、彼には何が必要で、何が不必要かの区別がつくかのように。戦前はＣＢＳでラジオの広報担当の上級幹部だったので、放送業界の人間を全部知っていた。そのおかげで、オフィスと秘書とほとんど仕事をこなしてくれる熱心な若い女性の小規模な班、それにあちこち社交上の訪問をする権限を、ワシントンのＯＷＩ海外担当部の部長、ミスター・シャーウッドの意向（プレジャー）で与えられた。

幸い、ミスター・シャーウッドのほうはさほど娯楽には興味がないようで、問題を先送りしてアメリカの首都で必要な社交生活に忙しかった。そのうえ彼には、取り組むべき策略があった。

ミスター・ヘッジパスはタクシーを降りた。ライトは点いていなかったが、看板が見えた。〝ウィン・チョウ・レストラン〟と書かれている。窓は板でふさがれ、そのうえに格子がめぐらせてある。欄間のうえの弱い灯りで、店が開いているのがなんとかわかった。

「ああ、ここで間違いない。ご苦労さん」

「旦那、いいですか、この界隈は身分の高いアメリカ人が来るようなところじゃないありませんよ。路地で立ったまま手早く一発やって一ポンド稼ぐ娼婦だけじゃなく、よこしまな中国人やアヘン中毒患者に、アラブ人、ユダヤ人、ロシア人、船乗りにポン引きと、ありとあらゆる人間が棍棒で頭に一発喰らわせて、紳士の財布を持って逃げる機会を狙っているんだから」

「確かにな」と、ミスター・ヘッジパスは言った。「だが、私は十分守りを固めているつもりだよ」

「そうおっしゃるなら」

店に入ると、少なくとも見かけは外と変わらない暗さだった。それに対してにおいは多彩で、どこかにある調理場からミスター・ヘッジパスの繊細な鼻がこれまで出会ったことのないにおいの虹があふれ出していた。マンハッタンのチャプスイ・レストランでも嗅いだことがなかった。頭のなかで多種多様の花火がいっせいに上がっているような気がした。

「失礼、テーブルをお探しで?」と、東洋版の白衣を着た男が言った。ありがたいことに、男の言葉は明快だった。チャーリー・チャン・シリーズの映画に出てくる中国式の早口英語とは大違いだ。

「この店にバーなんかあるのかね? 私はここで待ち合わせをしている。静かな席があればいいのだが。ディナーを載せる馬鹿でかいテーブルではなく」

「バーはありません」と、男は言った。「でも、ディナーもない。心配せずに座ってられますよ」

ミスター・ヘッジパスは店の隅の、暗闇のなかのさらに暗い一角にあるテーブルを選んだ。目が慣れて、適切なテーブルセッティングができているのが見えたので、彼はポットで茶を注文した。まもなく運ばれてきた。当然中国茶だったが、ミスター・ヘッジパスはこれまで数回しか中国茶を飲んだことがなかったので、それがちゃんと淹れてあるのかどうか判断できなかった。

一緒にクッキーがついて来た。丸まってパリパリしたもので、少し甘みがある。指で一枚割ってみると、なかから細長い白の紙片に書かれたメッセージが出てきた。目を近づけたが読めなかったので、眼鏡をかけた。

〝新事業の好機〟と書かれていた。

そんな馬鹿げたものは信じなかったが、それでも悪い気はしなかった。どこか遠くでV‐1（ドゥードル）が爆発する音が聞こえた。建物が揺れて、埃が宙を漂った。揺れは一秒ほど続いた。だがその飛行爆弾が落ちたのは、少なくとも川向こうのブリクストンよりも遠くだろうと、彼は判断した。

時間が過ぎていった。キャンドルが運ばれてきた。明るさがさほど広がったわけではないが、炎は果敢に闇に対抗してまたたいた。においは絶えず変化を続けているようで、ミスター・ヘッジパスは永遠に新デザインと色調へと変化していく未完成のタペストリーを連想し、いい気分になった。男が店に入ってきて、料理の袋を抱えて帰っていった。続いてもう一人。人種のわからないカップル——肌は茶色だが白人の顔立ちで、黒人らしさがかけらもない——が入ってくると、遠くのテーブルについて注文し、運ばれた料理を大急ぎで食べていた。

相手は確認をしているのだ、とミスター・ヘッジパスは思った。ああいう職業の人間はとても用心深い。こちらがタクシーを降りるのを見守り、通りを見まわして尾行者がいないかを確認する。もしかしたらいまこの瞬間も、覗き穴から観察しているかもしれない。こちらが本物ではないことを示す妙な動きをするのではないかと。実際、ミスター・ヘッジパスは自分が本物ではないような気がしてきた。こういう仕事は彼の得意とするところではなかった。他の件なら、もっとずっと価値ある働きができるだろうし、こんな粗野な任務に送られては彼のハンカチーフも皺が寄ってしまう。だが、始めたからには最後までやらなければ。

ようやく一つの人影が彼の目の前で実体化し、椅子に腰かけた。それでもミスター・ヘッジパスには相手がよく見分けられなかった。男は店のなかと同じく暗かった。もしかしたら店より暗いかもしれない。丈のない帽子が黒、首まですっぽり包むコートも黒、顔の下半分を覆うスカーフも黒。ジョゼフ・コンラッドの小説か、もっと俗っぽい娯楽小説に出てくるような人物だった。

「同席してもいいかね、ミスター・ヘッジパス？　それでよかったんだよな、ヘッジパスで？」

「そう、ヘッジパスだ。それで、きみは……？　名前を聞いてこなかった。電話番号しか教わっていない」

「レイヴンだ」

「〝ザ・レイヴン〟かね？　ラジオの連続ドラマか何かの？」

「いや、レイヴンだ。フィリップ・レイヴン、ただの名前だよ。いまはそれで事足りるだろう」

ミスター・ヘッジパスはほっとした。ここまでは実にうまくいっている。用心の必要なことは何もない。全部、直球勝負だ。暗号も、合図も、秘密の握手も、靴紐の結び方の警報もない。ただ日々の慣行だけだ。

「話を進めてもいいかな？」

「自信がなさそうだな」

「こういう仕事には慣れていないんでね」

「まったく普通のことさ、保証してもいい。いいから、そのお茶を飲みほしてお代わりを注文してくれ。中国人はお茶の煎じ方を心得ている。そう思わんか？」

男はうなずいた。誰にも合図していないはずなのに、すぐにポットのお代わりが運ばれ、カップが置かれた。

「どんなふうに進めばいいのか、よくわからない」と、ミスター・ヘッジパスが言った。「きみから話すか、それとも私からか？」

「あんたがいいと思う。だが、今夜のテーマは避けてくれ。もっと一般的に、あんたが昼間会っている人物ややっていることを話してくれ。いくつか調べておきたいことがある」

「当然だな」と、ミスター・ヘッジパスは言った。彼は自分の経歴、さまざまな屈辱と失敗、彼を正しくないと非難する人々の愚弄を耐えなければならなかったことなどを、聞く者を退屈させかねないほど長々と話した。そのあと、自分で気に入っている時代のことに話題を転じ、新聞社にいたあとラジオ局に移って成功し、大都会の文化的な人々――作家や芸術家、映画製作者などと会い、みんなから大いに歓迎された話をした。なかには心から彼を気に入ってくれた人々もいた。おかげで彼は光明を見いだした。目標を与えられた。だから、本物のエリートのグループに加わるチャンスが訪れたとき、ことわる気にはなれなかった。

「それでいまは」と、ミスター・レイヴンが言った。「威勢を誇るヤンキー士官というわけか」

「そんなことはない。誰も私なんかにたいした関心は持たんよ。でもいいんだ。いろんなやり方で力を貸せるし、そうしていればチャンスも与えられる」

「なるほどな」と言ってから、ミスター・レイヴンはしばらく黙りこみ、お茶を注ぎ、砂糖とクリームを入れ、ひと口飲んだ。フォーチュン・クッキーを手に取る。

「中国人の予言を見てみようじゃないか」

〝新事業の好機〟と書かれている。

「こいつはいい。話を続けてくれ」

「どれも同じことが書いてあるみたいだな」と、ミスター・ヘッジパスが言った。

「そうかもしれんが、おれたちはこれを仏陀本人の祝福と受けとめようじゃないか。さあ、話してくれ」

「ある分野でわれわれに厄介事を引き起こしている人物がいる。その男の名前はここに書いてある。いま前線へ行っているが、まもなく戻るだろう」

ミスター・ヘッジパスは折り畳んだ紙片を渡した。

「行政上の排除を行えば、時間もエネルギーも手際の良さも無駄にすることになる。どれもわれわれには不足しているものだ。それに、醜悪でもある。そこで別の手段をとることにした。きみが、その別の手段だ。ひと言付け加えれば、強く推奨されたのだ」

「その人物はアメリカ人なのか？」

「ああ。士官だ。ヒーローであり、輝かしい未来が待っている男だ。それに、男前だ」

「男前と仕事をするのは大好きだよ。やつらは多くを持ちすぎている。それに、醜いこと、不自由なことがどれほど苦しいか、さっぱり理解していない。そういう連中の破滅は常に喜びだ」

男はスカーフを下ろして、キャンドルの光のなかに顔を突き出した。

それがすべてを物語っていた。あるいは、何も語っていないのか。男の顔には割れ目があった。日の光から永遠に追放された傷。上唇は鼻まで裂けて、歯と歯茎(はぐき)の黒い三角形が覗いている。見るも無惨(むざん)だった。口唇裂、と残酷な呼び名が付いている。愛とは無縁の人生を意味していた。

スカーフがもとに戻された。

「だから、道徳上はそれを行っても何ら問題はない」と、男は言った。「残るはただ一つ、技術上の問題だ。それと、そう、報酬だな。わかってるんだろうな?」

「わかっている」と、ミスター・ヘッジパスが言った。

彼は封筒を男のほうにすべらせた。

封を切ると、ミスター・レイヴンは札を動かすことなく数をかぞえた。いかにも慣れた手つきだ。そして、こう言った。「金をもらってしまえば、信念も何もないな」

31　特別奇襲隊員

一番不安なのはクランクハンドルであることがわかった。あまりに不安だったので、最初のテレビ台本用に整理してあるジョークのリストに、この戦争用具を男根に模したジョークは入れないことにした。それでも銃自体は、四・三キロのガーランド・ライフルに比べればずっと軽くて全長も短く、銃床を畳めるので扱いやすい。

自動車会社がやった戦時のやっつけ仕事だったから、型打ちした金属パーツを大急ぎで溶接しただけのものだった。言うなれば、〝よう、兄ちゃん、いっちょマシンガンでもつくってみようぜ〟的な見映えで、手榴弾の色つやとコートハンガーの愛嬌(あいきょう)を併せ持っていた。リーツ中尉がそれをバンとやるやり方を教えてくれた。と言うより、バン、バン、バンとやるやり方を。最初に排莢口カバーを開き、次にクランクハンドルをつかんで引っ張り、ロックするまで回す。三番目に、銃床を引っ張り出す。そしてバン、バン、バンと四五口径弾を下向きに掃射する。どうやら三発ずつ送り出すのが一番いいらしい。他の自動小銃と同じく、掃射を続けると銃がどんどん上向きになっていくからだ。

よし、いいぞ。さあ行け、奇襲隊員(コマンドー)。ニットキャップで覆った耳、テープで留めた眼鏡。どこもかしこもテープで留めてあるので、自分がミイラになった気がした。音はほとんど立てないし、M3グリースガンの吊り革を肩に掛け、片手でピストル・グリップを、もう一方で二十八発詰めた三十発入り弾倉を握り、奇襲隊員の焼きコルクで黒塗りした顔――自分の望み以上にクールに見えているはずだ。

「でもぼくには、このクランクを回す(クランク)力がないんでは?」

「自分の別のモノ(クランク)を回してるつもりでやれよ」と、一番安い席に座った連中の笑いをとるジョークにはいつも熱心なアーチャーが言った。

「面白いぜ」と言ってから、ゴールドバーグは中尉のほうを向いた。

「ぼくはアメフト向きの人間じゃないので。できるかどうか……」

「できるかどうか、やってみようじゃないか」

そう言われて、中尉が見守る前でゴールドバーグは試してみた。

うーむ！　よいしょ！　うぐぐ！

決して楽ではなかったが、頑張ればできるかもしれない、とゴールドバーグは思った。

「できると思うよ。銃撃戦になったら、きみの筋肉にエネルギーがあふれて来るのがわかる。いまよりはるかに強くなるぞ、ゴールドバーグ。心配するな、うまく行く」

「いまのうちに回しておきましょうか？」

「それはやめておいたほうがいい」と、中尉が言った。権威と経験の持ち主ではあるが、アキレスことスワガーに比べるとより人間的だ。「これから小旅行に出る。木の枝がトリガーガードにはさまるとか、きみが突然、心臓発作を起こしたり、思わずひるんだり――あるいは、あの有名なくしゃみの発作を起こしたり――してみろ、きみは〝銃弾の庭〟じゅうに四五口径弾をばらまいて、たぶん前を行くおれを撃ち、ドイツ人どもに越境者がいるのを知らせることになる」

「わかりました」

「ゴールドバーグ、きみにはできる。ぼくにはわかっている」

「こいつは舞台負けするタイプなんです」と、アーチャーが言った。「これが初めての役なんでね。まったく、こいつ向きの役じゃないし」

「陸軍に入って」と、ゴールドバーグは言った。NBCのボブ・ホープ出演のテレビ番組〝キッド奇襲隊員(コマンドー)〟用に初めて書く台本の台詞のつもりでこう続けた。「おまえはグリースガンを持てと言われたとき、修理工場で働くんだと思った。ところがあにはからんや、ぼくは戦争に来ている！」

「戦争はこれからだぞ、ゴールドバーグ」と言って、中尉は笑みらしきものを浮かべた。本物なのか、それとも士気を高めるための見せかけなのか誰にもわからなかった。

そうして四人は、音をひそめ、無駄のない足どりで闇にもぐりこんだ。リーツが先頭、ゴールドバーグが二番目、次にアーチャー、そして最後が男らしさと寡黙さと頑固さの化身、軍神スワガー。彼は誰にも話しかけることなく、ゴルファーがクラブを持つように、慣れた手つきでトンプソンを抱えていた。

四人は暗がりを進み、生け垣に近づいた。そこに着いたら、また次の生け垣が目的地になる。過剰なまでに用心深く息を殺し、呼吸回数も最小限に抑えて、すべるように足を運ぶ。うなり声もあえぎ声もため息もなし。鍵を握るのは音で、それはすなわち死を意味するから、何としても避けなければならない。

「あっちのやつらは音を頼りにしている」と、出発前にスワガーが言っていた。「最初に情報を手に入れるのも、音からだ。音がなければ、情報もなく、スナイパーもいない。わかったな？」

「わかりました」と、二人の若者は答えた。

これは前に来たことのあるルートだろうか？　暗くて、何とも言えなかった。超現実的な絵のなかに入りこみ、悪夢の旅をたどっているような気がした。前には野原と生け垣が複雑に交わる迷路が伸び、闇の帳と、月がなく星に覆われた空のせいでさらにわかりづらくなっている。ときおり一段低いところにある道路や小川に出会うと、渡るのにさらに注意が必要になった。小さな丘の連なり、岩場、闇のなかのあちらこちらに幽霊のように立つ牛たちの影。牛が草を食む音や足を引きずる音がし、糞の臭いが漂ってくる。ときおり、別の宇宙から届いたみたいに、遠くで小火器のくぐもった短い発射音が聞こえる。閃光とゴロゴロと鳴る低い音――自然の気象現象ではなく、人間の気象現象だ。今夜の自然は穏やかで、そよ風が吹き、気温もほどよかったが、残念ながらこうした快適さは全部、事の緊急性のために忘れるしかなかった。

中尉はときおり停止を命じた。一服のためでも休息のためでも水筒から水を飲むためでもなく、地図とコンパスを確認するためだった。少佐が速歩で列の先頭に出て、リーツと一緒に地面に身をかがめて、光の届く範囲を厳しく制限したL型懐中電灯を使ってコンパスと地図を細かく検討した。そして短く会話を交わすと、少佐はアメフトで言えばガンナーの位置である列の最後尾に戻り、一行は旅を再開した。

ゴールドバーグはずっと解せなかった。いったい、いつぼくはこんなことに志願したんだっけ？

こんなこと、意味がない、意味がない……ところが突然、意味が生じた。

アーチャーもそのことに気づき、ゴールドバーグの肩をたたいた。中尉が拳を上げて、パレードを停止させた。

そうだ、もう少し先だ。頭のなかが整理されて、長いあいだ消えていたイメージが明瞭かつ挑発的によみがえってきた。

闇のなかで低木の林の空き地と、片側が盛り上がった塹壕のようなものがかすかに見える。その景色が、夢か別の人生から呼び出されたようにゴールドバーグの記憶を刺激した。この先には小川があるはずだ。耳をすますと、ゆっくり水の流れるゴボゴボという音が聞こえた。自分たちはここにいたのだ。だがそうであれば、ひと月前にはドイツ軍の戦線が小川を越えて四百メートルぐらいのところにあったことを意味する。

少佐は数時間に思えるほど長く、一行をその場に留めた。耳を傾け、目を凝らしている。やがてリーツにうなずいてみせると、リーツは林のなかをそろそろと進んで雨裂のなかに入った。続いてゴールドバーグ、次にアーチャー、そして少佐。一行は士官たちの指示で、雨裂の反対端に近づかないようにして進んだ。くぼみはこんなものだったろうか、とゴールドバーグはいぶかった。夢で見たそれはもっと深かったし長かった。それでも彼は沈黙の規律を守って、何も言わなかった。少佐は後方に位置して、周囲に目を配っていた。目はよかった。誰にも見えないものが見えた。いまは何か動きがないか探しながら、カンカン、カチカチ、ゴホンゴホンといった音に耳をすましていた。ゴールドバーグに起きたことを考えれば、スナイパーの手法は待ち伏せではなく、闇にまぎれた追跡に基づくものではないかと考えていた。音を立てるなとうるさく言ったのはそのためだった。

誰もこちらの様子をうかがっていないのがはっきりすると、少佐は向きを変え、四人は雨裂をもと来たほうに引き返した。三分の二ほど戻ったところで足を止め、歩兵座りになった。

「よし」と、少佐が小声で言った。「撃たれたときに軍曹が立っていた場所はどこだった？　覚えているか？」

アーチャーが急に走り出し、雨裂の端近くに背を丸めて立った。

「ここだと思います。ゲイリー、そうだろう？」

「そうらしいな」と、ゴールドバーグ。

「では、こんなふうか？」と訊くと、少佐は立ち上がって軍曹がいた場所に移った。

「ええ、そうです」と、アーチャー。ゴールドバーグ同様、彼もこんなことに何の意味があるのか見当もつかなかった。

「で、おまえは……？」

二人の二等兵はその夜の自分の位置を再現した。このおぞましい戦争芝居はいったい何なのだと思いながら。

「じゃあ、おまえのくしゃみが始まったのはそこで間違いないんだな、ゴールドバーグ？」

「ええ、そのとおりです」

「確かか？」

「そうですね、もっとこっちだったかもしれない」と言って、ゴールドバーグは身をよじるようにして後ずさり、三、四十センチ移動した。

リーツが急に懐中電灯を点けたので、ゴールドバーグはぎくりとした。リーツは円錐形の光を下に向け、むき出しの地面の一角を照らしていたが、やがて少しずつ上に移動して雨裂の端を調べてから、林を照らした。

「そこなんだろうな」と、少佐が言った。

彼は三人をそばに呼び寄せた。

「埃だ」と、説明する。「土埃がおまえのくしゃみを引き起こしたんだ、ゴールドバーグ。あの頃は、ひと月も雨が降っていなかった。おそらく軍曹に命中した弾が下方に向きを変え、乾いた土に当たったのだろう。当たったとたん、土埃がもうもうと立ちのぼった。われわれはその弾を探すためにここに来た」

それ以上話す必要はないと少佐は判断したらしい。べらべらしゃべるのに飽きてしまったように見えた。リーツ中尉があとを引き継いだ。

「では、気をつけて銃を地面に置くんだ。テープを外して、銃剣は抜いておけ。それから、割り当てられた区域を念入りに這いまわる。それぞれ、ここの四分の一を担当する。頭と頭蓋骨の二つの壁を通過して、弾の速力はかなり落ちただろうから、おそらく地面に刺さったときも深くは埋まらなかったと考えていい。土が乱れている部分を探しても無駄だ。先週の雨で地面はぐちゃぐちゃになっただろうからな。ゆっくり、なめらかに削っていくんだ、モーターグレーダーみたいに。たぶん、とても銃弾とは見えないものを探すことになる。つぶれているか、一部剝がれているか、花みたいに開いているかもしれない。割れて小さな破片になっている可能性もある。骨にぶつかった弾はそうなることが多いし、今度のは二度ぶつかっている。砕けている場合もあるし、粉々になっていることさえある。粒子を探せ。アーチャー、〝粒子〟を定義しろ」

「小さい粒です。破片です。小片、金属のくず。光を反射する可能性もある」

「よくできたな。わかったか（コンプルネ）、ゴールドバーグ？」

「私は教室に入ります（ジャントル・ダン・ラ・サル・ドゥ・クラス）」と、ゴールドバーグが言った。

「またおふざけか、ゴールドバーグ」と、少佐が言った。彼も高校のフランス語の授業は受けたことがあるらしい。「私が教室に入る（ジャントル・ダン・ユア・サル）ように、ブーツでおまえの尻を蹴り飛ばしてやるぞ」

中尉が、ドイツ人に見えないように光量を抑えて明かりをセットした。

楽なことではなかった。まあ、撃たれたり怒鳴られたりするよりは楽かもしれないが、それでも……楽ではなかった。身をかがめていると、膝の感覚がなくなり、指から出血し、腰が痛み出し、長い徒歩旅行のあとだけにエネルギーが驚くほど速く枯渇していった。闇のなかのドイツ人の動きに神経を逆立てながら、彼らはこつこつと、たゆまず作業を進めていたが……

「これはどうです？」と、アーチャーが言った。

彼が手のひらに載せて見せたのは泥で汚れた小さな湾曲した金属で、金メッキした爪のように見えた。少佐が懐中電灯の光を当てた。

「可能性はある。取っておこう」

少佐はポケットからセロファンの袋を取り出し、この埋蔵物を入れるために口を開いた。

果たしてこんなに小さなもので何かわかるのだろうか？

次はゴールドバーグの番だった。見せるべきか、見せないほうがいいか？　目当てのものとはとても思えない。だが彼が音を立てると、少佐の懐中電灯が彼の手のひらを照らした。似たような小片だが、今度は湾曲しておらず、氷のように平らだ。

これも袋に入れられた。

そんなものが次々と集まった。小片、破片、湾曲したかたまり……全重量は〇・一五グラムというところか。この旅はほんとうに必要だったのだろうか？

三時間たつと、全員が少なくとも自分の割り当て区域は探し終えた。それでもかつて弾だったもの、その可能性のあるものは見つからなかった。

「少し休もう」と、少佐が言った。

二人の二等兵は仰向けに寝ころんで息をととのえ、痛みでつむじを曲げた両手をなだめ、ずきずきする腰をさすった。それでも、士官たちの話し声は耳に入った。

「ＦＢＩの研究所に送れるだけのものは集まりましたかね？」と、リーツ中尉が言った。

「あそこのやり方はわかっているから、その答えはイエスということになるだろう。だが、送ってもどんな金属かわかるだけだ。だから、おれたちはありとあらゆるカートリッジを集めて、比較してみなければならない。それに、この先どれぐらいＦＢＩが協力するか、誰にもわかっていない。彼らはこっちをライバルと考えている。いくらアイクが電話をかけまくって、怒鳴りちらしても変わりはない。わざと時間をかけて仕事をするだろう。弾が見つかれば、そういうことを全部避けられるんだがな」

「少佐」と、アーチャーが口をはさんだ。「夜明けまで作業を続けて、明日の夜までここに伏せていたらどうでしょう。そうすれば雨裂全体を探せますよ」

「いい考えだ、アーチャー、だがここにいる時間が長くなればなるほど、ドイツ人と出くわす危険が増す。やつらが昼間、どの程度動きまわっているか、こちらにはわからない。おれたち全員が殺されるか捕虜になれば、目的は何ひとつ果たせないことになる」

「わかりました」

「よし、リーツ中尉、一番見つかりそうな区域をもう一度探そう。みんなで、もう少し深くまで探ってみるんだ」

やることは増えるばかりだった。もっと勤勉に、もっと深く、もっと注意深く。腰がさらに痛み、指の感覚がさらになくなった。ゴールドバーグはうっかり銃剣で小指を切ったが、断固として手を休めず、ほんの一瞬傷口をなめただけですぐに作業に戻った。みんなが働いていた。みんなが汗を流していた。誰もひと言もしゃべらなかった。そして、誰も運に恵まれなかった。

「よし、ひと息つけ」と、少佐が言った。「休んだら引き上げるぞ。日の出までに距離を稼いでおきたい」

何の説明もなく、少佐は雨裂の奥へ行くと、そこに座りこんだ。あの優れた視力。もしスナイパーがいたら必ず見つけ出すだろう、とみんなが信じて、安心していた。

五分ほどすると、少佐が戻ってきた。

「誰もいないようだ。よし、では……」

「思いついたことがあります」と、リーツが言った。「かなり激しく雨が降っていたんですよね？　もし弾が深く刺さらず、浅いところに留まって少しだけ埋まっていたら、雨水が押し流した可能性があります。そうなったら、どこへ行くか？　雨裂の一番低いところに流されたでしょうから、そこで見つかるかもしれない。だから……」

ゴールドバーグとアーチャーは最後まで聞かずに、雨裂のなかばにあって、一つだけ目立っている水たまりのそばに急いだ。ひざまずき、両手を水に突っこむと、ぬかるみを調べ始めた。リーツと少佐が作業に加わった。

この風景も見た者がいれば一人残らず、宗教的な儀式だと思ったはずだ。水たまりの教会を崇める四人の信者が身をかがめて、なめらかな地面を乱さないように気をつけながら、濡れて冷えきった指をすべらせて土の下を探り、一心不乱に祈りを捧げている。いまはもう指示する必要はなかった。四人とも本能的に、土の表面を引っかきまわせば、目当てのものが休息している崩れやすい場所を破壊してしまい、その物体を奥へ、手の届かないところへ押しやってしまうのを心得ていたからだ。ただひたすら、地面をなめらかに……

「あれ」と、ゴールドバーグが言った。「もしかしたら……」

彼はその宝物を持ち上げた。石のかけらだった。

「惜しかったな」と、少佐が言った。

う。このあたりに……よし、よし、ここだぞ」

「よし、いいぞ」と、今度はアーチャー。「よし、つかんだ……くそっ、すべっちま

アーチャーはそれを土から引っ張り出した。そう、そこにあったのだ。

少佐が懐中電灯の光を当てる前に、四人ともそれが破壊されたもので、それでいながらなぜか密度の濃さを維持しており、すべての銃弾がそうであるように見かけより重いのを見分けていた。衝突の際に、流線形の部分は全部失われていた。

光が当たって、それが命中したときに真っ二つに割れたものであるのがわかった。むき出しになった断面には鉛の中心核が浮き出しており、メッキした外殻は裂けて致死性のバラの花びらを思わせ、先端はボクサーの鼻のように平らになっている。基部は完全にちぎれて、どこか別の水たまりか、あるいは木々のあいだに気まぐれに飛んでいったのだろう。

「でかしたぞ」と、少佐は言った。「このちっぽけな金属の断片が多くのことを語ってくれるだろう。さあ、引き上げるぞ」

少佐は破片をセロファン袋に入れると、袋をポケットにしまった。四人は上体をかがめたまま立ち上がり、濡れて感覚のなくなった手を急いで拭くと、自分の武器を拾い上げた。リーツが先導し、行きと同じ順番で、雨裂から這い出して林の端まで進んだ。リーツはそこでコンパスを確認し、一行はふたたび闇のなかへ――暗い迷路のな

かへ足を踏み入れた。

全員がそうだったが、特にゴールドバーグとアーチャーは成功の喜びで体内にドーパミンが湧き出してくるのを感じていた。ついにやったのだ！　そしていま帰路についている！　この戦争でまた一つ、冒険が成功裡に完了したのだ！　明日は大隊に戻り、少なくとも一日は休みが与えられ、寝過ごしても許されるはずだ。未来を二十四時間単位で考える癖のついた歩兵には、それだけで大変な意味を持つ。

霞のなかにいるみたいに、生け垣のわきをどんどん通過し、前に見た野原を横切り、林を突き抜け、小川を飛び越え、一段低い道路を渡り、間に合わせのフェンスと沈黙し退屈している牛たちの脇を通り過ぎる。まもなく日が差してくるだろう。味方の陣地がだんだん近づいてくる。

中尉が拳を上げた。

全員が足を止め、息をひそめた。

最初は何も聞こえなかった。やがて遠くから、ドイツ軍戦車がこちらへ近づいてくる音が聞こえた。

32 ダンカン提督

彼にはその資格があった。自分の力でそれを稼いだのだ。ヒーローのように振る舞い、強い信念に従って行動し、またしても自分の価値を証明した。誰が彼をねたむだろう？ たとえ彼を最も厳しく批判する者でも、ねたむことはできないはずだ。それは許されることで、有益であり、適切でもある。それに、ミスター・レイヴンに渡す金から五ドルくすねたので、金は十分に足りる。

自分の住まいであり、戦時情報局の職員全員が宿泊しているメイフェア・ホテルの前でタクシーを降りたが、彼はなかに入らなかった。タクシーが走り去るのを見送ってから、夜の霧のなかに溶けこんだ。雨はやんでいたが、ロンドンの真の呪いである濃密な霧があたり一面を覆って、ぽつぽつと点いた街灯の光を黄色く染めていた。もっとも、ミスター・ヘッジパスの目的のためには、そのほうが都合がよかった。それは、今夜の逸楽が実現することを示すもう一つの前兆だった。

ミスター・ヘッジパスは通りを渡ると、一ブロック歩いてから東の方向に曲がり、ソーホーを目指した。ときおりタクシーが通り過ぎたが、私用車や軍の車両の数はずっと少なく、特に気にする必要はなかった。米軍の上級士官用の車両は見当たらなかった。願ってもない。彼は人を匿名にする霧に守られている気がした。濃霧だけではなく、時間も遅かったし、V-1ロケット弾が頭に落ちてくる危険もあるので、あたりはひっそりとしていた。

ソーホーはまだ姿を残していた。ロンドンの他の地区と同じく空爆やV-1のせいですき間だらけではあったが。今夜のV-1は川の反対側に落ちたので危険はない。哀れなブリクストン地区は、あの狡猾なジェット推進の小型爆弾のおかげでぺちゃんこになったかもしれない。

人ごみも、ネオンサインも、文明の存在を示すあわただしさや興奮もなかったが、ロンドンの劇場街は平和な時代と変わらずざわめくような音を立てている。ミスター・ヘッジパスは、どこへ行けばいいかちゃんと心得ていた。

そこは、オランダ艦をたくさん沈めたことで有名な海軍司令官の名にちなんで〈ダンカン提督〉と名づけられた店で、一八三二年に商売を始めて以来、ありとあらゆる悪事が行われた場所として汚名にまみれた歴史を持っていた。オールド・コンプトン・ストリート五四番地のその建物は一見平凡な酒場の店構えだが、ミスター・ヘッジパスの目には大好きなジュディ・ガーランドのオズの宮殿のように映った。

彼は数分、立ち止まって様子をうかがった。むろん以前にも、当てもなく歩いているふりをして店を見にきたことがある。だが、なかへ入る度胸がなかった。彼の強みは度胸ではなかった。いまもそのことだけに思いを集中した頭のなかで疑念の嵐が吹きまくっていたが、例によってそうした迷いもいつか消え、やりたくてやりたくてたまらないことをやることになる。もしアメリカ人か、放送業界のよしみで交流のあるBBCの人間がいたらどうしよう？　あるいは、もっとずっと平凡な人々――運転手や、MP、用務員などがいたら？　だが、霧がかかって、V-1がでたらめに落ちてくる週末のこんな遅い時間には、その可能性は低い。おまけにポケットには五ドル札が入っているのだ。

「おれたちって、ずいぶん大胆だね？　強盗を呼びつけているようなものじゃない？」突然、すぐそばから問いかける声がした。ミスター・ヘッジパスはびくっとして振り返った。声の主は若者で、外見は十八歳ぐらい、その発音はコクニーのアクセント、その態度はふれなば落ちんの風情だ。

「ああ、いや、その、まさかそんな、違う、もちろん違う」ミスター・ヘッジパスはしどろもどろの返事をした。相手のスラングの意味はだいたいわかったから、その露骨さにどぎまぎしていた。

「金をくれればお相手もするよ」と、若者は言った。「うまいんだぜ。ちょうどいい路地があるんだ。警官も来ない。たちまち夢見心地にしてあげるよ」

「よしてくれ」と、ミスター・ヘッジパスは言った。「そのためにここに来たんじゃない」

「大丈夫、ドイツ野郎もおれたちのケツの穴に爆弾を落としたりしないよ」と、若者は言った。「一ポンドだぜ。〈ダンカン〉へ行ってめめしい男を探すのは時間と金の無駄遣いさ」

「もうよしてください」と、ミスター・ヘッジパスは哀願した。

「わかったよ、アメ公。汚ねえトイレで一発やれるよう祈ってるぜ」と言うと、にやりとして霧のなかにすばやく姿を消した。「あんた、この街一番のおかま(クィーン)とやれる機会を逃したんだぞ」と言い残して。

ミスター・ヘッジパスは震えが止まらなかった。自信は一挙に崩れた。額の汗をぬぐい、大きくひと息ついてから、身体の震えの影響を受けないでしゃべれるかどうか試してみた。どうってことはない、と彼は言った。何でもないじゃないか。なんで私はそんなにおびえているんだ？　誰も見ていない、誰も知らない、問題は何一つない。上司も知らないし、誰も知る者はいない。私の秘密がばれることはない。

勇気を奮い起こして、ミスター・ヘッジパスは通りを渡り、〈ダンカン〉に入って行った。

一時間後、彼は意気揚々と店を出てきた。最初にしては、ずいぶんうまくいった。こんな暗い場所に天国が存在するのを誰が知っているだろう？　彼は、みんながすっている粗野なタバコ、〈イングリッシュ・オーヴァル〉で汚れていない空気を胸いっぱいに吸いこみ、全身が浄化され、喜びに満たされるのを感じた。すぐにもここを立ち去らなければならない。もちろん明日、常にそうであるように、もう一度舞い戻ってくるつもりだが、いまは迷いもなく冷静な気分で、自分の仕事に元気に取り組むことができそうだ。

彼はほとんど身を折るようにして、一ブロック歩いた。ときおり、霧のなかをタクシーが通り過ぎていく。まもなくメイフェア地区に着き、ホテルが見えてきた。もうまもなく……

「やあ、こんばんは」

エドワード朝風の建物のすき間から、ミスター・レイヴンがすばやく姿を現した。

「ここであんたと会うとはな」と、顔にひび割れのある男が言った。詮索好きの目から隠すために、黒いスカーフを顔の下半分に巻きつけている。

不意を突かれたミスター・ヘッジパスはうろたえたが、彼は棲み分けの天才だった。たくさんの別々の人格を、ばらばらのまま自分のなかに抱えこんでいた。それがごちゃごちゃになることはなく、一つの人格が生きていくのに必要になると、それ以外は心のなかから追い払うことができた。それこそ天賦の才能ではあったが、〝必要な場合〟という人格が一つあったのに、彼はなおも自分をもぐりこませることのできる別の人格を見つけようとした。

そのせいで身動きがとれなくなっていた。

「きみはここで何をしてるんだ？」数秒間かけて、さまざまな言葉を比較考量したのち、ミスター・ヘッジパスはそう言った。

「われわれの取引はまだ完了していないようだな」

「そんなことはない。きみは報酬を受けとったし、任務も与えられた。これ以上、何も必要ない。きみとは二度と会うことはないと思っていた。仕事が全部終わるまでは……」

「仕事はちゃんとやるから心配ない。レイヴンは常に約束を果たす。だから、高い料金を取っているんだ」

「なあ、もし五ドルのことだったら、ほんとうにすまなかった。あのときだけ、誘惑に抵抗できなかったんだ。すぐに返すから」

「じゃあ、使っちまったんだな、〈ダンカン〉で？　それではさぞ満ち足りた気分なんだろうな。そいつは何よりだ。きみの上官が、きみの居場所を教えてくれたよ。人それぞれだな、顔を縦に割られた男にしゃべるなんて」

「よしてくれ、私の弱点をここで話し合っても意味はない」

「ところが、そうでもないんだな。きみの上官は、きみがいくら守ると誓っても、それを守るきみの能力を評価していないようだ。いまはきみをお荷物と見なしている。人生は残酷だな、そうじゃないか？」

そう言うと同時に、ミスター・レイヴンは極限まで刃を尖らせた二〇センチの長さのグルカ兵の刀（ククリ刀と呼ばれる鎌形の短刀で、半世紀前に赤い軍服の英国兵士の一人が東洋からもち帰ったのを、ウェストエンドの質屋で格安で手に入れたものだ）を、ミスター・ヘッジパスのむき出しの首の、顎の二センチ下、鎖骨の二センチ上の部分に突き刺した。ジャック・ザ・リッパーの切り方だ。一瞬で頸動脈と頸静脈が断ち切られた。血が完璧に健康な心臓の圧力に追い立てられて、壜から噴き出す炭酸水のようにほとばしった。哀れな男が地面に倒れる前に、その脳は流れ出ていた。彼はホワイトチャペルの娼婦のように一片の優雅さもなく、ぼろ人形のように歩道に小さな音を立てて横倒しになり、自分の流した黒い液体の水たまりでしぶきを上げた。しずくが宙に飛び散った。目玉は頭の奥へ引っこんでしまい、翌朝死体を発見した人間を見上げた彼の眼窩は空っぽだった。

すべてが静けさのなかで行われた。まさに完全無欠の処刑だった。これがミスター・レイヴンの報酬が高いもう一つの理由だ。価格に見合った値打ちがあった。

彼は人気(ひとけ)のない通りを見渡した。硫黄(いおう)色の霧のなかに目撃者の姿はなかった。ミスター・レイヴンは身をかがめて、死体の尻ポケットから財布を抜き出した。物取りの犯行説を補強するためだ。彼は財布のなかに五ドルに近い額の小額紙幣が入っているのを見て喜んだ。どっちみち、おれのものなのだ。

（上巻終わり）

◉訳者紹介　**染田屋茂（そめたや　しげる）**
1950年、東京都生まれ。おもな訳書に、ハンター『極大射程』『真夜中のデッド・リミット』（以上、扶桑社ミステリー）、アルステルダール『忘れたとは言わせない』（KADOKAWA）、ポンフレット『鉄のカーテンをこじあけろ:NATO拡大に奔走した米・ポーランドのスパイたち』（朝日新聞出版）、ジンサー『誰よりも、うまく書く:心をつかむプロの文章術』（慶應義塾大学出版会）など。

銃弾の庭（上）

発行日　2023年7月10日　初版第1刷発行

著　者　スティーヴン・ハンター
訳　者　染田屋茂

発行者　小池英彦
発行所　株式会社 扶桑社
〒105-8070
東京都港区芝浦1-1-1　浜松町ビルディング
電話　03-6368-8870(編集)
03-6368-8891(郵便室)
www.fusosha.co.jp

印刷・製本　図書印刷株式会社

ISBN 978-4-594-09511-6　C0197